UN RASTRO DEL PASADO

Laurie R. King

Un rastro del pasado

Traducción de
Eduardo G. Murillo

Argentina • Chile • Colombia • España
Estados Unidos • México • Uruguay • Venezuela

Título original: *With Child*
Editor original: St. Martin's Press, Nueva York
Traducción: Eduardo G. Murillo

© 1996 *by* Laurie R. King
   First published by St. Martin's Press, New York, N.Y. ALL RIGHTS RESERVED.
   Published by arrangement with Linda Michaels Limited, International Literary
   Agents.
© de la traducción, 2002 *by* Eduardo G. Murillo
© 2002 *by* Ediciones Urano, S. A.
   Aribau, 142, pral. - 08036 Barcelona
   www.umbrieleditores.com

ISBN: 84-95618-36-2
Depósito legal: B. 42.284 - 2002

Fotocomposición: Ediciones Urano, S. A.
Impreso por Romanyà Valls, S. A. - Verdaguer, 1 - 08760 Capellades (Barcelona)

Impreso en España - *Printed in Spain*

Para mi hermana, Lynn Difley,
y toda su familia

Cuando un escritor de ficción hace uso descarado de instituciones reales, como la compañía de autobuses Green Tortoise o los departamentos de policía de diversas jurisdicciones, puede resultar necesario resaltar que la gente real a su servicio y los personajes ficticios presentados en la historia son dos cosas diferentes.

La gente real es mucho más amable, y desde luego, infinitamente más eficaz.

Un libro, como cualquier otro hijo, es un proyecto común. Deseo dar las gracias a los miembros de mi comunidad por su ayuda en este libro, y en particular a Barbara Kempster y Leila Lawrence.

Una conversación

Así quedó establecido: Jules se instalaría en casa de Kate desde la boda hasta Año Nuevo.

Con una leve modificación en el plan.

El día antes de la boda, por la tarde, Kate telefoneó a casa de su colega de trabajo, que vivía al otro lado de la ciudad.

—Al, estaba pensando que, si os parece bien a ti y a Jani, tal vez Jules y yo vayamos unos días al norte por Navidad. Tal vez lleguemos hasta el estado de Washington.

—¿Para ver a Lee?

—Es posible. Si nos apetece. Recibí una carta de ella la semana pasada, en la que me pedía que fuera a la isla de su tía por Navidad, si me daban permiso.

—¿Sabe que estás de baja?

—No sabe nada. No le hablé del tiroteo, ni de que me hirieron. No quería preocuparla, y en cuanto salí del hospital, me pareció que era mejor no explicarlo por carta. Dijo que lamentaba no poder asistir a vuestra boda, que os escribirá y os enviará un regalo.

—¿Os vais a separar? –preguntó Al de sopetón.

—Jesús, Al, vaya preguntas que haces. No lo sé. Ya no sé nada. Ni siquiera sé si me importa. Hace cuatro meses que no hablo con ella, sólo me ha enviado esas estúpidas tarjetas tan propias de ella. Pero no habrá escenas, si es eso lo que te preocupa. No metería a Jules en eso. Si vamos, y todavía no he tomado ninguna decisión al respecto, iremos un

día, tal vez nos quedaremos a dormir, dependiendo del horario del transbordador, y luego nos marcharíamos y haríamos otra cosa. ¿Jules sabe esquíar?

—Mejor que yo. Lo cual no es decir mucho, lo admito.

—Quizá podríamos ir a Rainier o a Hood. Si Jani está de acuerdo.

—Hablaré con ella, pero dudo que haya ningún problema. ¿Quieres el coche?

—Voy a bajar el Saab de sus bloques de suspensión. Y si conducir resulta ser un problema, volveremos a casa. No voy a correr el riesgo de sufrir un desmayo o algo por el estilo mientras vaya con Jules. Ya lo sabes, Al, nunca pondría en peligro a Jules. Nunca.

AGOSTO,

SEPTIEMBRE

1

Kate despertó con una pregunta. Permaneció inmóvil unos segundos hasta que obtuvo la respuesta, facilitada por el sonido familiar de la sirena de Alcatraz, que parecía estar a un tiro de piedra del pie de su cama. En casa. Gracias a Dios.

Dedos de sueño tentador tiraron de ella, pero se resistió un momento, algo picada por la curiosidad. Qué raro, pensó amodorrada, no se me habría ocurrido que ese ruido me despertaría. Lo oigo todo el verano, como si viviera dentro de un par de pulmones asmáticos, pero la única vez que reparé en él fue cuando intentaron sustituirlo por aquel irritante gañido eléctrico. ¿El teléfono? No creo que sonara. Y si sonó, ahora ha parado. Que vuelvan a llamar a una hora más humana. ¿El perro del vecino? Lo más probable era que se tratara del sueño, decidió, que había sido de un aburrimiento espectacular, incluso para una mente dormida, una variación del tema tan caro a los polis de «mover las maletas de un lugar a otro... Oh, Dios, he perdido una», lo cual implicaba traslado de prisioneros, uno por uno, desde la celda al pasillo y del pasillo al furgón y luego al pasillo y luego a la celda, cada paso acompañado de formularios, firmas y llamadas telefónicas. Mejor que el infierno de los últimos días, pensó, pero gracias a Dios me he despertado antes de morir de aburrimiento. Las pobres células grises están demasiado cansadas para inventar un sueño decente. Volvamos a dormir.

Rodeó la almohada con el brazo derecho, lo puso debajo del

cuerpo con un estremecimiento de placer voluptuoso, se cubrió la cabeza con las mantas y se dejó deslizar como un pez, deliciosa, resbaladizamente, en el profundo, oscuro y silencioso estanque de sueño.

Pero el timbre de la puerta sonó inmisericorde y la expulsó de su escondite. Sus ojos se abrieron. Segundos después, el mensaje se comunicó al resto de su cuerpo. Sábanas y mantas saltaron por los aires, sus pies tocaron la alfombra, su mano buscó la bata y sólo encontró la madera suave de la puerta del vestidor, tanteó en pos de la maleta y la descubrió cerrada a cal y canto, buscó las llaves y encontró… Desechó la búsqueda inútil con un ademán. Desde debajo de un par de párpados hinchados y legañosos, sus ojos dieron órdenes a dos pies lejanos entre los obstáculos de maletas, ropa, botas y chaqueta diseminadas, hasta la escalera, mientras iba mascullando para sí.

—Es Al, tiene que ser él, le mataré, ¿dónde está mi pistola? Hawkin, voy a volarte la cabeza, bastardo, estoy de permiso hasta esta noche, y aquí vienes tú con tus bromas y tus donuts, de buena mañana —levantó el despertador y volvió a dejarlo en su sitio—, casi de buena mañana. Joder, ¿dónde he puesto esas llaves? ¿Por qué cerré con llave la puta maleta? Al fin y al cabo estaba en el maletero del coche, aquí está mi pistola, podría volar la cerradura, el maldito candado, romperlo con los dientes. Oh, a la mierda, voy tapada casi de pies a cabeza, sólo es Al. No, no puede ser Al. Se ha ido con Jani a no sé dónde, a esa conferencia sobre no sé qué. No es Al, debe de ser el lechero, ja, chica divertida, también podría ser un dinosaurio, un dido o… ¡Dios Todopoderoso!

La última frase fue formulada en forma de grito estentóreo cuando la manga de la chaqueta de dril, desechada algunas horas antes durante el proceso de desembarazarse de toda la ropa para derrumbarse en la cama, la atrapó por el tobillo desnudo y trató de tirarla escaleras abajo. Rebotó en la barandilla y aterrizó sobre todas las protuberancias de la silla elevadora eléctrica, la cual, como último acto antes de salir de casa, había enviado arriba de todo, un estorbo menos, una acción que, en aquel momento, Kate había considerado una simple precaución, pero que en algún otro momento de los últimos días, había decidido que era simbólica. Se liberó del obstáculo y se masajeó el muslo derecho, bajó cojeando la escalera, mascullando y desaliñada como una persona sin techo, una joven sin techo, musculosa y bien alimentada, que sólo llevaba una chaqueta de pijama azul marino de seda, unos pantalones cortos de franela Campbell y una delgada alianza de oro en el dedo anular de su mano izquierda. Movió a un lado la mirilla y se sorprendió al ver sólo el pequeño porche y la calle. No, espera… Había una cabeza, el extremo superior de una cabeza de pelo oscuro partido por una raya perfecta. Una niña. Kate giró el pomo con las dos manos.

—Escucha, chavala, si has venido a esta hora impresentable para vender galletas de las Girls Scout, voy a denunciarte a… ¿Jules? ¿Eres tú?

La niña asintió con un movimiento dócil tan extraño en la hija de Jani Cameron que Kate tuvo que inclinarse hacia delante para examinarla. Vestía una camiseta blanca con una inscripción en algún idioma extranjero, pantalones cortos, sandalias, y una mochila que colgaba de un hombro delgado. Su lustroso cabello negro estaba tan largo como siempre, con trenzas bien ceñidas, y llevaba una tirita en la rodilla izquierda y un tatuaje en la derecha… No, no era un verdadero tatuaje, sino un dibujo hecho con tinta azul, que ya se estaba borrando. Su piel era de un tono más bronceado que cuando Kate la había visto por última vez, en invierno, pero con una coloración peculiar y una extraña especie de textura marchita.

—¿Qué te pasa? —preguntó con brusquedad.

—Sólo necesitaba verte, Casey. Kate. ¿Crees que puedo entrar? Aquí fuera hace un poco de frío.

Kate reparó, al mismo tiempo, en que estaba acurrucada detrás de la puerta más para protegerse que por modestia, y en que el motivo de que la niña pareciera tan triste y afligida se debía a que estaba medio congelada, temblorosa y aterida debido a la niebla de esta magnífica mañana de agosto de la soleada California. Muy observadora, Martinelli, se dijo Kate mientras retrocedía para dejar entrar a Jules. Llamadme Sherlock Holmes.

—Hacía calor cuando salí por la mañana —dijo Jules como para disculparse—. Me olvidé de la niebla que hace aquí. Se desparrama sobre las colinas como una ola gigante, ¿verdad? La llaman tsunami, o maremoto. Daba la impresión de que iba a arrasarlo todo, desde

Palo Alto en adelante. Es el calor del interior lo que provoca la niebla. Lo leí en un artículo. Es algo cíclico, la atmósfera se recalienta, llega la niebla, se enfría, y después se suceden algunos días despejados, mientras...

Durante este monólogo informativo, Kate condujo a su visitante a la cocina, encendió el radiador eléctrico e indicó con un ademán la silla más cercana, se acercó a la cafetera, desistió de su intento, salió de la cocina (Jules alzó la voz, pero no aminoró la velocidad de su parloteo ni por asomo), volvió con el antimacasar de alpaca color tostado que recubría el respaldo del sofá, lo dejó caer sobre el regazo de Jules, y dedicó sus esfuerzos de nuevo a la cafetera, repitió como un autómata las manipulaciones familiares de granos de café y molinillo, filtro y agua, antes de conectar el aparato y quedarse de pie, con una cadera apoyada contra la encimera y los brazos en jarras, indiferente por completo a la voz de Jules, mientras veía con ojos desenfocados que el líquido marrón empezaba a caer en la jarra, en tanto los engranajes de su mente se desenredaban con pereza, tan cerca del silencio, del sueño...

—¿Estás enfadada, Kate?

Kate, despierta de nuevo, se volvió y estuvo a punto de tirar al suelo una taza de café, demasiado cerca del borde de la encimera.

—¡Jules! Hola. Sí. Quiero decir, no, no estoy enfadada. ¿Debería estarlo?

—Parecías irritada cuando abriste la puerta. Debí sacarte de la cama.

—Toda clase de gente me saca de la cama. No, no estoy enfadada. ¿Has entrado en calor? ¿Quieres beber algo caliente? Supongo que no te gustará el café.

—Me gusta el café, pero con leche y azúcar.

—Claro. Ah. Esta leche no tiene muy buen aspecto —comentó, cuando las gotas de un azul acuoso cayeron en la taza. Examinó la fecha de caducidad—. Parece yogur. Supongo que no querrás yogur en el café. Tampoco huele muy bien.

—No, gracias —dijo Jules cortésmente—. Café solo con azúcar ya me va bien, pero sólo media taza, por favor.

—Estupendo, estupendo —dijo Kate, y asintió media docena de

veces antes de contenerse, coger el cartón de leche y la taza, y llevarlos al fregadero. Pasó agua a la taza, vació el cartón y lo embutió a continuación en el cubo de basura rebosante que había bajo el fregadero (cerrando a toda prisa la puerta del mueble), después sacó azúcar, cuchara y otra taza, y volvió a adoptar la misma postura de antes frente a la humeante cafetera, mientras veía gotear el café lenta, hipnóticamente.

—¿Te encuentras bien? —interrumpió la voz a su espalda. Kate alzó la cabeza con brusquedad.

—Sí, por supuesto. Un poco dormida aún.

—Son casi las nueve —dijo Jules, una tibia acusación.

—Sí, y me acosté a las cinco. No duermo bien últimamente. Escucha, Jules, ¿has venido en plan visita amistosa? Porque si es así, no voy a ser una compañía muy agradable.

—No. He de hablar contigo. Como profesional.

Oh, coño. Kate se restregó la cara con las manos. Un perro extraviado o un compañero abusaniños. El vecino exhibicionista. ¿Es preciso esto?

—No te molestaría si no fuera importante. Ya lo he intentado con la policía local.

—De acuerdo, Jules, no voy a echarte. Dame diez minutos para poner en marcha el cerebro, y después me calaré la gorra de policía.

—Pensaba que los detectives de homicidios no acostumbraban llevar uniforme.

—Un frustrado intento de buen humor. —Sirvió el café en dos tazas y salió con ellas de la cocina—. Puedes comer algo si te apetece —gritó desde la escalera.

Un minuto después, Jules oyó correr el agua de la ducha. A los doce años, tanto por naturaleza como por la poca atención que prestaba su madre a la alimentación, era muy capaz de cuidar de sí misma. Se levantó y dobló el antimacasar de alpaca sobre el respaldo de la silla, y comenzó un registro sistemático de cajones y armarios de cocina. Encontró media barra de pan francés dura como una roca y algunos huevos en la nevera, unas lonjas de beicon en el congelador, un cuenco y una sartén detrás de las puertas de la parte inferior, y después empezó a convertir dichos elementos en un desayuno con movi-

mientos deliberados. Tuvo que aplicar todo su peso sobre la cuchilla
de carnicero para cortar el pan en algo semejante a rebanadas, y sustituir la leche por un concentrado de zumo de naranja congelado,
pero ya había decidido que la necesidad podía dar lugar a un invento
interesante, cuando un ruido siniestro procedente de arriba, medio
chillido y medio gruñido, petrificó su brazo que se disponía a sacudir
nuez moscada en el cuenco. Antes de que el ruido enmudeciera, continuó sus preparativos, al comprender que Kate acababa de reaccionar a un chorro de agua muy fría. A veces, Al emitía toda clase de sonidos en la ducha, aunque no tan altos. Cuando le había preguntado
al respecto, le explicó que le ayudaba a despertarse. Jules nunca se
había atrevido a hacerlo, y supuso que eran cosas aprendidas en la
Academia de Policía. Localizó un azucarero y añadió una generosa
ración a los huevos batidos.

Kate bajó la escalera unos minutos después y entró en la cocina
como una exhalación.

—Dios, huele como en un Denny's. ¿Qué has estado haciendo?

—Hay un plato de tostadas para ti, si quieres, y un poco de beicon. No he encontrado almíbar, pero también hay miel caliente, mer-
melada y azúcar espolvoreada.

Kate engulló cinco rebanadas gruesas y algo más de su parte correspondiente de beicon, y sólo paró cuando Jules se quedó sin pan.
Mojó la última esquina del pan untado con mantequilla en el charco
de miel derretida, se la metió en la boca y suspiró.

—Retiro el insulto. Huele de maravilla y sabía a gloria. ¿Qué
puedo hacer para recompensarte?

—Es tu comida. No has de pagar nada.

—Craso error. Regla número uno de los adultos: no hay nada
gratis en la vida. Bien, ¿qué quieres, cómo has llegado aquí, tu familia sabe dónde estás?

—Cogí el autobús y vine andando desde la parada. De hecho,
pensé que tendría más problemas, porque sólo he estado en tu casa
una vez, pero no cuesta nada llegar desde el centro. Sólo hay que subir la colina.

—Bien, eso contesta a casi todas las preguntas. ¿Debo llamar a
alguien para que no denuncie tu desaparición?

—No hace falta. Esta mañana me marché a la hora habitual. Voy a un curso de verano en la universidad sobre programas de tratamiento de textos. Es muy interesante, y siento faltar hoy porque trabajamos en grupos, así que estoy haciendo perder el tiempo a mi compañero, pero siempre se lleva algo entre manos. Es un genio, un verdadero genio, su cociente intelectual es aún más alto que el mío. Vendió un juego a Atari cuando tenía diez años, y está trabajando en una nueva versión, así que no se preocupará si no aparezco. De hecho, hasta es posible que no se dé cuenta. De todos modos, nadie me espera en casa hasta las tres o las cuatro. Mamá llegó a un acuerdo con la familia vecina para que cenara en su casa cuando está fuera, y su hija Trini, que sólo es dos años mayor que yo y una auténtica cabeza de chorlito, aunque piensan que es mucho más responsable, sólo porque es mayor, se queda de noche conmigo. ¿Puedo utilizar tu cuarto de baño?

—¿Eh? Ah, claro, está debajo de la escalera.

—Me acuerdo.

Kate, como detective que era, había tomado conciencia del único dato importante, cuando la niña pasó a su lado, de que tenía seis horas para devolver aquella personita a su casa. Empezó a acumular las cosas del desayuno en el lavavajillas que olía a polvo, pero antes vertió los últimos restos de café en su taza. No se trataba de que la cafeína la ayudara a aguantar a Jules Cameron. Tal vez la cocaína. Aunque, bien pensado, Jules había cambiado en el último año. Físicamente, por supuesto. Ya era casi tan alta como Kate, y llevaba un sujetador entre la camiseta y los bultitos del pecho. Lo más sobresaliente era su actitud. A los once años, había afrontado sus problemas (ortodoncia, inteligencia superior, padre ausente y un traslado de larga distancia, nada de lo cual habría podido ser fácil) con una madurez de su lenguaje casi cómica, incluso ostentosa. Daba la impresión de que había controlado esta tendencia, tal vez por deseo propio o porque la necesidad la había hecho crecer. Kate confió en que fuera lo último. Sería una pena que aquella pequeña joya se apagara por culpa de las mentes inferiores que la rodeaban. En particular, reflexionó Kate, de las que habitaban cuerpos masculinos. Jules debía estar acercándose a la edad en que estas cosas importaban.

Terminó de cargar el lavavajillas, lo conectó y entró en la sala de estar, donde encontró a Jules contemplando el jardín del vecino, que estaba empezando a materializarse entre la niebla.

—¿Fue esta ventana? —preguntó Jules.

Tardó un instante en comprender.

—La que está encima de ti.

Vio que Jules retrocedía para mirar, y luego unos pasos más, hasta poder ver las ramas que habían acogido al tirador del SWAT una noche, dieciocho meses antes.

—¿Desde ese árbol?

—Sí.

—No fue Al, ¿verdad? El que… disparó contra ese hombre.

—Pues claro que no.

—Ya me lo imaginaba. O sea, yo era pequeña entonces, y fantaseé con que Al se había subido al árbol, aunque sabía que no era cierto.

—Al no trepa a árboles. Consta en su contrato. Bien —dijo, antes de que Jules pudiera preguntar sobre cláusulas de contratos o pedir ver las manchas de sangre que había, casi invisibles para cualquiera, excepto para Kate, a unos siete centímetros a la derecha de su pie, escondidas bajo la alfombra tibetana nueva—, ¿qué quieres que haga por ti? Como «profesional».

Fue un relato largo y complicado, trufado de detalles ajenos e innecesarias excursiones, especulaciones y reflexiones filosóficas preadolescentes, maduro y sensiblero a ratos, pero Kate era una interrogadora experimentada, y si bien carecía de la capacidad natural de Al Hawkins para descifrar y guiar a la persona interrogada, había aprendido a no desviarse de la ruta idónea.

Jules iba a un colegio privado. Para el padre de un niño de escuela pública, la idea de un colegio privado evoca elevados valores académicos y una rígida disciplina, una amplia educación para niños ya brillantes, equilibrada con el fin de alentar a cada estudiante a desarrollar al máximo sus intereses y aptitudes propios. Esta imagen paradisíaca pierde parte de su solidez una vez que te hallas dentro de la torre de marfil («O sea —comentó Jules—, dos chicas del instituto se quedaron embarazadas el año pasado, menuda falta de cerebro»), pero puede decirse que la enseñanza no es peor que la de un colegio público, y el número de alumnos por clase es menor. Además, un colegio financiado con fondos privados se halla a salvo de los chantajistas fiscales del estado, que habían convertido casi todos los colegios de la zona donde vivía Jules en colegios abiertos todo el año, con estudiantes que aparecían y desaparecían de los pupitres durante doce meses al año. Donde los padres pagan las facturas, éstos eligen el calendario, y no era por casualidad que muchos de los padres cuyos hijos iban al colegio de Jules dieran clase en universidades y escuelas durante nueve meses. La fecha del programa de música de invierno siempre se elegía con un ojo puesto en el calendario de exámenes de la universidad. Una vez aclaradas estas bases preliminares, y reducido a una perspectiva adulta, el relato de Jules quedaba en lo siguiente.

El junio anterior, nada más anunciarse las notas de la universidad, Jani Cameron había cogido las maletas y a su hija y volado a Alemania, con el fin de examinar ciertos manuscritos en Colonia, Berlín y Düsseldorf. Jani pasó las dos semanas en un éxtasis silencioso y llenó dos libretas con referencias y añadidos al manuscrito que esperaba terminar antes de octubre.

Su hija no estaba tan extasiada, ni mucho menos. A Jani nunca se le había ocurrido enseñar alemán a Jules, para empezar, y después había dictado arbitrariamente que Jules no podía salir del hotel, ir al parque o la biblioteca sin su madre, es decir, no podía ir a ningún sitio. Kate albergaba la firme impresión de que algo desagradable había sucedido, y sus instintos de detective se despertaron, pero no estaba segura de hasta qué punto esa impresión procedía de la dramatización efectuada por Jules de una simple discusión, así que decidió no dejarse distraer. Al final de las dos semanas, cuando madre e hija hicieron las maletas para volver a San Francisco, Jani fue arrancada de su sueño académico y tomó conciencia de que su notable, y por lo general razonable, hija estaba sumida en un caso de enfurruñamiento adolescente.

No, Jules no lo había pasado bien. No le gustaba jugar en parques con niños. No le gustaban las bibliotecas llenas de libros que no sabía leer. Consideraba razonable no haber aprendido alemán en catorce días. Además, no le gustaba que la apartaran de sus amigas y de una escuela de verano que ofrecía un cursillo de informática muy interesante, sólo para pisar los talones a su madre.

Las dos Cameron discutieron con implacable cortesía durante toda la travesía del Atlántico, interrumpidas sólo por las comidas y por la película, que Jules veía mientras su madre fingía dormir, al tiempo que intentaba asimilar con desesperación el cambio radical producido en su hija. Cuando el avión aterrizó en San Francisco, habían alcanzado un acuerdo. A la mañana siguiente, Jani se sentó ante su escritorio, en tanto Jules iba a intentar matricularse a última hora en el cursillo de informática. Mientras ambas se inclinaban sobre sus respectivos teclados, las dos experimentaron una sensación de precaria victoria bajo la espesa niebla de su «jet lag», y una vaga conciencia de que habían dejado un problema por resolver.

Todo lo cual quería decir que, en tanto Jani escribía su libro y profundizaba en su relación con el inspector Alonzo Hawkin, del Departamento de Policía de San Francisco, Jules pasaba mucho tiempo sola. Iba al colegio cuatro mañanas a la semana para llenar las grietas de su mente voraz con las complejidades de los sistemas informáticos, inteligencia artificial y realidad virtual, pero las tardes y los fines de semana, que en circunstancias normales habría pasado en casa leyendo o flotando en la minúscula piscina de su edificio de apartamentos, los pasaba sola, lejos a propósito de la presencia de su madre. Había pocos amigos en julio y agosto, diseminados como estaban a lo largo y ancho del globo, desde el Parque Nacional de Yosemite hasta Tashkent en el lejano Uzbekistán, pero quedaban suficientes para mitigar el aburrimiento de Jules. Y también estaba su compañero de informática, y la biblioteca, y los libros bilingües que su madre había pedido para que empezara a estudiar alemán, y la piscina más grande del parque, y el propio parque, donde iba a leer.

El lugar donde conoció a Dio.

—Tiene que ser un mote —dijo Jules—. O sea, ¿quién llamaría Dios a su hijo, excepto una estrella del rock o alguien por el estilo? Dijo que era su verdadero nombre, pero en otra ocasión dijo que su madre estaba enamorada en secreto de un pianista llamado Claudio, y por eso le bautizó con el nombre de Dio. Nunca me dijo cuál era su apellido.

Dio vivía en el parque. Debido tanto a la ingenuidad de Jules como al improbable entorno, ella no le había creído. Jules ya le había visto en anteriores ocasiones, unas cuantas veces en julio, y luego más a menudo. Por fin, la última semana de julio, él se había sentado a su lado y le había preguntado qué estaba leyendo. Daba la impresión de que le asombraba que quisiera aprender alemán. Estaba más interesado en uno de sus otros libros, una novela de Anne McCaffrey, y el resto de la tarde se quedó sentado a cierta distancia de ella, leyendo. Leía con lentitud, y le preguntó el significado de dos palabras, pero el libro le absorbía. Cuando llegó la hora de que Jules volviera a casa, Dio preguntó vacilante si le importaría prestárselo. Era una edición de bolsillo, propiedad de Jules, de modo que accedió, y dijo que estaría en el parque la tarde siguiente. Después, Jules volvió a casa para cenar.

Dio se presentó en el parque al día siguiente, y al otro. Le devolvió el libro como si fuera una piedra preciosa, ella le prestó otro, y leyeron con peculiar complicidad durante el resto de la semana.

Tenía que admitir que el chico era extraño. Aunque bien pensado, no era que él fuera raro, sino que había algo raro en él. No se trataba tan sólo de que llevara el pelo largo, aunque limpio, o de que diera la impresión de que sólo tuviera dos camisetas, ninguna de las cuales conseguía que llamara la atención, ni siquiera en un barrio de ricos. Sin embargo, no parecía que tuviera familia o amigos, nunca compraba helados ni traía algún tentempié, y le costaba aceptar algo de Jules. Después, ella descubrió que Dio no tenía carnet de la biblioteca, una desgracia inconcebible para Jules. No dio demasiadas pistas sobre dónde vivía, el colegio al que iba. Y no quiso ir a cenar a casa de Jules cuando ella le invitó. Eso fue la gota que colmó el vaso.

—¿Qué te pasa? —preguntó Jules, irritada—. Eres el hombre más misterioso de todos los tiempos. Cada vez que pregunto algo sobre ti, miras al infinito y mascullas. Me da igual que tu padre sea basurero o algo por el estilo, o si no tienes. Yo no tengo padre, pero eso no quiere decir que no pueda llevar un amigo a casa a cenar. Pensaba que éramos amigos, ¿no?

—Bien, hum, esteee, sí, pero.

—No tienes que invitarme a tu casa si está sucia o así. Mamá hará hamburguesas, y punto, y dijo que podía invitarte.

—¿Has hablado con tu madre de mí? ¿Qué le dijiste? ¿Qué dijo ella?

—Le dije que había conocido a un chico nuevo en el parque, al que le gustaba leer, y ella dijo, «Maravilloso, cariño», y siguió trabajando. Está escribiendo un libro.

Eso le distrajo.

—¿Qué clase de libro?

—Como ya te dije, su especialidad es la literatura alemana medieval. Éste va sobre el matrimonio como símbolo de no sé qué. Muy aburrido. Eché un vistazo a unas cuantas páginas, pero no entendí nada. Bien, ¿vendrás a cenar?

—Tu madre hará preguntas, y su novio poli... Lo siento, Kate, empleó esa expresión —explicó Jules—, saldrá en mi busca.

—¿Qué pasa, eres un delincuente?

—No, bueno, en cierto sentido. Él tal vez lo creería así. La verdad es, Jules, que vivo en el parque.

Siguió una dilatada discusión, con una Jules incrédula que se fue convenciendo poco a poco de que, sí, una persona podía dormir allí, podía vivir en los resquicios de su estirada comunidad. De hecho, tuvo que admitir Kate, el chico parecía listo, y había encontrado un lugar ideal para residir, al menos durante el verano. Se bañaba en las piscinas de los patios traseros cuando ya había oscurecido. Se alimentaba de los cubos de basura, árboles frutales y tomateras de los vecinos que hacían de jardineros los fines de semana. Hasta ganaba un poco de dinero, fingiendo que era un chico del barrio ansioso por cortar el césped y hacer toda clase de faenas domésticas (si bien Jules opinaba que no había muchas en aquella ciudad). Era muy probable que intentara colarse por puertas traseras que no estuvieran cerradas con llave, o robara objetos sin importancia de los coches, pero sin una hermandad delictiva que le respaldara, le habría costado traficar con géneros o vender drogas a la escala que fuera. No, era más bien el perfil de un fugitivo precoz que había descubierto un soberbio lugar de descanso, la isla de un Huck Finn urbano, hasta que el invierno le empujara a los brazos de los depredadores de la ciudad. Kate le deseó suerte, pero había visto a demasiados de ellos para albergar excesivas esperanzas, o para sentir una gran necesidad de entrar en acción de inmediato.

No obstante, Jules estaba preocupada. No sólo porque Dio careciera de hogar (ella también había leído lo bastante a Mark Twain para quitar hierro a la realidad de lo que los periódicos contaban al respecto), ni por miedo a lo que la vida más dura de octubre le empujara a hacer. Estaba preocupada porque había desaparecido.

Kate dejó que siguiera hablando, y escuchó a medias su relato angustiado de la visita a la policía y la oficina del sheriff, del patrullero que se había reído de ella, del empleado de mantenimiento del parque que la había animado a volver a casa, de la vecina de abajo, la señora Hidalgo, que casi había sufrido un ataque cuando oyó a Jules admitir que había hablado con un desconocido, sin querer saber más. Kate había adivinado lo que se avecinaba desde el momento en que Jules empezó a hablar de un chico del parque de nombre improbable. Las únicas sorpresas consistían en la cantidad de recursos del fugado y la persistencia de la muchacha que había trabado amistad con él. Kate también reparó, cuando obtuvo de una forma más o menos automática una descripción del chico, en la falta absoluta de romanticismo que traducían las palabras de Jules. Estaba claro que Dio era un amigo, no una fantasía de adolescente.

—Sé que Al colaboraría —estaba diciendo Jules—, pero mamá y él no volverán hasta pasado mañana, y le habría llamado para pedirle que obligara a la policía a escucharme, pero entonces me acordé de ti, y pensé que me ayudarías a buscar a Dio, al menos hasta que Al regrese.

Kate notó que aquella declaración de fe golpeaba levemente su escepticismo profesional, hasta que se obligó a recordar con quién estaba hablando, miró los grandes e inocentes ojos de color avellana, apenas salidos de la infancia, y vio reflejados en ellos el brillo frío y apagado de una pantalla de ordenador. Kate, Kate, se reprendió, la falta de sueño no es una excusa para dejarse enredar por el palique de una cría de doce años. La chavala sabía muy bien que Kate haría cualquier cosa por ella. Al Hawkin era el colega de Kate, pero también su superior. Al se estaba esforzando por ganar puntos con Jani Cameron. La manera de llegar a Jani Cameron era por mediación de su hija. Por lo tanto, realizar este pequeño servicio ayudaría a reforzar la posición de Kate. Hasta era posible que Kate hiciera más esfuerzos por encontrar a Dio que Al, pero eso era pensar con demasiada sangre fría, y no cabía duda de que la ausencia de Al en aquel preciso momento era fortuita.

—Muy bien —dijo con sequedad, para informar a Jules de que no había mordido el cebo. No obstante, investigaría. Sí, era muy probable que el chico estuviera en Los Ángeles, o trabajando en las calles cercanas a casa, pero no se lo iba a decir a Jules. Gracias a Dios, no era su misión educar a una muchacha protegida y privilegiada sobre los monstruos que acechaban en las sombras, sobre los padres con la conciencia moral de un niño de tres años, los cuales, cuando afrontaban los problemas de un hijo, ya fuera un bebé lloroso o un adolescente hosco, se decantaban por la estúpida reacción de pegarles o deshacerse de ellos. Niños desechables, Dio y miles como él, expulsados de su familia, recogidos por un chulo durante algunos años, y vueltos a expulsar para terminar muriendo a causa de las drogas, las enfermedades y la dureza de la vida en las calles. Dio había empezado bañándose en las piscinas de familias acaudaladas, pero eso no era lo que estaba haciendo ahora.

No le iba a decir todo esto a la señorita Jules Cameron, claro está. Algo más bonito.

—Jules, creo que el policía con el que hablaste tenía razón. Conozco a la gente de la calle, y existen grandes posibilidades de que se haya largado, durante unos días, unas semanas, o de manera permanente. Sí, ya sé que no habría debido marcharse sin avisarte, pero ¿y si se vio obligado? ¿Y si sus padres aparecieron y no quiso volver a casa? Quizá se esfumó hasta que no haya moros en la costa. —Kate se apresuró a hilar los cabos de su endeble argumentación—. ¿Sabe cómo puede ponerse en contacto contigo?

—Sí, le regalé una agenda, pequeñita, que le cupiera en el bolsillo. Tenía un arco iris en la cubierta. Me dijo que no sabía cuándo era su cumpleaños, lo cual es ridículo, por supuesto. No entiendo por qué no me lo dijo. No se puede seguir el rastro de alguien a partir de su fecha de nacimiento, ¿verdad? De todos modos, le agasajé con una fiesta de no cumpleaños, le preparé al microondas unos bizcochos de chocolate, con velas y un poco de helado, aunque cuando los comimos, el helado se había derretido y tuvimos que utilizarlo como salsa, y el regalo fue la agenda. Escribí su nombre en la primera página, sólo Dio, pero con letra gótica, utilizando una pluma, y en la segunda página apunté mi nombre, dirección y número de teléfono. Crees que se ha metido en algún lío, ¿verdad? —preguntó de repente—. Secuestrado por un asesino múltiple y torturado hasta la muerte, como el de Seattle, o el hombre al que Al y tú detuvisteis, Andrew Lewis. Lo que pasa es que no me lo quieres decir.

Cualquiera la engaña. Kate se pasó los dedos por su pelo todavía húmedo, y pensó por un momento en que debería cortárselo.

—Eso fue algo muy diferente, Jules, ya lo sabes.

—Pero hay alguien que mata gente en Seattle. Una y otra vez. ¿Y si se ha trasladado aquí?

—Jules —dijo Kate con firmeza—, para de intentar asustarte a ti misma. Está matando a chicas jóvenes, no a chicos sin techo.

Cinco hasta el momento, y todas eran jóvenes, menudas, y la mayoría con el pelo corto, pero de todos modos…

—Tienes razón —dijo Jules, y exhaló un largo suspiro—. Siempre dejo volar mi imaginación. De hecho, a veces…

Calló y desvió la vista.

—¿A veces qué?

—No, nada. Una estupidez. Cuando era pequeña, creía que si era capaz de imaginar algo malo, me ocurriría. Pueril, ¿verdad?

—Ah, no lo sé —dijo Kate lentamente—. Siempre son las cosas inesperadas las que te dejan de una pieza.

Jules la miró enseguida, y luego volvió a apartar la vista.

—Sí, claro. Debía de ser una interpretación psicológica de una probabilidad estadística, como decir que el rayo nunca cae dos veces en el mismo sitio. Cuando estaba en la cama de noche, intentaba pensar en todas las cosas terribles que podrían ocurrir, y siempre era un alivio encontrar algo verdaderamente horroroso, porque si podía imaginarlo con suficiente claridad, era como si ya hubiera pasado, y sabía que, al menos, estaba a salvo de «eso».

El vocabulario adulto, combinado con el entusiasmo de la juventud, hacía difícil comprender a Jules Cameron, pero Kate dejó de momento a un lado la cuestión de qué le estaba diciendo Jules y fue al grano.

—Jules, te aseguro que no necesitas preocuparte por asesinos múltiples y torturadores. Los periódicos te hacen pensar que ese tipo de cosas suceden a cada momento, y es verdad que alguien como Dio podría meterse en muchos líos, muy poco agradables. El mundo no es un buen sitio para un chico sin familia. Pero creo que lo más probable, por razones que sólo él sabe, es que Dio decidiera trasladarse de repente. Y creo de todo corazón que aparecerá de nuevo. Sin más información, no puedo hacer gran cosa por ti, y comprenderás que tengo muy poca autoridad fuera de San Francisco. Sin embargo, iré a hacer unas cuantas preguntas, a ver qué puedo averiguar sobre él, a ver si pongo en marcha el mecanismo. ¿De acuerdo?

—Gracias.

Casi lo susurró, abrumada por el alivio de trasladar la carga a otra persona. Por un momento, pareció muy pequeña.

—Quiero que recuerdes dos cosas, Jules. La primera, da la impresión de que Dio sabe cuidar muy bien de sí mismo. La mayoría de los chicos terminan viviendo en cajas bajo un puente, metidos en líos muy chungos, con personajes de lo más repugnantes. Tu Dio parece muy listo, y yo diría que si consigue mantenerse alejado de las drogas, tiene bastantes probabilidades de seguir a flote.

—Odia las drogas. Me dijo una vez que le ponían enfermo, y que mataron a su madre. Es la única vez que habló de ella, cuando me explicó el origen de su nombre, y creo que hablaba en serio.

Por lo visto, Jules no había afrontado la implicación de que, si el chico sabía que las drogas le ponían mal, tenía que haber probado alguna, pero Kate no quiso abundar en el tema.

—Eso espero. La otra cosa que has de recordar, aunque se haya largado, incluso si ha muerto, Dios no lo quiera, es que tenía una amiga: tú. Muchos chicos fugados no hacen nunca amigos, amigos normales, quiero decir. Has de sentirte orgullosa de eso, Jules. —Ante el horror de Kate, los labios de la niña empezaron a temblar y sus ojos a nublarse. Jesús, después de lo ocurrido los últimos días, sólo le faltaba otra escenita. Se apresuró a impedirlo—. Sin embargo, también estoy de acuerdo con la señora Hidalgo. Trabar amistad en un parque con un desconocido es una imprudencia, y si yo fuera tu madre, te daría unos cuantos azotes.

En cuanto las palabras salieron de su boca, Kate se preguntó por qué cada vez que conversaba con un niño se transformaba en la típica tía solterona, todo corazón y criticona alternativamente. No me interrumpas, niña. Discutir no es educado. Lávate la boca con jabón. Sin embargo, en este caso, logró su propósito. Los ojos de Jules se secaron al instante, y alzó la barbilla.

—Mi madre nunca me pega. Dice que es un abuso vergonzoso de una fuerza superior.

—Así es. Pero yo lo haría, de todos modos. No obstante —dijo, al tiempo que se ponía en pie—, no soy tu madre, y no quiero que vuelvas a casa en autobús. Voy a ponerme los zapatos y te acompañaré en coche.

—Pero hoy tienes que ir a trabajar. Me lo han dicho.

—Sólo estoy de guardia, y a partir de la noche. Queda mucho tiempo.

—En ese caso, deberías volver a dormir.

—Dormiré más tarde. Nadie muere los martes por la noche.

—Pero...

—Escucha, Jules, ¿no quieres que te acompañe a casa por algún motivo concreto? ¿Ocultas algo, tal vez?

—Pues claro que no.

—Estupendo. Voy a ponerme los zapatos. Vuelvo enseguida.

—De acuerdo. Ah, y... gracias.

En el garaje del sótano, Jules se detuvo entre los dos coches. Contempló el reluciente Saab descapotable blanco arriba de sus bloques, y después tomó nota del modelo japonés mellado y zaparrostroso de Kate, cubierto de polvo y manchado de grasa debido a las reparaciones recientes, con el interior sembrado de basura y restos varios. No dijo nada, sino que se limitó a coger del suelo una caja de pastelillos vacía, y con dedos remilgados recogió los corazones de manzana y los rabillos de uva, y los dejó caer en la caja, junto con las tazas de poliexpán, envoltorios vacíos, bolsas de papel manchadas de grasa y basura en general. La caja de pastelillos se quedó sin espacio, y utilizó una bolsa de McDonald's para el resto. Después, depositó la caja y la bolsa en el suelo de cemento del garaje, justo bajo la puerta del lado del conductor del coche de Lee. Levantó con todo cuidado las casetes desperdigadas sobre el asiento antes de subir, y después emprendió la tarea de guardar cada una de las diecinueve cintas en su estuche correspondiente, mientras Kate daba marcha atrás, salía del garaje y se dirigía hacia la entrada más cercana de la autovía. Cuando hubieron sorteado las complicaciones más recientes de la ruta, penetrado en la riada de decididos camioneros, y esquivado las rancheras presa del pánico con matrícula del Medio Oeste, que en el último momento decidían salir, Jules había terminado de ordenar las cintas en su bolsa con cremallera, con los títulos hacia arriba y mirando al mismo lado. Dejó la bolsa en el suelo, debajo de sus rodillas, enlazó las manos sobre el regazo, miró el camión de delante con los ojos entornados y habló.

—¿Dónde está Lee?

Kate respiró hondo y flexionó las manos sobre el volante.

—Ha ido a ver a una tía que vive allá arriba en Washington.

—¿El estado?

—Sí.

—Cuando era muy pequeña, vivíamos en Seattle. No me acuerdo de eso. Debe de sentirse mejor, entonces.

—Seguramente.

Kate notaba los ojos de la niña clavados en ella.

—¿Desde cuándo está fuera?

—Esta misma mañana he vuelto de acompañarla.

—¿La has acompañado en coche? Es un viaje muy largo, ¿verdad? ¿Tiene fobia a volar?

—Le resulta complicado, con sus piernas —dijo Kate con brusquedad, sin que su voz traicionara en ningún momento lo sucedido en las últimas dos semanas, las sorpresas desagradables y la incómoda combinación de soledad, sensación de abandono, rabia incontrolada y los vestigios de la peor resaca que había sufrido en años.

—Ya me lo imagino —dijo Jules en tono pensativo—. Los aviones siempre van llenos. Lo pasaría fatal con muletas. ¿O es que todavía utiliza la silla de ruedas?

—A veces, pero casi siempre usa muletas.

—¿No había un hombre viviendo en vuestra casa? El que cuidaba de Lee. Le conocí. Jon, sin hache.

—También se ha largado durante una temporada.

—Así que estás más sola que la una. ¿Te gusta estar sola en casa? —Como Kate no contestó de inmediato, la niña continuó—. A mí, sí. Me gusta llegar a una casa, o a un apartamento, como es mi caso, donde sabes que no hay nadie, y que no habrá nadie durante un buen rato. Ya tengo ganas de que mamá me considere lo bastante mayor para quedarme sola. Es un palo tener a Trini siempre revoloteando a mi alrededor. Es buena tía, pero ocupa mucho espacio, y siempre tiene puesta la música. Me gusta estar sola, al menos un rato. No sé si me gustaría estarlo siempre. Supongo que me sentiría mal, sobre todo de noche. ¿Cuánto tiempo estará Lee fuera?

—No lo sé.

Kate estaba perdiendo el control, y notó el tono exasperado en su voz. Jules volvió a mirarla.

—¿Cómo van sus piernas? Al dijo que podía desplazarse bastante bien, comparado con lo que habían imaginado…

—Dejemos de hablar de Lee —dijo Kate, con voz cordial pero expresiva—. En este momento, estoy muy cabreada con ella. ¿De acuerdo? Dime, ¿qué pone en tu camiseta?

Jules bajó la barbilla para echar un vistazo a la inscripción.

—Dice: «*Panta hellenike estin emoi*». Significa, «Para mí eso es griego». El chico de mi clase de programación ahorra para pagarse la universidad vendiendo camisetas. Me pareció fascinante.

»Fascinante», pensó Kate con una sonrisa, y recordó las interpretaciones psicológicas de las probabilidades estadísticas.

—Háblame de tu clase —sugirió. El tema ocupó a Jules hasta Palo Alto, cuando Kate salió de la autovía y le pidió que la guiara hasta el parque.

2

Kate se contentó con pasar despacio junto al parque y parar un momento en el aparcamiento, aunque Jules estaba ansiosa por enseñarle todo.

—No, sólo quería echar un vistazo —dijo Kate con voz firme—. ¿Te encontrabas con él bajo ese árbol? ¿De qué dirección solía venir? No, sólo para hacerme una idea. Bien, enséñame dónde vives. No, Jules, no voy a dejarte tirada.

Sin hacer caso de las protestas de la niña, Kate aparcó en un hueco del espacio reservado a las visitas, detrás del enorme edificio de ladrillo, y subió la escalera detrás de ella, con la sensación de ser una asistente social adscrita a los servicios de enseñanza. El apartamento era más grande que el que Kate había visto en San José, donde Jani y su hija habían vivido dos pisos más arriba de un psicópata especialmente perverso, pero conservaba la personalidad del antiguo, es decir, la guarida de una académica distraída y su seria y también intelectual hija. Daba la impresión de que los altos techos estaban sostenidos por las librerías, que no eran espacios de almacenamiento ordenados con pulcritud, sino depósitos cargados de volúmenes, desordenados a causa del uso constante. Se observaban algunas mejoras con respecto al antiguo lugar: los espantosos muebles de motel habían desaparecido, la mesita de plástico y cromo con sillas a juego donde comían había dado paso a una mesa de comedor de madera, con seis sillas también de madera, el sofá con un tapiz floreado había sido sustituido por un conjunto de butacas de aspecto cómodo y un sofá de terciopelo color marrón claro. Hasta las pilas de libros parecían menos precarias. Incluso se veían algunas superficies libres.

Jules cogió dos tazas, una con la cuchara todavía dentro, y las llevó a la cocina. Kate la siguió.

—Bonito lugar.

—Me gusta más que el otro. En aquel edificio sólo vivían yuppies, y después de… Siempre pensaba que lo veía en los pasillos.

Dio media vuelta, avergonzada por la admisión, para introducir las tazas y un par de cosas más en el lavavajillas.

—Espantoso —admitió Kate—. ¿Dónde vive la señora Hidalgo?

—Oh, no me espera hasta dentro de unas horas. A veces, no llego a casa hasta las dos.

Antes, habían sido «las tres o las cuatro». Entre sus muchos talentos, Jules no era una mentirosa avezada.

—Supongo que podrías falsificar una nota para el colegio —dijo Kate como si tal cosa, mientras miraba a través de la ventana un balcón del tamaño de un escritorio y una piscina del tamaño de un sello de correos, abajo—, pero la señora Hidalgo lo descubriría, y tu madre se pondría hecha una furia. Lo mejor es desactivar la bomba antes de que empiece a echar chispas.

Jules guardó silencio. Después, Kate la oyó suspirar.

—Eres tan mala como Al —se quejó—. De acuerdo, deja que guarde estos libros. ¿Quieres ver mi habitación?

—Claro —dijo Kate.

Jules cogió su mochila y guió a Kate hasta el extremo del vulgar apartamento. Tal como Kate había sospechado, la habitación no era vulgar. De hecho, jamás en su vida había visto una habitación de adolescente igual, y en el curso de su vida profesional había visto bastantes.

Para empezar, estaba ordenada. No de una manera compulsiva, pero bajo una pequeña acumulación de papeles, libros y latas de Coca-Cola, las cosas ocupaban sus lugares asignados y lógicos. Las estanterías se veían libres de polvo, y hasta estaba hecha la cama.

La habitación era muy típica de Jules. La cabecera de la cama estaba sepultada bajo un despliegue de peluches. Al pie de la cama había dos libros, cada uno de los cuales pesaba como mínimo dos kilos. El de encima era una biografía de la escritora feminista Mary Wollstonecraft. Una estantería elevada, que recorría tres paredes de la habitación, albergaba más juguetes, ositos de todos los colores, un grupo de vacas y otro de elefantes, así como diversos otros representantes del bestiario. Debajo, las estanterías contenían libros, novelas de bolsillo en las superiores, de tapa dura en las inferiores, y tomos que unos pocos adultos lo más que habrían hecho sería tocarlos estaban a la altura de la cintura. Una disposición bastante lógica en un territorio donde los terremotos eran frecuentes (algunos de aquellos libros matarían a una persona si caían desde una altura de dos metros y medio), pero la divirtió ver una colección de libros ilustrados, antiguos pero sin duda muy queridos, codo con codo con una colección de libros de arte en papel satinado. El cruce entre ingenuidad infantil y sofisticación adulta se extendía también a las paredes: en una de ellas había tres grabados enmarcados de las páginas de *Goodnight Moon*, frente a un póster del rostro de una mujer del Renacimiento en la otra, el retrato de una rubia etérea con el nombre de un museo alemán debajo.

Jules había dejado la mochila sobre el escritorio, y cruzado el dormitorio para abrir la puerta de una jaula de alambre. Una rata blanca y negra salió parpadeando y se posó sobre la mano de su ama, pero la atención de Kate se concentró en un trozo de papel clavado con chinchetas en el tablero de corcho que había sobre el escritorio, en el cual estaba impresa la palabra «sesquipedal».

—¿Qué es eso? —preguntó Kate, al tiempo que señalaba con el dedo.

—Mi palabra del día —contestó Jules con la mator naturalidad. Había estado acunando a la rata contra la barbilla, y ahora le besó el hocico puntiagudo y dejó que trepara a su hombro—. Está en el grupo de las palabras largas. Significa algo que mide un pie y medio de largo.

Sacó un cacahuete de un tarro y lo alzó hasta su hombro. Kate vio que la rata manipulaba el cacahuete entre sus delicadas patitas y lo devoraba en un abrir y cerrar de ojos, y se preguntó por un momento cómo reaccionar a la palabra del día, hasta que cayó en la cuenta de que no era necesario.

—¿Cómo se llama? —preguntó en cambio.

—Ratty.

—Me gustaba mucho *El viento en los sauces* cuando era pequeña —admitió Kate.

—De hecho, su nombre completo es Ratiocinate —dijo Jules, al tiempo que la devolvía a la jaula con otro cacahuete—. Pero yo la llamo Ratty.

Kate rió de buena gana y siguió a Jules hasta la cocina. La niña investigó en la nevera.

—¿Te apetece una Coca-Cola? —preguntó—. También puedo prepararte café. La señora Hidalgo sólo bebe zumos. Cree en la vida sana.

Parecía una cita, como muchos comentarios de Jules. Kate no tenía sed, y tampoco le gustaba mucho la Coca-Cola, pero sin saber por qué, se encontró aceptando la invitación. Jules y ella se quedaron un rato en la cocina, hablando del apartamento y bebiendo de las latas, hasta que Kate sugirió que bajaran.

Después, cuando salían del apartamento, ocurrió algo extraño, que no hubiera impresionado mucho a Kate de no ser por la reacción de Jules. Sonó el teléfono mientras caminaban hacia él, y sin vacilar, casi sin perder el ritmo de sus pisadas, Jules se limitó a descolgar el auricular y volverlo a dejar sobre la base. No, no lo dejó. Jules lo colgó con brusquedad en un leve estallido de furia y continuó su camino. Kate la siguió, esperó a que Jules sacara la llave del bolsillo de sus pantalones cortos y cerrara la puerta, y después habló a la espalda que la precedía por el pasillo.

—Se equivocan mucho de número, ¿verdad?

No estaba preparada para la reacción de la niña. Jules giró en redondo, con las trenzas aleteando a su alrededor y el rostro petrificado, como si retara a Kate a seguir interrogándola, y después se puso a bajar la escalera con celeridad, casi como si huyera. Kate la alcanzó ante la puerta de la vecina y extendió una mano para tocar el brazo de la niña.

—Jules, ¿recibes muchas llamadas de chiflados?

La niña contempló el timbre de la puerta. Después, sus hombros perdieron la rigidez y exhaló un suspiro.

—No, no muchas. Hace tiempo recibí una muy rara, y creo que todavía me pongo nerviosa cuando el teléfono suena si estoy sola. Es estúpido colgar así, ¿verdad? O sea, ¿y si era mamá?

—O Dio.

Jules se volvió hacia Kate.

—Dios, no lo pensé. Nunca me ha telefoneado —dijo en tono dubitativo—. Pero podría hacerlo.

—Si tienes un problema, Jules, siempre puedes cambiar el número de teléfono. O puedes pedir a la compañía telefónica...

—¡No! —dijo enfurecida—. No quiero cambiar de número, y no quiero mezclar a la compañía telefónica en esto.

—Pues utiliza el contestador, para filtrar las llamadas.

—A veces lo hago.

—¿Se lo has contado a tu mamá, o a Al?

—¡Sólo pasó una vez! —casi gritó Jules—. No se trata de un problema.

—A mí me parece que sí.

—No, Kate, de veras. Es que todo este rollo de Dio me está... afectando. Pero si empieza otra vez, te prometo que pediré a mamá que cambie el número.

Jules extendió la mano de nuevo hacia el timbre, y esta vez Kate la dejó llamar.

La matriarca del clan Hidalgo no concordaba con la imagen que Kate se había formado (una abuela putativa del vecindario, menuda, rechoncha y pechugona). Cierto que su piel era del color de un penique antiguo, y que el olor de algo magnífico dorándose en el horno invadía la escalera. Incluso había claras indicaciones de que la mitad de los niños de la manzana se habían mudado a su casa. Sin embargo, la buena señora tenía una cintura más esbelta que la de Kate, y los tejanos y la camiseta rosa escotada cubrían un cuerpo bien provisto de músculos aeróbicos. También llevaba un pequeño micrófono acoplado a la pechera de la camiseta, como el de un reportero, sólo que inclinado hacia abajo. Miró a sus dos visitantes con preocupación.

—Julia, has llegado pronto. ¿Algún problema en el colegio?

Imprimió al nombre una pronunciación hispana, pero su acento era escaso.

—*Buenos días, señora* —dijo Jules con cautela, hablándole en castellano—. *No hay problema. Este es mi amiga Kate Martinelli. Yo tengo..., tiene..., yo tenía una problema, y ella va a ayudarme con, er...*

—Lo has dicho muy bien, Julia. Aprendes rápido. Encantada de conocerla, señora Martinelli. Rosa Hidalgo. —Extendió la mano, que era firme como el resto de su cuerpo—. Entren. Estaba acabando. Trabajo de campo para mi tesis de psicología infantil —añadió, mientras miraba por encima del hombro.

La habitación estaba invadida de niños, junto con cierto número de biotipos maternos plantados alrededor de la periferia como peñascos. Rosa Hidalgo se movió con seguridad entre las cabecitas multicoloreadas, al tiempo que esquivaba el montón de bloques y juguetes que cubrían el suelo como los restos de una bomba de fragmentación.

—Ya está bien por hoy. Gracias a todos. ¿Qué tal si comemos ahora? Eh, *amigos* —dijo en voz más alta—, ¿tenéis hambre? *Burritos*, mantequilla de cacahuete, atún, y le decís a Angélica lo que queréis beber.

Empezó a guardar el magnetófono y el micrófono, al tiempo que varios peñascos se adelantaban a recoger los juguetes abandonados y meterlos en contenedores, mientras los niños, que apenas sabían hablar pero producían un ruido asombroso, desaparecían en la habitación de al lado, donde su hija, una chica alta de unos diecisiete años, se erguía con inmensa dignidad sobre bocadillos y jarras de bebidas.

—¿Has comido, Jules? ¿Y usted, Kate? Hay *burritos* vegetarianos. Espero que os gusten. Utilizo judías azuki. Jennifer, te presento a Kate. Enséñale dónde están las cosas, ¿quieres? Tami, ya veo que has de marcharte, pero quiero aclarar algo. Cuando el pequeño Tom estaba hablando del perro, ¿decía...?

Aunque Kate no estaba más hambrienta que sedienta cuando le habían ofrecido la Coca-Cola arriba, se comió dos soberbios *burritos*, que eran todo cuanto su aroma había prometido, y rechazó un tercero sólo cuando pensó en el ya asfixiante cinturón de sus pantalones.

—¿Su hijo está por aquí, Kate? —preguntó la mujer a quien Rosa había llamado Jennifer.

—¿Perdón? Oh, no. No, no tengo hijos. Soy amiga de Jules, la chica que está allí. Vive arriba. ¿Sabe cuánto tardará…?

Una rápida sucesión de chillidos porocedentes de la habitación de al lado la interrumpió, y de repente Jennifer se desvaneció como por ensalmo, y sólo quedó su plato oscilando al borde del fregadero. Kate lo rescató, y se sintió aliviada cuando vio que la furiosa escaramuza que tenía lugar en la mesa de los niños era la señal de una partida en masa. Veinte minutos después de visitas al lavabo y de arrebatar juguetes de entre puños cerrados, Kate se quedó por fin a solas con Rosa Hidalgo.

—¡Caramba! *Madre*, necesito una taza de café. ¿Y usted?

Kate pensó que un latigazo de bourbon le sentaría mejor, pero aceptó la droga blanda con un gracias. Era café de verdad, bien molido, fuerte y agradable.

—Al principio pensé que era una guardería.

—Con veinte mocosos de tres años y medio, parece más la jaula de los monos del zoo. Cada seis meses vienen aquí por las mañanas durante una semana. —Hizo una pausa y revisó la sintaxis de su frase—. Vienen dos veces al año, cada mañana durante una semana.

—Se quedará tranquila cuando termina la semana —comentó Kate.

—*Madre*, mis oídos cantan. El febrero que viene será la última vez. Me pregunto si los echaré de menos.

—¿Ha dicho que era para una tesis?

—Sí, estoy investigando el desarrollo de las características debidas al sexo, o sea, el hecho de que los niños jueguen con coches de juguete y las niñas prefieran muñecas, comparándolos con los resultados de varios investigadores que hacen estudios similares. He estado siguiendo a este grupo desde que eran de un año.

—Desde que tenían un año, mamá —la corrigió su hija, mientras lavaba los platos.

—Desde que tenían un año. Gracias, Ángel. Mi inglés se resiente después de estas sesiones —comentó a Kate, con una pronunciación más cuidada que nunca—. Es un síntoma de estrés. Ángel, ve a

ponerte el traje de baño. Iremos a nadar un poco. Tú también, Julia.
Deja esos platos. Ya los lavaremos más tarde. Bien —se volvió hacia
Kate cuando la puerta se cerró detrás de las chicas—, cuénteme en
qué problema está ayudando a Julia, qué le preocupa, y por qué no ha
ido hoy a su clase de informática.

—Creo que está informada de que Jules hizo amistad este verano en el parque con un chico sin techo. —Rosa Hidalgo asintió—.
Bien, ha desaparecido, y ella está preocupada. Fue a pedirme que le
buscara. Trabajo para el Departamento de Policía —añadió—. En
San Francisco. Trabajo con el... novio de su madre.

—Alonzo Hawkins, sí. ¿Y usted vive en San Francisco? —Kate
asintió—. Entiendo. Y fue a verla en horas de clase, para que yo no
me enterara.

—Pensó que se preocuparía.

—Tenía razón. ¿Por qué los inteligentes siempre cometen estupideces? —El meneo de su cabeza fue el gesto de una madre experimentada antes que el de una psicóloga profesional—. ¿Qué va a hacer con lo del chico?

—No puedo hacer gran cosa, si quiere que le diga la verdad. Hablar con el departamento del sheriff local, enviar su descripción por
teletipo si no aparece dentro de unos días, ver si ha aparecido en Los
Ángeles o en Tucson.

—No parece muy esperanzada.

—Es casi imposible seguir el rastro de los fugitivos juveniles...
No se lo he dicho a Jules, pero creo que es consciente de las dificultades. También parece consciente de los peligros, aunque yo diría que
sostiene un punto de vista excesivamente dramático sobre los peligros que pueda correr el chico. El sida y la hepatitis son mucho más
probables que el asesino psicópata que ella imagina.

Rosa Hildalgo entornó los ojos al oír las últimas palabras de
Kate, y habló con acritud.

—¿Qué le dijo ella, en concreto?

—Creo que está preocupada por la idea de un asesino múltiple
que le torture hasta morir. Algo por el estilo.

—*Madre de Dios* –murmuró Rosa Hidalgo, estremecida.

—Le dije que eso era inverosímil —se apresuró a comentar

Kate—. La verdad, dice mucho en su favor que esté preocupada por él. No parece nada de tipo romántico, sino que se siente responsable de un amigo al que no entendió. Es una buena chica. No la reprenda demasiado por mentirle.

—Si «reprender demasiado» quiere decir expresar cólera, no lo haré. No obstante, invitaré a su madre y a Alonzo a educarla sobre los peligros que aguardan en el mundo a las chicas jóvenes. Hablar con un chico en un parque público lleno de gente es una cosa. Coger un autobús a San Francisco sin decírselo a nadie es otra muy distinta. Su madre tiene una fuerte propensión a ser sobreprotectora, y a evitar temas desagradables con su hija. Hay que meterle en la cabeza que sólo consigue aumentar la oscuridad que se oculta tras la brillantez de Julia. Creo que hablaré con Alonzo al respecto. Fue muy intuitivo por su parte penetrar en la armadura que recubre la mente de Julia, señora Martinelli.

«Para ser policía», supuso Kate que quería decir.

—Llámame Kate. Voy a darte mi número de teléfono, por si pasara algo. Éste es mi número del trabajo, y… ¿tienes un boli? Éste —escribió en el dorso de la tarjeta— es el número de casa. Tengo prisa, pero haz el favor de decirle a Jules que me llame mañana por la noche. Quizá sería mejor que me dieras tu número —dijo.

Cogió el bolígrafo y anotó el número. Cuando Rosa la acompañaba a la puerta, las dos chicas reaparecieron, con exiguos trozos de brillante nailon adheridos a sus cuerpos y toallas todavía más chillonas. Kate se cruzó con ellas en el pasillo, y tras repetir a Jules que iba a investigar la ausencia de Dio, que se mantendría en contacto con ella y que sería discreta, huyó.

Kate aparcó en el lado del parque más alejado de la piscina, por si Jules terminaba allí. Kate no albergaba la menor intención de permitir que Jules se le pegara como una lapa, mientras obedecía a su intuición e investigaba lo que podía convertirse en un cadáver que llevara dos días descomponiéndose, doblado dentro de una caja pintada con «spray». Jani, y Al, no le darían las gracias por eso.

Sin embargo, una vuelta al parque, que le ocupó menos de media hora, no la llevó a percibir el olor inconfundible de un ser humano en estado de descomposición. El parque era en parte hierba y patio de juegos, en parte tierra boscosa alrededor de un arroyo: masas de arbustos, madroños, encinas y grandes ondulaciones de zumaque venenoso, que empezaban a adquirir el rojo espectacular de su colorido otoñal. Volvió al coche y sacó un mono de mecánico que guardaba en el vehículo, más como indumentaria de emergencia que para cuidarse del coche. Estaba hecho de gabardina impermeable, de modo que cuando se subió la cremallera, experimentó la sensación de haber entrado en una sauna. También se puso calcetines, zapatos de correr y un par de guantes de conducir. Pensó en recogerse el pelo, pero decidió que sería demasiado horrible. Cerró con llave el coche y recorrió el camino que rodeaba la parte boscosa del parque, hasta descubrir una vaga senda de ciervos, y después se abrió paso entre los asfixiantes, calurosos, polvorientos y aromáticos arbustos. Cuando la senda desembocó en un callejón sin salida, volvió sobre sus pasos y probó otra.

Cuarenta minutos después encontró la guarida del chico. Debía ser inmune al zumaque venenoso, porque Kate tuvo que sumergirse en él, y pasó dos veces ante la entrada antes de reparar en que una de las ramas parecía todavía más muerta que las demás.

Había una tienda de campaña, marrón, polvorienta y rodeada de arbustos por todas partes, con la cremallera subida, pero los faldones caían sobre la puerta y las ventanas. Carraspeó y dijo en voz alta el nombre del chico, pero el único movimiento fue un arrendajo azul sobre su cabeza. Con cierta aprensión, subió el faldón de la puerta y miró a través de la mosquitera el interior de la tienda, claustrofóbica con sus ventanas sobre las cuales se apelotonaban las ramas. No había cadáver, espatarrado e hinchado. Había un par de zapatillas de tenis de tela en una esquina, muy agujereadas, cerca de una pila de ropa pulcramente doblada, y pronto descubrió que consistía en un par de pantalones cortos y otro de tejanos, un par de calcetines desparejados de atletismo, en otro tiempo blancos, dos pares de calzoncillos descoloridos y una camiseta. También había media docena de botellas de refrescos de dos litros, llenas de agua turbia, como si empezaran a crecer algas; una toalla de baño gastada; un saco de dormir con varios agujeros y una cremallera rota, y media docena de cajas de zapatos apiladas. Algunas estaban vacías, y otras contenían una variedad de tesoros, sin duda robados: dos o tres blocs de notas medio vacíos (¿manchados de qué, posos de café?), tres lápices, dos bolígrafos. Otra caja de zapatos contenía cordel, bramante, gomas elásticas, cordones de zapato rotos, una maraña de lazos retorcidos y algunas bolsas de comestibles de plástico dobladas con esmero. Otra, sorpresa: joyas. La mayoría eran bisutería, pero también había un anillo de sello dorado masculino con un pequeño diamante, el metal arañado y algo deforme, como si hubiera estado enterrado en arena, y tres pendientes, todos los cuales habían perdido el cierre. Uno de los pendientes tenía tres cadenas de oro, cada una de las cuales terminaba en un pequeño rubí y colgaba de un bullón de adorno central con un rubí más grande. En opinión de Kate eran auténticos, y un joyero o prestamista habría pagado unos cuantos dólares por ellos. Cerró las cajas de zapatos y las dejó tal como las había encontrado, y después continuó el registro. Dentro de un fichero de plástico roto, de unos treinta centímetros cuadrados y con una piedra encima, descubrió la biblioteca de Dio, incluyendo una novela de ciencia ficción en tapa dura de la biblioteca pública, cuyo plazo finalizaba la semana siguiente. ¿A nombre de Jules? Después de una batalla interna, la apartó de las demás, la mayoría clásicos en edición de bolsillo manoseados como *Las aventuras de Huckleberry Finn*, *Los tres mosqueteros*, *David Copperfield* y *Peter Pan*. ¿Reunidos intencionadamente, o por qué algún vecino lo habría tirado al cubo de basura?, se preguntó mientras pasaba las páginas. No encontró la agenda con el arco iris ni documentos de identificación, salvo una fotografía muy manoseada de una mujer dentona que reía a la cámara en una playa. Era el único objeto de la tienda que tal vez Dio lamentaría ver estropeado por la lluvia, de modo que la guardó dentro del libro de la biblioteca y lo dejó a un lado.

Ninguna señal de lucha. Por otra parte, no era probable que se hubiera largado sin las joyas que podrían pagarle varias comidas. Pero no podía hacer nada más allí, excepto… Sacó una libreta y un lápiz de la caja correspondiente y escribió el número de teléfono de su casa encima. Debajo, añadió: *Soy una amiga de Jules. Haz el favor de llamar a cobro revertido.*

Dejó la libreta sobre el saco de dormir, cogió el libro de Jules y salió de la tienda. El día parecía fresco en comparación con la tienda asfixiante. Subió la cremallera, dejó caer el faldón sobre la puerta y regresó bordeando los matorrales.

Cuando llegó al camino, ardía en deseos de quitarse el sudado y pegajoso mono. Bajó la cremallera por completo y embutió los guantes en un bolsillo. Oh, Dios, pensó, me pica todo, y se rascó la cabeza.

Tenía compañía. Un coche del sheriff había parado con pretensiones autoritarias, aunque ineficaces, delante de su coche, y los dos agentes estaban de pie codo con codo, mientras la veían subir por el camino.

Kate supo de inmediato que aquellos dos hablarían arrastrando las palabras, aunque era probable que hubieran nacido en California, que harían algún comentario sobre sus ropas, y que intentarían chulearla como demostración de poder. Bien, pues habían elegido a la mujer menos adecuada en el día menos adecuado para ese juego. Pasó a su lado sin mirarlos, se dirigió al maletero del coche, lo abrió, tiró dentro el libro de la biblioteca y sacó dos botellas de agua mineral. Bebió de una, y dejó que resbalara sobre su garganta. Se agachó y remojó con la otra su cara y su pelo. Todavía sin hacer caso de los dos agentes, que ahora se habían situado a cada lado de ella, tapó las botellas, las tiró dentro del maletero, se pasó los dedos por el pelo para peinarlo un poco y apoyó el pie derecho sobre el parachoques para desanudarse el zapato. Sólo entonces habló uno de los jóvenes, el de su izquierda.

—Buenas tardes, señorita.

—Martinelli. Y señora.

—Caramba, parece que tenemos aquí a una feminista con carnet, Randy —dijo el segundo.

—Randy —resopló Kate, mientras arrojaba el zapato al maletero y se inclinaba para desanudar el segundo—. Y supongo que tu colega se llama Dick —aludiendo a un chiste colorado bastante grosero. Antes de que el hombre pudiera reaccionar, se quitó el mono y tiró la sucia prenda al maletero, siguiendo el destino de los zapatos y los calcetines. Después, buscó un par de sandalias de goma, las dejó caer al suelo y se las calzó—. ¿Conduces tú el coche? —preguntó.

El joven contestó, desorientado por completo.

—Sí, yo lo conduzco.

—Bien, no te preocupes, se aprende a aparcar con la experiencia. Ahora, si me perdonáis, chicos, tengo cosas que hacer.

Introdujo la mano en el bolsillo de sus pantalones cortos de correr, y cuando levantó la vista, contempló el extremo de dos automáticas de 9 milímetros.

Después pensó en lo asombroso que había sido no quedar petrificada de terror, al ver los dos pequeños cañones empuñados por lunáticos, pero en aquel momento lo que sintió fue incredulidad. Extendió poco a poco el brazo y dejó que el llavero colgara de sus dedos, y los dos ayudantes del sheriff se enderezaron, con expresión horrorizada.

—Estúpidos de mierda —dijo Kate sin alterarse—. ¿Cuánto hace que habéis salido de la academia, tíos? ¿Una semana? No se va por ahí alardeando de la pistola a menos que estés preparado para utilizarla, y no la utilizas hasta que estás preparado para pasar seis meses llenando los malditos formularios. Por los clavos de Cristo, ¿de veras creéis que una persona vestida así puede ocultar algo más grande que una navaja suiza?

Se señaló, y los dos patanes miraron una vez más los pantalones cortos de correr y el top mojado y ceñido, y después enfundaron sus armas.

—Recibimos un informe, señora... —empezó el más bajo, el conductor, sin arrastrar ya las palabras.

—Alguna vieja de esas casas de ahí, sin duda, que me vio husmeando por los alrededores y me tomó por una terrorista. Y que ahora estará viendo cómo os habéis puesto en ridículo.

—Sí, señora, pero ¿le importaría decirnos qué estaba haciendo?

—Esto es un parque público.

—Escuche...

—Cierra el pico, Randy —siseó el chófer.

—Pero Nelson...

—¿Nelson? —resopló Kate.

No era de extrañar que fuera propenso a buscar camorra. Se irguió y esperó oír más gruñidos autoritarios, pero había más aprensión que agresividad en sus caras.

—No, no voy a presentar una denuncia. Pero será mejor que os lo penséis tres veces antes de repetir esta estúpida exhibición. Espero no tener que identificarme cada vez que saco las llaves, y hace demasiado calor para ir en uniforme.

Kate esperó un momento a ver si lo captaban, y de pronto se dio cuenta de que hacía mucho tiempo que no se sentía tan bien. Feliz, incluso. Avanzó un paso y extendió la mano a Nelson.

—Inspectora Kate Martinelli, Departamento de Policía de San Francisco. Homicidios.

Aún se sentía de maravilla cuando aparcó su coche junto al blanco y negro de Nelson y Randy en el aparcamiento de una hamburguesería cercana, y sintió el vigor de sus pasos cuando entró acompañada de los dos uniformados. Pidió un vaso grande de té helado, se excusó para ir a restregarse la cara y las manos en el lavabo, y después se reunió con los hombres en una mesa. Dejó su tarjeta de identificación encima y se sentó.

—Muy bien —dijo sin más preámbulos—. Lo que estaba haciendo con aquella horrible indumentaria era buscar a un chico. Una amiga mía se encontró con él en el parque varias veces. Desapareció hace cinco días. Le dijo que vivía allí, en el parque, de modo que se me ocurrió echar un vistazo. Era verdad lo que decía, pero ahora no está, al parecer desde hace días, y dejó algunas cosas de valor: un anillo, un par de pendientes, un par de zapatos. Es un chico hispánico de piel clara, de unos catorce o quince años, metro setenta, delgado, sin señales distintivas, salvo una melladura en el incisivo superior derecho, se hace llamar Dio y puede que su nombre sea Claudio, pasa mucho tiempo en el parque. ¿Os recuerda algo?

—A la mitad de los chicos que invaden el parque cuando llega el verano —dijo Nelson en tono profesional, muy contento de que nadie hablara del pequeño episodio anterior.

—Éste era solitario, evitaba las actividades de grupo, no utilizaba la piscina ni tomaba clases, sólo vagaba. Hablaba mucho con una chica. Ella tiene doce años, metro sesenta y algo, trenzas negras, ojos castaños, de aspecto vagamente oriental. Bonita, parece mayor por su forma de comportarse.

—Me suena. ¿Lee mucho?

—Ésa es ella.

—Me acuerdo de un chico —dijo Nelson—. Pero nunca hablé con él.

—Os agradecería que estuvierais atentos. No ha hecho nada, al menos que yo sepa, y parece la clase de chico que, si cayera en los círculos del juego o de la droga, podría cortar todos los lazos.

—¿Te refieres a que aún conserva cierta dignidad? —preguntó Nelson. Por lo visto, no sólo había serrín en la sesera.

—Podría salvarse —admitió Kate—. Bien, caballeros, ha sido un placer. Cuando descubráis quién hizo la llamada acerca de la peligrosa mujer de los matorrales, podríais preguntarle si ha visto a nuestro jovencito. Os doy mi tarjeta y el número de teléfono de casa (últimamente no paro de repartirlo, reflexionó). Llamadme si averiguáis algo. Gracias por la bebida.

Kate condujo los cincuenta kilómetros que distaba su casa sin pensar en casi nada, aparcó en la calle, delante de su edificio, y se encaminó a la puerta. Una vez cerrada a su espalda, la asaltó el miasma de una casa que no sólo estaba vacía, sino abandonada. Se quedó inmóvil en el vestíbulo de la casa y oyó su silencio, percibió un olor rancio bajo los restos del desayuno que Jules había preparado, y pensó en lo feliz que era antes cuando llegaba a este lugar, recordó cuánto habían amado y trabajado Lee y ella para liberarla de sus décadas de descuido. Recordó cuánto se habían amado Lee y ella. Había sido su placer y su alegría, y ahora las paredes no vibraban de vida: Lee no estaba arriba, ni en las habitaciones de la consulta que había a la derecha de Kate, Jon no hacía magia en la cocina ni escuchaba su peculiar música moderna en el apartamento del sótano, ninguno de los clientes de Lee, ninguno de los amigos imposibles de Jon, nada, sólo el dolor de su vaciedad y Kate, de pie en el vestíbulo.

Se sirvió un vaso de vino, sin hacer caso del reloj, y subió la escalera. Arriba, sin intención de hacerlo, se encontró en el estudio de Lee, parada ante el escritorio de Lee, abrió el cajón de la derecha y sacó la carta de la tía loca de Lee que había empezado todo:

Querida sobrina:

Sólo nos hemos visto dos veces durante tu vida, y como en el curso de nuestro breve segundo encuentro sólo llevabas unos pañales mojados, es probable que no te acuerdes de mí. Sabrás, al menos, que tu madre tenía una hermana. En caso contrario, imagino que la noticia te pillará por sorpresa. Sin embargo, la tenía, y soy yo. Me cuesta pensar en mi hermano (lo bastante joven para ser mi hijo, pensándolo bien) como un hombre de cincuenta años, pero como yo cumplo sesenta y ocho este año, ése habría sido el caso. Sólo que murió con el uniforme, tú nunca le conociste y tu madre me mantuvo alejada de ti, porque le recordaba su gran pérdida, o eso decía.

Volví a este país hace un año y me instalé en una isla del estrecho de Juan de Fuca, que no tiene electricidad ni casi vecinos. Me parece un delicioso contraste con Calcuta, porque ¿acaso no es el contraste la especia de la vida? Tras regresar, di instrucciones a mi abogado de que averiguara lo que pudiera sobre los miembros de mi familia, lo cual explica por qué te escribo ahora. Por lo visto, contrató a un investigador privado (una curiosa idea), el cual le cobró una cantidad que consideró excesiva por una carpeta llena de recortes de periódico. Pido disculpas por haber violado sin querer tu intimidad. De haberlo sabido, habría ordenado al hombre que desistiera de su empeño.

Así me enteré de tu herida, y aunque me supo muy mal, tengo entendido que progresas con rapidez, y como, al fin y al cabo, apenas te tenías en pie la última vez que te vi, podría decirse, supongo, que desde mi punto de vista se han producido pocos cambios.

Lo cual me lleva al propósito de esta carta, aparte de concertar un intercambio anual de felicitaciones por Navidad y otras zarandajas. Si alguna vez deseas pasar una temporada en un retiro extremadamente rústico, en compañía de una anciana desabrida que no tiene tiempo para la compasión ni deseos de obsequiar a nadie, mi isla está a tu disposición. No está pre-

parada para una persona impedida, pero tampoco está preparada para una anciana de sesenta y ocho años con malaria, de modo que estaríamos más o menos a la par, y sin duda nos las arreglaríamos.

Imagino que la sola idea te dejará horrorizada, en cuyo caso tira estas páginas a la basura y no vuelvas a pensar en mí. Sólo he escrito estas líneas como homenaje a mi hermano, al cual quería mucho y echo de menos cada día. Si algo has heredado de él, y si ese elemento permite que una estancia en la isla te parezca atractiva, haz el favor de comunicarme cuándo piensas llegar.

Agatha Cooper

Y pensar, reflexionó Kate, que mi primera reacción fue reír de lo absurda que resultaba. El recuerdo provocó que se sintiera mal, porque en realidad la tía de Lee había hablado, y Lee había contestado, y ahora Kate estaba sola en la enorme casa. Dejó la carta a un lado y entró en el vestíbulo, donde recogió las ropas descartadas de la noche anterior y las llevó no a su dormitorio, sino al pequeño cuarto de huéspedes que había en el pasillo de arriba. Colgó la chaqueta de algodón en el ropero, se quitó el top y los pantalones, y los tiró junto con las demás prendas sucias en la cesta, y recorrió desnuda el pasillo alfombrado para ir a buscar su ropa de trabajo en el dormitorio grande. Se detuvo ante el espejo del ropero y se observó con amargura. No le sorprendería descubrir un kilo más en la báscula: los largos viajes en coche y la buena comida eran asesinos. Estaba pálida, su aspecto era desasosegado. El pelo casi le tapaba los ojos. Se fijó en que tenía largas y sucias las uñas de las manos.

—Joder, estás hecha un asco —dijo a su reflejo, y se fue a tomar una larga ducha con mucho jabón.

No consultó la báscula. Se cortó las uñas.

Volvió a la planta baja, consultó por segunda vez el contestador automático, pero el aparato seguía vacío de mensajes, y la luz roja no parpadeaba. Hasta oprimió el botón de reproducción, pensando que la luz podía haberse fundido, pero el artefacto se limitó a emitir un pitido y después guardó silencio. Decididó que, a fin de cuentas, iría a trabajar, aunque sólo estaba de guardia.

Después del ominoso silencio de la casa, el caos del Departamento de Homicidios casi significó un bálsamo para el espíritu de Kate. Sólo se había ausentado poco más de una semana, pero habrían podido ser unos pocos minutos. Kitagawa la saludó con un cabeceo cuando se cruzó con ella, absorto en su conversación con un hombre que llevaba el llamativo uniforme de un portero. Tom Doyle levantó un dedo a modo de saludo, pero no apartó el teléfono de su oído. Kate se dirigió a su escritorio, guardó la pistola y el termo de café en el cajón de abajo y se sentó en la silla: otra vez en casa.

Dellamonica tenía una corbata nueva. April Robinette se había derramado algo sobre la falda. Gomes pasó mascullando por lo bajo, con una enorme máquina de escribir eléctrica bajo el brazo. Sobre el escritorio de Al Hawkin había una planta nueva, que ya parecía resignada a una larga agonía. El sobre del escritorio de Kate estaba cubierto de mensajes garrapateados; le llevaría casi todo un día descifrarlos y contestarlos. Entre ellos encontró uno urgente con la fotografía granulada de una chica joven de pelo corto, y no tuvo que leer la descripción de la muchacha desaparecida para saber que la policía del estado de Washington (no, se corrigió, éste venía de Oregón) temía que el autodenominado Estrangulador de Snoqualmie se había cobrado una sexta víctima. Habían transcurrido varios días desde que Kate leyera u oyera alguna noticia, pero sin duda Jules estaba más informada que ella. Se trataba del maníaco que preocupaba a Jules, aunque no había ningún chico entre sus víctimas. Kate pensó por un momento en la aprensión (no, en el miedo) que la llamada telefónica había provocado a la niña, y entonces sonó su teléfono.

Pese a lo que había dicho a Jules, la gente sí moría los martes por la tarde en San Francisco. En este caso se trataba de un tiroteo a plena luz del día, en el distrito de Castro, con tres docenas de testigos ansiosos y contradictorios. Esa noche no gozaría de muchas oportunidades de quedarse dormida sobre sus expedientes.

Tiró el mensaje a la papelera, recuperó la pistola y el termo, y se fue a trabajar.

3

En septiembre empezaron las llamadas telefónicas de Jules. La niña llamó dos veces en el curso de la primera semana, para saber cómo iba la búsqueda de Dio. Eran llamadas breves, deprimentes para ambas. De hecho, Kate le andaba buscando, incluso después del regreso de Al Hawkin, porque si bien Al había dicho a Kate que se concentrara en su trabajo, que, para empezar, no sufriera por un chico con el que Jules no habría tenido nunca que hablar, Kate percibía el amor propio y la soledad en la voz de Jules, y recordaba la sensación de sentirse abandonada por los adultos a los que querías. Jules estaba pasando una mala temporada, y Kate sólo podía justificar las horas oficiales de trabajo, de modo que cualquier cosa que llenara las horas que pasaba en casa la consolaban, incluso hablar con una niña de doce años encolerizada.

El tono de estas conversaciones telefónicas evolucionó a toda prisa, debido a las presiones recibidas por ambas. Después de las breves e incómodas llamadas de la primera semana, Kate casi había esperado que Jules no insistiera. En cambio, las llamadas empezaron a cobrar vida propia de una forma vacilante. Debido al incentivo de su experiencia veraniega, el inevitable trabajo de vuelta al colegio de Jules, «¿Qué he hecho estas vacaciones?», se transformó en un proyecto importante sobre los sin techo, y Kate era la fuente de información principal.

Incluso después de que el trabajo fuera entregado al estupefacto pero complacido profesor, las llamadas continuaron, y siempre empezaban con la frase ritual «¿Sabes algo de Dios?», antes de prolongarse veinte o treinta minutos más en forma de discusión sobre los sin techo, la ética del capitalismo, la escasez de buenos profesores en el universo, su palabra del día (*menisco, baladronada* y *arúspice* se encontraban entre las largas, pero *memo, alma* y *vago*, más cortas, también le interesaban), las dificultades de obtener una buena educación cuando estabas rodeada de idiotas obsesionadas con los trapos, el pelo y los chicos; la necesidad psicológica de un grupo de iguales; los sin techo otra vez, y lo que hacían para encontrar compañía; los amigos que Jules había hecho en su nuevo hogar; la diferencia entre un novio y un amigo; trapos, pelo y chicos; la política de los trapos, el pelo y los chicos, los pros y los contras del pelo largo y el pelo corto, un amigo llamado Josh, el trabajo de Kate, la vida en general, la vida en particular. Para su sorpresa, Kate descubrió que recibía con paciencia aquellas divagaciones adolescentes, y aún más, las echaba de menos cuando pasaban tres o cuatro días sin recibir ninguna llamada telefónica.

La verdad era que la casa de Russian Hill era demasiado grande y demasiado silenciosa. Una noche, llegó a casa y encontró un mensaje en el contestador. Jon pensaba ir a Londres, puesto que Lee no necesitaba su ayuda. Llamaría cuando volviera a Boston. «Hasta la vista, tías.» No explicaba cómo sabía que Lee seguía fuera. El orgullo impidió a Kate llamar al número que había dejado, pero la inevitable conclusión de que Jon y Lee se habían puesto en contacto aumentó la sensación de silencio en la casa. Intentó dejar la radio encendida, para suavizar el primer minuto espantoso de llegar a casa y entrar en habitaciones que no habían respirado desde que ella se fue, pero la treta no funcionó.

Un día de mediados de septiembre, mientras sacaba el contenido de las bolsas después de una caótica excursión por los pasillos de un supermercado, Kate descubrió una caja de galletas para gatos en una bolsa encajada entre los paquetes de pasta y una botella de vino tinto. La sujetó y la examinó, una caja por completo desconocida que podría haber jurado no haber tocado nunca. El gato naranja reproducido delante le sonrió.

—Mi inconsciente quiere que compre un gato —dijo en voz alta, disgustada.

Llevó las galletas a la puerta de atrás, vertió la mitad en el patio de ladrillo para pasto de los pájaros, y dejó la caja junto a la puerta. No compraría el maldito gato.

Ya avanzada la noche siguiente, iba a acostarse cuando oyó un ruido extraño en el patio. Se asomó al balcón con cautela y contempló la cara de un obeso e irritado mapache, que zarandeaba la caja y tabaleó con el pie. Al día siguiente, cuando volvía a casa del trabajo, se detuvo en la tienda de la esquina y compró cinco cajas de galletas para perros en forma de hueso. El vietnamita que cobraba la miró sorprendido.

—¿Ahora tiene un perro, señorita?

—No, es el pago por la protección de la banda del barrio, para que no vuelquen mis cubos de basura.

El hombre sonrió, aunque no había comprendido nada, y le entregó el cambio tras contar las monedas escrupulosamente.

En una de sus largas cartas al norte, habló a Lee del mapache, al que llamaba Gideon («el amigo de Rocky», escribió a modo de explicación, aludiendo a una canción de los Beatles). También habló a Lee del trabajo, del proyecto de edificación de los vecinos, que llenaba la calle de camiones de mudanzas, contenedores de basura y transportes de madera, de los nuevos propietarios del gimnasio, del rumor de que el restaurante situado en la base de la colina estaba a punto de reabrir sus puertas, de una llamada telefónica de un cliente de Lee, para comunicarle que la prueba del sida había salido negativa, gracias a Dios, de Al y Jani y Jules y unos cuantos amigos mutuos. A cambio, recibió un montón de notas breves.

No contó todo a Lee. No contó que odiaba abrir la puerta cuando volvía a casa, que dormía en el cuarto de los invitados o en el sofá. No habló a Lee de su búsqueda infructuosa de Dio en los refugios y en las calles, en los números de urgencias, comedores de beneficiencia religiosos y fumaderos de crack, las rondas periódicas de sus informadores. No escribió a Lee sobre el breve y sangriento brote de asesinatos entre bandas de finales de septiembre, provocado por el robo de una taquilla en un instituto, que dejó tres chicos muertos y cuatro heridos en el espacio de unos pocos días. No escribió a Lee sobre estos tiroteos porque demostraron ser el estímulo necesario para iniciar el proceso de salir del malestar que la aquejaba desde que había acompañado en coche a Lee al norte en agosto.

El más joven de los tres estudiantes asesinados era una niña de trece años, con una larga trenza de pelo negro que se curvaba sobre su columna vertebral y los restos arrugados de lo que había sido una blusa blanca. Cuando Kate llegó al lugar de los hechos y apartó la sábana floreada empapada de sangre con la que alguien la había cubierto, su corazón dio un vuelco: le parecía que sus ojos estaban viendo el cadáver de Jules Cameron, tendida en un charco de agonía púrpura sobre la acera invadida de malas hierbas.

Continuó con su trabajo. Tomó declaraciones y empezó a reunir la documentación para el caso, y olvidó aquel momento de miedo en la rutina familiar. Volvió a casa, preparó la cena y sacó las galletas para el mapache. Pasó a toda prisa la aspiradora por el suelo, se bañó y fue a la cama medio borracha, y cuando estaba a punto de amanecer tuvo un sueño. No fue un sueño demasiado horrible, sólo melancólico, en el que hablaba con la hermana pequeña a la que un coche había matado muchos años antes, cuando Kate iba a la universidad. Hablaron de un libro y un partido de béisbol, y cuando la conversación terminó y Kate empezaba a despertarse, vio que la persona con la que había estado hablando era Jules.

Se despertó del todo con una sonrisa irónica en la cara. Para algunas personas, los mensajes del inconsciente tenían que ser muy evidentes. Kate cayó en la cuenta.

Cuando el sol estaba un poco más alto, telefoneó a Jules. Contestó Jani, una voz grave y adorable de acento cadencioso.

—Buenos días, Kate. ¿Quieres hablar con Al?

—Este, sí, la verdad es que no. Esperaba pillar a Jules antes de que fuera al colegio.

—Aún está aquí. Un momento. —Kate oyó las distorsiones del auricular apoyado contra una mano, mientras Jani gritaba—: ¡Jules! —Después, habló a Kate—. Enseguida viene. ¿Cómo estás, Kate?

—Bien, bien.

—¿Lee va mejorando?

—Lee está bien.

—¿Vendrás a cenar pronto? Las dos, quiero decir.

—Bien, eso sería difícil.

—Comprendo —dijo Jani, aunque no comprendía nada—. Pero lo antes posible. Aquí está Jules.

—¿Kate?

—Hola, J. ¿Cómo te va?

—¿Le has encontrado?

—Encontrado... Ah, Dio. No, lo siento, no hay novedades. Llamaba para saber si te gustaría hacer algo este fin de semana. En teoría, estoy libre, a menos que ocurra algo, y pensé que tal vez te apetecería pasar un sábado libertino. Si a tu madre le parece bien —añadió, consciente demasiado tarde de que hablaba como un adolescente con acné y manos sudorosas que suplicara una cita.

—¿Qué haríamos?

—Lo que quieras. Cine, playa. Compras —sugirió, desesperada.

¿Qué hacen las chicas como Jules en sus ratos libres? ¿Van a la biblioteca? Quizá no era una buena idea.

—Me gustaría. Voy a preguntar a mamá. —De nuevo sonidos ahogados, los murmullos y las palabras de una breve conversación—. Dice que sí, Kate. ¿A qué hora? ¿Querrás comer aquí?

—¿A las diez es demasiado temprano para ti? Si quieres, podríamos ir a una hamburguesería o un chino. ¿Ir de bar en bar, buscar un poco de acción?

Eso logró una risita, inesperada en aquel conjunto de cuerdas vocales.

—A las diez va bien. Gracias.

Veinte minutos después, el teléfono expulsó a Kate de la ducha, donde se había estado zahiriendo por un compromiso tan tonto, mientras se imaginaba encerrada en el coche con Jules, conduciendo y murmurando, ¿qué quieres hacer?, y Jules que contestaba, no sé, ¿qué quieres hacer tú?

—¿Sí?

—¿Kate? Soy Jules —dijo la niña, en un tono furtivo—. Hay una cosa que me gustaría hacer el sábado, si a ti te parece bien.

—¿Es legal? —preguntó Kate con cautela.

—Creo que sí. Si no lo es, no te preocupes. Sólo era una idea.

—¿Qué es?

Kate se secó una gota de champú del ojo con una esquina de la toalla.

—Me gustaría tirar al blanco en algún sitio.

Lo último que Kate esperaba.

—Claro. ¿Con qué tipo de arma?

—¿Qué quieres decir?

—¿Pistola? ¿Rifle? ¿Ametralladora? ¿Lanzagranadas?

—Con la pistola es suficiente, supongo.

—Estupendo, si tu madre está de acuerdo. —Silencio—. ¿Crees que lo estará?

—Es probable —contestó Jules sin comprometerse.

—No podría llevarte si no te diera permiso. Pídele a Al que la convenza.

—A ella no le gustan las pistolas.

—A mí tampoco me vuelven loca. Me dan mucho trabajo —dijo de manera vaga, pensando en Lee y en la chica asesinada tan parecida a Jules que había asomado a su mente—. Habla con Al.

—De acuerdo.

Kate volvió a la ducha de mejor humor.

Nada dificultó la cita de Kate con Jules, y en una fresca mañana de otoño condujo península abajo y aparcó ante el edificio de apartamentos. Tocó el timbre, le abrieron la puerta, subió en ascensor y Al abrió la puerta, sin afeitar, en bata y zapatillas. Indicó con un cabeceo a Kate que entrara. Miró a todas partes, excepto al colega que, en realidad, era su superior. Él no pareció darse cuenta.

—¿Café? —preguntó él, mientras sostenía su propia taza.

—Si lo has hecho tú, no, gracias.

—Creo que lo ha hecho Jules. —Ella le siguió hasta la cocina y examinó la jarra de café. Aún estaba más marrón que verde—. No tiene muchos días.

—Entonces, tomaré una taza.

—¿La vas a llevar a disparar?

—Sólo si Jani está de acuerdo.

—Jani relaciona las armas de fuego con algunas cosas desagradables de su pasado, pero admite que Jules tiene derecho a una educación.

—No quiero crear problemas.

—No los estás creando. Ah, aquí está el Juicio.

—Me llamo Jules, Alhambra —gruñó la niña con fingido desagrado por la broma ya legendaria entre ambos, y en un aparte añadió—: Buenos días, Kate.

La camiseta de hoy rezaba, con delicadas letras doradas: CUANDO DIOS CREÓ AL HOMBRE, ELLA SÓLO ESTABA BROMEANDO. Kate sonrió.

—Eh, J., me gusta la camiseta. ¿Preparada? Ah, hola, Jani.

Jani entró en la habitación, vestida con una informalidad de la que Kate nunca había sido testigo (aunque corrían rumores de que, cuando Al Hawkin la conoció, no llevaba más que una toalla, sin duda una exageración), con pantalones cortos de algodón naranja y amarillo, y una blusa blanca holgada, ambas prendas planchadas con mimo. Calzaba sandalias, portaba dos lápices hincados en el moño que sujetaba su lustroso pelo negro y unas gafas de leer en la mano. Cuando entró en la habitación, su hija se puso rígida de inmediato y miró por la ventana.

—Hola, Kate. ¿Te han ofrecido algo de beber?

—Tengo café, gracias.

—¿Y tú, Jules, has desayunado?

—No tengo hambre, mamá.

Ah, se dijo Kate, así están las cosas.

Aquellas cuatro palabras contenían un mundo, una andanada de poca importancia en la amarga guerra civil entre madre e hija, una familia de dos miembros necesitada de mutuo apoyo, enfurecida consigo misma. Las cuatro palabras trajeron consigo una avalancha de recuerdos, de batallas y difíciles tratados de paz, tanto más terribles por el amor que encubrían. Kate terminó su taza de café, todavía de pie, y la entregó a su colega con una sonrisa que se le antojó empastada.

—Gracias, Al, muy amable.

Al la entregó a Jules.

—Déjala en el fregadero, Jinjol, por favor.

—Como tú digas, Altercado.

Cuando la niña salió de la habitación, Jani habló en voz baja, con aparente indiferencia.

—Antes de que me olvide, Kate, Rosa Hidalgo se sentiría muy agradecida si pasaras a verla antes de irte. No es nada urgente, sólo una cuestión concerniente a uno de sus pequeños clientes.

—Pero ¿cuál...? —Kate calló, sorprendida por la rigidez de la postura de Jani, la urgencia que delataban sus ojos—. Claro, será un placer —dijo, y Jani se relajó y sostuvo la mirada de Kate un momento más, a modo de advertencia, antes de cabecear a modo de despedida y desaparecer de nuevo en su estudio.

Jules estaba en la puerta y siguió con la mirada a su madre, los ojos brillantes de suspicacia.

—¿Nos vamos? —sugirió Kate.

—Que te lo pases bien, Esmeralda —dijo Al. Jules se animó.

—Lo intentaré, Allegheny.

—No llegues más tarde de medianoche, Perla.

Reprimió un bostezo.

—O te convertirás en calabaza, ¿verdad, Alcatraz? Por cierto —replicó Jules para despedirse—, creo que las perlas no se consideran joyas.

Al rió y cerró la puerta del apartamento detrás de ellas. En la escalera, Jules abandonó su actitud bromista y se volvió hacia Kate.

—¿Qué quería ella?

—¿Quién, tu madre? No, nada —dijo Kate sin inmutarse—. Tenía un mensaje de Rosa, probablemente sobre un caso que me consultó hace tiempo. ¿Por qué?

—Siempre está hablando de mí con los demás.

—No me sorprende. Eres una parte importante de su vida. Sería extraño que nunca hablara de ti, ¿no crees?

Kate sabía que su rostro no traicionaba nada. Cargaba sobre sus espaldas demasiadas horas de interrogatorios para que una niña de doce años la detectara. Incluso ésta.

—No me refiero a eso.

—¿No? Bien, en este caso, creo que tus sospechas son infundadas. Tu mamá debió pensar que era un mensaje privado, eso es todo.

Kate y Jules bajaron en silencio los dos tramos de escalera. Kate se sentía absurdamente enjuiciada, tan consciente de la confusión interior de la niña como si la estuviera viendo en una pantalla: ¿de qué lado estaba Kate? Kate se preguntó si importaba, sabía que sí, sabía además que deseaba que Jules confiara en su lealtad, y comprendió que sería una idiota si se interponía entre madre e hija, con Al Hawkin de propina. Vigila por dónde vas, Kate.

Todavía en silencio, puso en marcha el coche y recorrió el kilómetro que las separaba del parque y la piscina. Jules caminó sobre la hierba, y Kate la siguió hasta la sombra de un árbol encaramado sobre una loma. Jules se sentó como si fuera una silla conocida. Kate se acomodó a su lado.

—¿Dijiste que aquí era donde os encontrabais? —preguntó al cabo de un par de minutos.

—Su padre le pegaba. ¿Te lo conté?

—No, pero no me sorprende. Muchos niños huyen de malos tratos familiares.

—Está muerto, ¿verdad?

—Es posible, pero con toda sinceridad, Jules, las probabilidades de que esté vivo son mucho más altas.

—¿Has leído *Peter Pan*? —preguntó Jules de repente.

—¿*Peter Pan*? —Kate se preguntó adónde irían a parar—. Lo leí hace mucho tiempo.

—Odio ese libro. Es detestable. Lo volví a leer la semana pasada, porque estaba pensando en algo que Dio dijo, y cuando eliminas todo ese rollo alegre y azucarado que meten en las películas, te das cuenta de que va sobre un puñado de niños a los que sus padres echan de casa, o no se preocupan mucho por buscarlos cuando desaparecen, que se unen para cuidarse mutuamente, total para que otro grupo de adultos intenten matarlos a todos. ¿Cuál es la diferencia entre un pirata y un asesino múltiple, un camello o… un macarra? Me gustaría saberlo.

Kate se quedó sorprendida, aunque ignoraba si por las palabras o los ojos ferozmente secos.

—Hum, ¿por qué piensas…?

—Oh, sé realista, Kate, no soy estúpida, y tú ya lo sabes. Yo leo.

Se levantó de un salto, se encaminó hacia la verja que rodeaba la piscina y se paró con los dedos engarfiados en el alambre, mirando a los niños que estaban aprendiendo a nadar con ayuda de monitores. Kate la siguió poco a poco, y después apoyó la espalda en la verja.

—¿Tienes problemas con tu mamá?

—Supongo.

—Casi todo el mundo los tiene, en un momento u otro. Ella te quiere.

—Lo sé. Y tiene problemas. Dios, ¿quién no los tiene? —dijo la niña, con una amargura que no correspondía a su edad.

—Nosotras —replicó Kate—. Hoy no. Hoy no hay problemas. Vámonos.

Pasaron las horas siguientes en el campo de tiro, y Kate consideró que había hecho un buen trabajo, tras introducir a Jules en las complejidades de la pistola (una del 22 prestada, y la del 38 de Kate, más pesada), hasta el punto de que Jules hizo blanco una cantidad respetable de veces, y además, la animó a continuar hasta que empezó a dar señales de aburrimiento. Hambrientas, comieron hamburguesas, fueron a una primera sesión de cine, terminaron nada menos que en una bolera, y volvieron al apartamento a las diez y media de la noche, desgreñadas, exhaustas y oliendo a pólvora, sudor, grasa de hamburguesa, palomitas de maíz y el humo de tabaco de la bolera. Jules parloteó como una maníaca durante veinte minutos, hasta que la mandaron a la cama. Jani fue a preparar café.

—Os lo habéis pasado bien —dijo Al, en tono de aprobación, divertido.

—Es una chica estupenda. Y dile a Jani que, en mi opinión, la fascinación por las armas de fuego desaparecerá, ahora que sabe que sólo son ruido y mal olor.

—¿Cómo está Lee? ¿Has de llamar para avisarle de que llegarás tarde?

Hawkin conocía la rutina tan bien como Kate: llama siempre que salgas.

—No. No…, no está aquí.

Hawkin levantó la vista al instante.

—¿No la habrán ingresado otra vez en el hospital?

—Oh, no, se encuentra bien. Eso creo, al menos. Ha ido a ver a su tía.

—¿Todavía? Hace semanas que se fue.

—Cinco semanas, no hay para tanto. Escribe. Está bien, sentando la cabeza. —El hecho de que pudiera admitir esto a Al Hawkin era una indicación de lo mucho que había progresado su amistad desde que habían empezado a trabajar juntos—. No digas nada en el departamento —añadió de todos modos.

—No —dijo Al, pero la inspeccionó durante un largo minuto, antes de levantarse para servirse una copa. Kate pensó que debía marcharse.

—He pedido a Jani que se case conmigo —dijo Al de sopetón—. Ha dicho que sí.

—Ya decía yo. —Kate sonrió—. Estoy muy contenta por ti, Al. Por los dos.

Al Hawkin y Jani Cameron se habían conocido un año y medio atrás, sólo días antes de que Lee recibiera un disparo en la conclusión del mismo caso que le había llevado a la puerta de la Cameron. Desde entonces, Al había cortejado a esta mujer con todas sus energías, y utilizado toda clase de estratagemas. «Acoso y derribo» sería la expresión más pertinente, había pensado Kate en más de una ocasión. Un acoso muy solícito y cortés, cierto, pero pese a la caballerosidad, existía una determinación obsesiva que conduciría a un resultado inevitable.

Jani, que entró con una bandeja de café, también era feliz. En cualquier caso, mostraba una ternura que antes no tenía, y caminaba con la espalda más recta. Al la había conquistado, ella se había liberado de la soledad, y Kate oyó los pesados pasos de la melancolía que regresaba cuando se sentó en el cómodo aunque feo sofá y bebió café con aquellos dos amigos que, era evidente, habían pasado casi todo aquel día libre en la cama. Terminó su taza, se despidió de ellos y volvió a su solitaria casa de Russian Hill. Contempló la cerradura con odio, abrió la puerta. Ni luces, ni calor, ni olores, el único ruido fue el eco estridente de la puerta al cerrarse. La única vida presente era la del impertinente mapache.

—Miserable casa —dijo en voz alta, y fue a dar a Gideon su cena.

4

Kate despertó temprano después de una noche de sueño inquieto, y decidió que había llegado el momento de localizar sus zapatillas de deporte. Tardó un rato, pero las descubrió por fin en una caja, sobre una estantería de lo que había empezado a considerar el ropero de Lee, donde Jon debía haberlas dejado unos meses antes, en uno de sus ataques de limpieza. Se adaptaban a sus pies a la perfección, y realizó una ronda de estiramientos antes de salir a la llovizna gris de una mañana neblinosa.

Al llegar a la base de la colina, los músculos de sus pantorrillas temblaban, y la teórica carrera fácil de tres kilómetros se redujo un poco más. Al final del breve circuito, ascendió caminando Russian Hill, con parsimonia, la cara congestionada y los pulmones agotados. Ya dentro de la casa, vio que el punto rojo del contestador estaba encendido, una excusa para sentarse en la escalera alfombrada y escuchar los mensajes, tres mensajes, en concreto. El primero era de Jon, y su voz sonaba lejana, exagerada: a la defensiva.

—Katarina, queridísima, ¿por qué me sale siempre el contestador? ¿Nunca estás en casa? Espero que recibas estos mensajes. Me sentiría fatal en caso contrario. En cualquier caso, he vuelto a Boston, pero sólo por unos días. Un amigo quiere que vaya a su casa de Cancún, y ya sabes que adoro México. Una o dos semanas, tal vez un poco más, no lo sé. Tal vez regrese antes a la ciudad, pero si no, te escribiré unas líneas para decirte dónde estoy exactamente. Si necesitas localizarme, el mismo número de Boston servirá. Sabrán dónde estoy. ¿Recibiste mi postal de Londres? ¿No crees que los cascos que llevan los *bobbies* son adorables? ¿Por qué no los usan nuestros chicos? ¿No podrías sugerirlo al jefe de policía, o al encargado de los uniformes? Bien, dejémoslo aquí, o utilizaré toda la cinta. Hasta la vista. Espero que estés bien. Nos pondremos en contacto pronto.

El siguiente mensaje era breve, de Rosa Hidalgo, y anunciaba:

—Kate, sólo quería decirte que si puedo hacer algo para ayudarte con Jules, llámame. Es un amor, pero puede ser un demonio, y con mucho gusto podría darte algunos consejos.

Kate contempló el aparato, y se preguntó de qué demonios estaría hablando la mujer. Meneó la cabeza al pensar en la fisgona vecina y la expulsó de su mente.

Por suerte, el tercero era de Jules.

—Hola, Kate, yo, este, supongo que estás durmiendo, y no te molestes en devolverme la llamada. Sólo quería darte las gracias por lo de ayer. Me lo pasé muy bien. Sobre todo cuando el tío de la pista de al lado que te estaba cabreando giró en redondo y dejó caer la bola sobre su pie. Dios, qué divertido fue. En cualquier caso, gracias, me lo pasé pipa, y si quieres repetirlo, me encantaría. No las mismas cosas, lo que sea. Ah, soy Jules, olvidé decirlo. Como si no lo hubieras adivinado ya a estas alturas. He de irme corriendo. El grupo de francés va a la playa. Adiós, Kate. Y gracias de nuevo. Adiós.

Kate estaba sonriendo cuando la cinta se detuvo, y se levantó de la escalera para ir a la ducha.

El mensaje de Jules venía a coronar una semana muy larga y difícil, una semana diseñada por un hado maléfico para poner a prueba al más flemático de los detectives. Kate no estaba en su mejor momento, para empezar.

El lunes, su coche se negó a funcionar.

El tranvía y el autobús la depositaron en el trabajo con retraso, irritada, y con los músculos de las piernas todavía temblorosos debido a la carrera del domingo, y para colmo descubrió que Al Hawkin tenía la gripe y que ella debía formar pareja con Sammy Calvo, probablemente el detective más avinagrado e inútil de la ciudad. Y por supuesto, celebraron una reunión antes, de modo que gozó del placer de escuchar sus chistes ofensivos, contados con toda inocencia (no conseguía comprender por qué una mujer no consideraba divertido un chiste sobre violaciones), y repasar sus entrevistas para ver qué se había dejado.

El martes, la grúa se retrasó, de modo que volvió a llegar tarde al trabajo, y aún la irritó más que el conductor de la camioneta se ofreciera a bajar el Saab de Lee de sus bloques de suspensión para que Kate pudiera conducirlo, porque ya se le había ocurrido, pero la necesidad de pagar el seguro en cuanto se lo notificaran la impulsó a desechar la idea, sabiendo además los comentarios que el Saab descapotable suscitaría cuando descendiera de él en el escenario de algún crimen cometido en alguna de las zonas más impresentables de la ciudad, pero sobre todo por orgullo. El coche era de Lee. Kate no quería saber nada de él.

El miércoles se sentó en el coche camuflado del departamento y sostuvo una discusión a grito pelado con Sammy Calvo, debido a la forma en que había tratado a una testigo, una madre quinceañera de un niño cuyo asesinato estaba investigando. El último comentario quejumbroso de Calvo la puso fuera de sí:

—No entiendo por qué te has cabreado tanto, Katy. Sólo le he preguntado si había oído hablar de la píldora.

Aunque estuvo tentada de golpearlo en la cabeza con la tablilla que siempre llevaba encima, se contentó con rugir:

—Porque eres un capullo insensible, Sammy. Y por el amor de Dios, no me llames Katy.

Cerró con estrépito la puerta del coche al bajar y volvió a la casa para calmar a la llorosa madre y a su encolerizada familia, y logró obtener por fin algunas de las respuestas que necesitaba.

Transcurrió mucho tiempo hasta la noche, y aún más hasta que entró en la casa, con la piel hormigueante debido al estrés y la frustración de un día de catorce horas, ansiosa por escuchar una voz cordial, ansiosa por Lee, ansiosa, sobre todo, por una copa, muchas copas. Anhelaba el alcohol como una persona que se está ahogando anhela el aire, anhelaba el quitapenas más viejo del mundo, para borrar de una vez aquel día intolerable. Apelotonó sus cosas sobre la mesa de la cocina, cogió una botella de vino del botellero sin mirar de qué tipo era, y después se quedó inmóvil con el sacacorchos en una mano, cuando un pensamiento potente y molesto se inmiscuyó en sus acciones.

¿Cuánto tiempo ha pasado desde que no has dado cuenta de casi toda una botella por la noche? ¿Desde mediados de agosto, tal vez?

Oh, Dios (meneó la cabeza), esta noche no, culpabilidad esta noche no. Ha sido un día de mierda.

¿Qué día no lo es? Si esta noche no, ¿cuándo?

Vete a tomar por el culo. Sólo es vino.

¿Sólo…?

Me apetece una copa.

O seis.

Permaneció inmóvil durante mucho rato, ansiosa, aterrada, y consciente por fin, en aquella noche gris y tenebrosa, de que estaba caminando al borde de un precipicio, el que empezaba con un poco de relajación y terminaba con algunos cortocircuitos y la convicción de que nadie se daría cuenta, hasta que al final no sería más que otro policía que tiraba la toalla, una mujer que no estaba a la altura de sus colegas masculinos, una lesbiana que no era tan cojonuda como pensaba. Y no, no estaba exagerando la importancia de la botella de vino que sostenía en las manos, porque al menos había admitido que, si la abría, el vino la bebería, y no a la inversa, y si sabiéndolo continuaba adelante, también sería devorada por la botella de mañana, y la del viernes…

Y, oh, Dios, ¿a quién le importaría? Acercó la punta del sacacorchos a la chapa que cubría el tapón, pero no siguió adelante.

Aunque pareciera extraño, fue Jules quien la alejó del precipicio, aquel joven recordatorio de otra responsabilidad no asumida. Pensar en Jules fue reconfortante. Enloquecedor, pero reconfortante, como una bofetada en la cara. Dejó la botella y se preparó una taza de leche caliente en el microondas, y después se sentó a la mesa de la cocina mientras revisaba el correo.

Correo comercial, facturas, catálogos, *Psychology Today* y el *Disability Rag* para Lee (al menos no había cambiado la dirección de sus suscripciones, pensó Kate con humor negro), y dos cartas, una para Lee, otra de Lee.

Amontonó todas, excepto la última, en una precisa pila, la más grande en el fondo y la más pequeña encima, con la esquina inferior izquierda alineadas. Apoyó el sobre barato dirigido a ella, con la tinta negra de la pluma de Lee, contra el salero, tomó un sorbo de su taza, hizo una mueca, se levantó, encontró una manzana y un pedazo de pizza momificado en la nevera, y comió de pie ante el fregadero. Después, sacó una lata de sopa de guisantes de la alacena y dos rebanadas de pan de la nevera, abrió la lata, vertió la mitad de la sopa en un cuenco y lo puso en el microondas, embutió el pan en la tostadora, tomó la sopa, comió una rebanada de pan a palo seco y espolvoreó la otra con azúcar a la canela, sacó de la alacena el paquete de café en grano y vertió su contenido en el fregadero y dio media vuelta y avanzó tres pasos hacia la mesa y pasó un dedo bajo la solapa del sobre y extrajo la hoja de papel y la alisó sobre la mesa con un veloz movimiento antes de que la hoja pudiera quemarla. Después, como la tenía delante, leyó la breve carta de Lee.

«Mi muy querida Kate», empezaba. Algo era algo. Se restablecía, se recuperaba. Estaba aprendiendo a utilizar un hacha, ¿podía creerlo Kate? Llevaba una de las camisas de franela de tía Agatha y una camiseta debajo, mañanas frescas. Árboles bonitos. Altas montañas en islas sabias. Grupos de orcas en el estrecho. Toda la naturaleza en flor la ayudaba a encontrarse a sí misma, transfería la energía de las montañas a su cuerpo. No obstante, todavía confusa, y apenada, abyectamente apenada por hacer sufrir a Kate, pero...

Pero no sabía cuándo volvería a casa. Pero Kate no podía ir a verla. Pero no sabía lo que Kate podía decir a sus pacientes, a sus amigos. Pero en cuanto tuviera las ideas claras, Kate sería la primera en saberlo. Ten paciencia. «Con cariño, Lee.»

Kate contempló su mano, apoyada sobre la mesa. Había arrugado la hoja en su puño. Abrió la mano, tiró de los bordes de la carta, la alisó sobre la mesa con largos movimientos de su mano, como si intentara fundirla con la madera de la mesa. Se inclinó hacia delante, se puso en pie, empujó la silla hacia atrás con la parte posterior de las rodillas y dio media vuelta.

Apalizada, destrozada, demasiado cansada para llorar, Kate subió a su cuarto para dormir.

◆ ◆ ◆

El momento más alegre del jueves llegó pronto, cuando Kate logró correr tres kilómetros y casi consiguió (con mucha lentitud) subir trotando la colina. El resto del día fue correr colina abajo.

El viernes, Hawkin se reintegró al trabajo, y Calvo y ella fueron a Sunset para detener al padre de la niña muerta, un chico que había dejado el instituto antes de terminar los estudios, agradable, bastante estúpido, asustado y desempleado, que había sido víctima de malos tratos cuando era pequeño y que lloró de forma incontrolable cuando Kate le leyó sus derechos, y después (clara señal de que habían detenido al culpable) cayó dormido de puro alivio en el coche patrulla.

Su interrogatorio y confesión no le proporcionaron a Kate la menor satisfacción. El muchacho no era más que una pieza de un mecanismo mortal, que seguía girando para producir todavía más pobreza y brutalidad. No era un asesino, aunque había matado, y eso no tenía perdón, a su propio hijo.

Al Hawkin estaba cerca de la sala de interrogatorios cuando Kate salió. ¿La estaba esperando? Se puso a su lado mientras caminaba.

—Me alegro de verte, Al. Deberías estar en casa. No tienes buen aspecto.

—¿Cómo ha ido?

—Hemos obtenido una confesión.

—¿Y?

—¿Y qué? Irá a la cárcel y se convertirá en un manojo de músculos en el gimnasio, y cuando salga, descubrirá que su novia tiene dos hijos más de otros dos hombres, y todo el mundo se dará de hostias por siempre jamás.

—Uno de esos días, ya lo veo.

—Al, ¿crees que alguien debería esterilizar a toda la maldita raza humana, admitir que fue una equivocación y dejar el planeta a los delfines y las cucarachas?

—Con frecuencia. Vamos a cenar algo.

—No puedo, Al. He de ver a un hombre para hablar de un coche.

—¿Qué clase de coche?

—Un montón de chatarra, me parece, pero barato.

—Ah, sí. Tony dijo que tenías problemas con el coche.

—Ya no tengo problemas. No tengo coche. Tres mil dólares por la reparación no me quitan el sueño: no tengo tanta pasta.

—¿Qué le pasa al de Lee?

—Nada. De todo. Es demasiado difícil de explicar, Al. Además, Jon dejó el suyo a un amigo durante su ausencia.

—¿Y dónde está el coche que te interesa?

—Justo más allá de Van Ness.

—Yo te acompañaré. Después, cenaremos.

—Si yo invito, trato hecho.

El coche demostró ser una empresa imposible, demasiado grande para aparcar, demasiado inestable para tomar las curvas, y era muy probable que hubieran desconectado su odómetro en algún momento. Fueron a una pizzería griega, comieron pizza de feta y pesto, y a las nueve y media Hawkin frenó delante de su casa vacía y apagó el motor.

—Lee aún no ha regresado —dijo, después de mirar por la ventanilla.

—No.

—¿Sabes algo de ella?

—Cartas breves. Es su letra, pero no son de Lee.

—¿Qué está pasando?

—Mierda, Al, ojalá lo supiera. —Como Hawkin continuaba estudiando su perfil, suspiró y miró hacia la casa—. Lo ocurrido durante estos últimos meses la ha afectado. Dice que quiere… —Enmudeció, cuando cayó en la cuenta de que no quería bucear en las fantasías y deseos de Lee, ni siquiera con Al—. Quiere toda clase de cosas que no puede obtener en su estado actual. Además, se ha vuelto muy reservada. Siempre ha sido muy sincera, pero de repente dejó de hablar de ciertas cosas… Lee, la terapeuta de las terapeutas, que siempre ha comentado hasta el matiz más ínfimo, y de pronto ya no quiere hablar de determinadas parcelas.

—¿Alguna pauta común? —preguntó Hawkin el detective.

—Cualquier discusión sobre el fututo estaba prohibida. Su futuro, nuestro futuro.

—¿Crees que desea separarse? —preguntó de sopetón el detective.

—Al final, se lo pregunté. Me pareció, no sé, asombrada. Desdichada por el hecho de que yo lo pensara. Lo ha pasado muy mal últimamente, en mi opinión —dijo Kate con voz débil—. Parte de la culpa lo tiene su trabajo. ¿Sabes que ha dejado casi todos los casos de sida? No le hizo la menor gracia, pero era demasiado para ella, después del tiroteo. Se ha quedado sin energías. Ahora recibe a muchas más mujeres, y a niños. Yo creía que era el dinero lo que la jodía, porque aún hemos de pagar algunas facturas y no gana demasiado, pero cuando sugerí mudarnos a otra parte, se disgustó mucho. O sea, piensa en esta ciudad. Los impuestos son increíbles. Podría jubilarse con lo que ganaríamos, pero no quiso ni oír hablar de venderla. «Aún no», dijo.

—Es una casa bonita.

—Empiezo a odiarla. Es como vivir en un mausoleo. Y su coche en el garaje... Nunca lo conducirá. Podría venderlo, comprarse otro con controles manuales y ganar dinero encima, pero no quiere. No explica por qué, sólo se niega a hablar de ello.

Estaban sentados en el coche refrigerado, sin moverse. Hawkin habló por fin.

—Tal vez le resulte difícil elegir un futuro, pues casi lo pierde, y además, intuye un futuro difícil durante mucho tiempo. Las alternativas se le deben antojar... dolorosas. Sólo deseo, por tu bien, que esta fase no se prolongue demasiado.

—Creo que eso está relacionado con su comportamiento —contestó Kate, sorprendida de sus palabras—. Creo que me está poniendo a prueba. Está poniendo a prueba mi paciencia. Para averiguar si todavía la quiero.

—O quizá...

—¿Quizá qué?

—Joder, Kate, no soy un consejero matrimonial. De hecho, jodí mi matrimonio, de modo que no soy la persona más adecuada para opinar.

—Dímelo. Soy fuerte.

—Bien, quizá lo que Lee necesita saber no es cuánto tiempo serás paciente, sino cuánto tiempo pasará antes de que te liberes de tu dependencia, tal como le ha pasado a ella.

—¿Qué quieres decir?

—La Lee Cooper que conocí antes de que le metieran una bala en la columna, y admito que fue poco tiempo, habría detestado la idea de una relación dependiente y desigual.

—Pero yo me he preocupado mucho de respetar su independencia. Jon y yo hemos hecho todo lo posible al respecto.

—No quiero decir que Lee sea dependiente. Hablaba de ti.

—¿Qué quieres decir? —preguntó Kate, vacilante.

—Cuidar de un inválido puede producir adicción —dijo Hawkin, y Kate experimentó la sensación de que sus pulmones se habían quedado sin aire—. No digo que sea éste el caso, pero me pregunto si Lee empezó a pensar que tú te estabas volviendo dependiente... de su dependencia, si quieres entenderme.

Kate se quedó asombrada de su percepción. Recordó que Lee había dicho que no era la parálisis de sus piernas lo que la convertían en una tullida. «Soy una tullida porque no puedo soportar la soledad —había dicho—. No puedo soportar la soledad cuando estoy rodeada de gente que quiere protegerme.»

—Kate —dijo Al—, no te tomes en serio mi charla de psicoanalista aficionado. Creo que deberías consultar con uno de los psiquiatras del departamento. Te llevaste bien con Mosley el año pasado, ¿verdad? Ve a verle otra vez. Lo digo en serio, Kate.

—Sí, te oigo. Creo que tienes razón, Al, no sólo sobre eso, porque creo que debería ir a hablar con él, sino sobre lo demás. Imagino que la habré asfixiado. No me extraña que se largara a casa de tía Agatha.

—¿Se llama así?

—No la conoces. Un bicho raro —dijo con amargura.

—Kate —dijo Al, casi con afecto—, olvídate de ello durante el fin de semana, descansa un poco.

—Intentaré olvidarlo, pero no descansaré mucho, sobre todo si he de buscar un coche.

—Y le dijiste a Jules que harías algo con ella el domingo, ¿verdad? Le avisaré de que tal vez no puedas.

—No hagas eso. Me lo montaré de alguna manera.

—No es necesario.

—Quiero hacerlo.

—Tu compañía es buena para ella —dijo Al inesperadamente—. Le va bien estar con alguien como tú. Su madre… —Calló, mientras sus dedos tamborileaban sobre el volante—. Jani es una mujer fuera de serie que ha sufrido más de lo necesario. Es una mujer fuerte, pero sólo en algunos aspectos, y temo que es insegura en las parcelas que Jules necesita más. Creo que no me explico muy bien, pero es una historia larga y desagradable, poco apropiada para esta noche. Sólo quería decir que los dos agradecemos los esfuerzos que has hecho por nuestra querida Jules.

—No he hecho ningún esfuerzo, Al. Jules me cae bien.

—Y a mí también. Quiero a esa cría, pero a veces me pregunto en qué demonios estaba pensando cuando me presté voluntario a soportar el rollo de la adolescencia una vez más, con una niña que, comparada con ella, mis dos primeros parecen unos santos.

—Oh, venga, Al, te estarás haciendo viejo. Sé que Jani y ella están pasando una mala temporada, pero tengo la sensación de que ella se siente a gusto contigo.

—Gracias a Dios —susurró Al.

—No me estarás diciendo que existe un problema grave con Jules, ¿verdad?

Recordó el extraño mensaje que Rosa Hidalgo le había dejado en el contestador.

—El mes pasado estuvieron a punto de expulsar a Jules del colegio. La primera semana de clase.

—¿A Jules? —dijo Kate con incredulidad—. ¿Por qué, si se puede saber?

—Hizo llorar a su profesora de lengua, y después dijo algunas cosas impresentables al rector. Tuvimos que prometer que iría a terapia antes de que la volvieran a admitir.

—No puedo creerlo.

—Pues créelo.

—Pero ¿por qué? Parece tan… madura. Equilibrada.

—También me lo pareció a mí, hasta que durante los últimos

meses… Sé más o menos lo que la desequilibró, pero no quiere hablar de eso. En el fondo, es una acumulación de cosas: su sesera, su historia, su madre, la historia de su madre, la pubertad… Como ya he dicho, no voy a profundizar ahora, ni que tuviera el permiso de Jani. Digamos que hay una gran presión dentro de la cabeza de Jules, y una parte se libera mediante la ira. No obstante, da la impresión de que tu compañía la ayuda mucho. Casi vuelve a ser ella misma durante un rato.

Kate miró por la ventana, y luego meneó la cabeza poco a poco.

—Ojalá no me lo hubieras dicho.

—Lo habrías descubierto tarde o temprano. De hecho, la psicóloga de Jules quiere verte.

—No.

—¿Por qué?

Fue una respuesta instintiva, y Kate buscó los motivos.

—Creo que sería un error identificarme con los demás adultos de su vida —dijo al cabo de un minuto, vacilante—. Si yo soy importante para Jules, como parece que tú crees, es porque soy una extraña. Los críos de su edad piensan que sólo hay «ellos» y «nosotros». No conseguirías nada si me convirtiera en uno de «ellos».

Y podría perder la amistad de alguien a quien he llegado a apreciar muchísimo, añadió para sí.

—Quizá tengas razón.

—Yo siempre tengo razón, Al. Ya era hora de que lo reconocieras.

Compuso una sonrisa y la volvió hacia él.

—Procuraré recordarlo —dijo el detective, imitando su tono distendido.

—He de irme, Al. Hay un mapache que viene a recoger su dádiva más o menos a esta hora, y si no se la doy, empieza a llevarse tejas de la casa. Nos veremos el domingo.

Incluso a la escasa luz, Kate vio que su colega vacilaba, y que después decidía no preguntar de qué estaba hablando ella.

—Bien —dijo él en cambio—. Y no te preocupes si aún no has elegido un coche para entonces. Podrás utilizar el de Jani o el mío cuando quieras.

—Gracias. Buenas noches.

—Buenas noches, Kate. Gracias por la pizza.

Kate se irguió y vio que Al conducía con precaución por Green Street. Después, puso el intermitente izquierdo y se desvió al sur, en dirección a su casa, que cada vez utilizaba menos, en el distrito de Sunset. Kate alzó la cabeza hacia el cielo, donde no se veía ni una estrella, y después dio media vuelta y buscó su llave. Maldita sea, pensó. La única cosa de mi vida actual que consideraba exenta de complicaciones, y resulta que está a punto de estallar. Jules, ¿qué coño está pasando?

Gideon estaba acechando al borde del patio y la oyó entrar. Cuando Kate cruzó la sala de estar en dirección a las puertas de cristal, el animal la estaba mirando, con el morro apretado contra el cristal. Sus ojillos brillaban con malicia. Kate abrió un poco la puerta, arrojó un puñado de galletas para perro multicoloreadas, vio que anadeaba y elegía una. El mapache se sentó dándole la espalda, devoró una tras otra, y después corrió a ocultarse entre los arbustos. El pequeño perro de la casa vecina ladró como presa de la histeria, hasta que el vecino maldijo y una puerta se cerró con estrépito. Se hizo el silencio. Kate cerró con llave la puerta, se fue sobria a la cama, y no recordó el primer torpedo de Al Hawkins hasta que su cabeza se posó sobre la almohada, antes de que revelara los problemas de Jules.

Jesús, pensó, mientras contemplaba los dibujos que las luces dibujaban en el techo, Lee se fue porque yo la estaba agobiando, y ahora Al dice que la sigo agobiando desde mil quinientos kilómetros de distancia. No es suficiente que estuviera a punto de matarla. También he de asfixiarla.

Diecinueve meses antes, Kate casi había causado la muerte de Lee. La profesión de Kate fue la culpable de que Lee recibiera un balazo en la columna, y el hecho de que Kate se opusiera a la intervención de Lee en el caso desde el primer momento no tuvo nada que ver con ello. Tendría que haber insistido.

Pero no lo hizo, y Lee estuvo a punto de morir. Los médicos habían dicho a Kate que muy posiblemente Lee moriría, pero no fue así. Dijeron a Lee que quedaría parapléjica con toda probabilidad, pero recuperó el uso de los pies. Después, le advirtieron de que había llegado casi al límite de lo que podía esperarse de la recuperación, pero Lee ya no escuchó a los médicos. Ya no escuchaba a nadie, de hecho, y mucho menos a Kate.

Los meses transcurridos desde el tiroteo habían constituido una ronda constante de adaptarse a las necesidades de Lee. Cuando Lee se sentía fuerte, Kate emprendía la retirada. Cuando Lee se zambullía en la desesperación, Kate era un bastión de aliento. Un año y medio de culpa, lucha y problemas económicos, semana tras semana de lentísimo progreso de Lee, de adelantos y retrocesos, toda la existencia de Kate, incluso en su trabajo, se amoldaban a las necesidades siempre cambiantes de su amante, a sus sufrimientos físicos, a su ciega determinación y a aquellas raras bolsas de aire frío que aparecían sin previo aviso, zonas insospechadas de extrema sensibilidad, como el Saab de Lee: simbólico, cargado de sentimientos, tabú.

Después de esos meses, Kate ya no se paraba a pensar, sino que reaccionaba como un autómata en su papel de contrapeso, cambiaba cuando era necesario, realizaba todos los ajustes ínfimos que mantenían el matrimonio equilibrado, pues lo único que no podía permitir, lo único que debía impedir a toda costa, era que el equilibrio se rompiera. El final del matrimonio era el final de todo.

Pero ahora, no había peso que equilibrar. Tal vez no fuera adictivo cuidar de un inválido, pero sí que forjaba determinadas costumbres. Debía admitir que se había derrumbado cuando la carga desapareció. Había llegado el momento de adaptarse, se decía. De acostumbrarse a una casa vacía. Tal vez podría extraer cierta satisfacción de tener sólo en cuenta sus propios deseos y necesidades.

Siguió tendida, mientras pensaba en la opinión de Al, de una sinceridad brutal, y analizaba en su mente la textura de su relación con Lee, cada vez más convencida de que él tenía razón. Estaba asfixiando a Lee. Dejaría de hacerlo. Pensó en cómo podría liberar a las dos, y mientras continuaba tumbada, se fue despertando más y más a cada minuto que pasaba, hasta que se puso a temblar como si hubiera tomado dos o tres cafés expresos dobles, en lugar de una taza de descafeinado. Por fin, apartó las sábanas, fue al estudio de Lee y empezó a escribir una carta.

Fue una carta larga, llena de amor y comprensión, de disculpas y el compromiso de cambiar para mejor. Las frases fluían, dos páginas llenas, tres. «Lee —escribió—, estoy muy agradecida a Al por ayudarme a comprender lo que yo estaba haciendo. Tiene que haber sido intolerable para ti, aunque supieras que sólo intentaba ayudarte, pero ahora soy consciente de ello, y prometo dejar de controlar tu vida. Te dejaré pasear por el barrio de SoMa a medianoche, si quieres...»

Se levantó de repente, la silla cayó hacia atrás, tiró la pluma al otro extremo de la habitación, cogió la carta y la rasgó por la mitad, otra vez y una tercera. Abandonó el estudio, apagó las luces detrás de ella, salió al balcón. Se sentó, aovillada, dirigió la vista hacia las aguas del Golden Gate, reflejadas en las luces de la orilla, los barcos y la isla que flotaba al otro lado.

Sí, Al, estoy aterrorizada. Estoy muy enfadada con ella, no quiero volver a verla, pero si no vuelve, no sé qué haré. No puedo imaginar la vida sin ella. Sería como imaginar la vida sin aire. La quiero y la odio, y estoy perdida, completamente perdida sin ella, y lo único que puedo hacer es esperar a que me diga qué va a hacer conmigo.

Se durmió por fin, y despertó en la silla plegable, mientras un sinsonte cantaba y el sol del sábado hacía su aparición. Contempló la aurora, y mientras el cielo se iluminaba, su decisión interior también maduró, hasta que, con una mezcla peculiar de amarga satisfacción y malicia regocijada, supo lo que iba a hacer.

El domingo por la mañana, Al Hawkin abrió la puerta del apartamento de su prometida y parpadeó cuando vio la aparición que aguardaba en la entrada. Había comprobado por la mirilla que la figura inidentificable no llevaba armas a la vista, y se ciñó un poco más el cinturón de la bata y se pasó una mano por su pelo alborotado.

—¿Puedo ayudarla en algo, este, señora? —preguntó, vacilante—. ¿Qué número de apartamento...?

La figura alzó una mano enguantada hacia la correa del casco, se inclinó para quitárselo y se enderezó, mientras sacudía el pelo para apartarlo de la cara. Incluso entonces, tardó una fracción de segundo en reconocerla. Tenía más vida en la cara que nunca.

—¡Kate!

Ella sonrió, plena de entusiasmo, proyectando oleadas de aire fresco. Al la miró de arriba abajo, botas nuevas, guantes nuevos, una chaqueta de aviador vieja algo ajustada alrededor de la cintura, el enorme casco nuevo bajo un brazo.

—Deja que lo adivine —dijo, mientras retrocedía para dejarla entrar—. Te has comprado un coche nuevo. ¿De qué marca?

Jules salió de la cocina y paró en seco.

—¿Por qué vas vestida así, Kate? —preguntó, pero Kate contestó a su compañero.

—Kawasaki.

—Kawasaki no fabrica automóviles —dijo Al, al tiempo que estudiaba la chaqueta de cuero.

—Por Dios, este hombre es un detective.

—¿No pensarás llevar a Jules en eso?

Un grito de protesta se elevó desde la puerta de la cocina, pero Kate no hizo caso.

—Pues claro que no —dijo, y su sonrisa se ensanchó todavía más—. ¿Me prestas las llaves del coche, papi?

OCTUBRE, NOVIEMBRE

5

Llegó octubre. Jon regresó de Londres y Boston, aleteó en el perímetro de la visión de Kate durante unos días, y antes de que pudiera atraparlo se largó a México con su amigo. Cartas breves de Lee: estaba bien, recuperaba las fuerzas. Ayer cenó almejas, había cortado leña para la estufa, ¿a que es increible, Kate? Y los árboles eran tan hermosos, tan relajantes. Se estaba encontrando a sí misma, pero todavía era presa de la confusión, y sentía mucho, muchísimo, hacer sufrir tanto a Kate, pero...

Pero aún no podía decir cuándo volvería a casa.

En octubre, la angustia reprimida de Kate empezó a cambiar, a endurecerse. Sus cartas al norte se hicieron más concisas, más acerbas. Se golpeaba el muslo demasiado a menudo con el elevador de Lee en lo alto de la escalera, hasta que un día, a las dos de la mañana, enfurecida, cogió la llave inglesa, desmontó el elevador y tiró la silla, seguida de la llave, dentro de la habitación de Lee, la habitación que había sido de ambas. A continuación, devolvió a la habitación de Lee los libros que había en el comedor. Empezó a acumular los platos en el fregadero a posta, una noche, dos noches, algo que ni Lee ni Jon habrían tolerado. Incluso empezó a dejar la cama sin hacer y la pasta de dientes sin tapar.

Octubre instauró una pauta de trabajo y de casa. Su nueva forma de transporte desató otra oleada de comentarios agrios y acosos irritantes por parte de sus colegas, y perdió la cuenta de los artículos fotocopiados sobre lesbianas moteras que había encontrado sobre su escritorio o encajados en la moto, pero más o menos se había esperado algo por el estilo, y si los dientes le dolían de tanto apretarlos, al menos disimuló que tales manifestaciones la molestaban.

Se dijo que era algo pasajero, y se concentró en los placeres de ir en moto por California. El clima otoñal se reforzó, todo un mes de veranillo de San Martín, y dio largos paseos por la zona vinícola y el terreno montañoso aledaño, y disfrutó de la libertad casi olvidada y la dulce sensación de peligro que comportaban dos ruedas. Cuando necesitaba cuatro ruedas, alquilaba la camioneta Chevy de 1948 del vecino, restaurada con meticulosidad, o utilizaba el coche de Al. Incluso la casa de Russian Hill no parecía tan agresivamente vacía, tan sólo tranquila.

A finales de mes, el placer de sus pequeñas rebeliones contra los inquilinos ausentes empezó a desvanecerse cuando, al terminar un largo día, le dio la bienvenida una impresentable pila de sábanas y mantas sin hacer, y también cuando descubrió que el contenido del tubo de pasta dentífrica, al estar destapado, se había convertido en una masa dura y maloliente. No obstante, permitió que los platos se acumularan hasta que ya no quedó ninguno limpio, pasaba el aspirador y barría sólo cuando sus pies empezaban a notar la mugre, y comía cuándo y lo que le daba la gana, para acabar redescubriendo los goces ilícitos de la pizza para desayunar, y los cereales con helado para cenar. Corría cada mañana, sacó las pesas de su escondite y las montó en la sala de consulta de Lee, y empezó a dormir mejor.

Otros placeres empezaron a despuntar poco a poco en su vida. Antes del tiroteo, Lee y ella tenían pocos amigos, no muchos, pero buena gente, sobre todo mujeres. Después, durante los largos meses que Lee había tardado en recuperarse, Lee había contado con colaboradores cordiales, y Kate se había contentado con su trabajo.

Ahora, en su vida solitaria, el árido paisaje daba muestras de suavizarse. Rosalyn Hall, una ministra de la comunidad gay, la había invitado a colaborar en la fiesta anual de Halloween para los chavales del barrio. Kate aceptó sumisa, una policía al servicio de la comunidad; pero bastante después de que los vecinos hubieran recuperado a su prole, bien atiborrada de dulces, e incluso después de que la hija adoptiva de la ministra fuera acostada por cuarta y última vez, Kate seguía allí, sentada, hablando y bebiendo cerveza con Rosalyn y su compañera, Maj.

—¿Sabes cómo se dice la forma que adopta un líquido cuando desborda el vaso? —preguntó, mientras examinaba su vaso recién lleno con la seriedad de un búho. Las dos mujeres sacudieron la cabeza al unísono, con el mismo interés ebrio—. Menisco.

Kate había encontrado por fin una utilidad a la «palabra del día». La palabra, y también la velada, constituyeron un éxito, y cuando las dos mujeres le pidieron que acudiera a la comida de Acción de Gracias, fue, no como policía, sino como miembro de la familia.

También tuvo una especie de ligue, uno solo, cuando una mujer de la oficina del Fiscal del Distrito a la que conocía llamó para preguntarle si quería aprovechar una entrada para el teatro, que había quedado repentinamente libre cuando una amiga pilló la gripe. Antes de salir de casa, Kate contempló la delgada alianza de oro que adornaba su mano izquierda. Se la quitó un momento, pero al final la devolvió a su mano para que todo el mundo pudiera verla, y la velada resultó simplemente cordial. Lo cual, decidió después, era mucho mejor. Lo último que necesitaba era más complicaciones en su vida.

Mientras los músculos de Kate se endurecían, al mismo tiempo que su actitud, otros placeres físicos sustituyeron al principal. Descubrió que disfrutaba con la sensación de ir vestida de cuero y calzada con botas de motorista. Volvió a descubrir los placeres de la fuerza y la capacidad físicas, y pensó en sumarse a un grupo que practicaba artes marciales.

Pero el verdadero punto álgido del mes fue el decimotercer cumpleaños de Jules. Tras una larga consulta con Al y Jani, Kate llegó al apartamento de los Cameron el sábado posterior al día de marras, con todo su atavío de motera y una caja bajo el brazo. Aquella tarde, Jules fue con ella de paquete en la moto, con la chaqueta de cuero (de segunda mano) y el casco que Kate había comprado para el acompañante de la Kawasaki.

Fueron a San Francisco, a petición de Jules. Cruzaron las calles, recorrieron los principales puntos turísticos y atravesaron Chinatown, subieron las colinas y bajaron las cuestas. Cuando el día estaba acabando, Jules decidió que quería recorrer el Palacio de Justicia para exhibir su indumentaria. Kate le explicó que encontrarían a pocos colegas de Hawkin, pero Jules insistió, de modo que fueron al Palacio de Justicia, y Jules se contoneó detrás de Kate por los pasillos.

Cuando llegaron al Departamento de Homicidios, Kate empezó a darse cuenta de que no era una buena idea, pero ya era demasiado tarde. Al salir del ascensor, dos hombres a los que Kate conocía muy poco se acercaron, y se detuvo para charlar con uno de ellos, mientras el otro seguía con la vista la espalda de Jules, que había continuado andando. Miró a Kate, y dijo en voz alta y jovial:

—¿No es un poco joven para ti, Martinelli?

Kate giró en redondo para localizar a Jules, pero la niña ya había desaparecido por la esquina. Cuando miró al hombre, la puerta del ascensor se estaba cerrando, pero oyó la voz de su colega.

—Joder, Mark, has metido la pata hasta el hombro. Era la hija de la compañera de Al Hawkin...

La puerta, al cerrarse, impidió que oyera el resto.

Imaginaba que el hombre no había querido ser cruel, ni siquiera grosero. Mark era uno más de los que pensaban que una forma de demostrar tolerancia hacia las mujeres gay consistía en tratarlas como si fueran tíos. De todos modos, cuando Kate alcanzó a Jules, investigó en busca de orejas enrojecidas o miradas de incomodidad, y se quedó aliviada cuando comprendió que la niña no había oído nada. Kate la sacó de allí lo antes posible, muy agradecida de que sólo ella sintiera un gusto amargo en la boca.

Y durante todo ese otoño siguió buscando a Dio. Una vez a la semana hacía la ronda de los sin techo, y preguntaba por él. Siempre preguntaba entre su red de informadores, camellos, putas y ladronzuelos, cada vez que veía a uno de ellos, y recibía invariablemente una negativa. En dos ocasiones le llegaron rumores de él, una vez en una residencia para adolescentes fugados, donde uno de los inquilinos actuales tenía un amigo que había conocido a un chico de su descripción, en la Telegraph Avenue de Berkeley, o tal vez fuera en la College Avenue, aunque tal vez se llamara Dion en lugar de Dio. Y la segunda, cuando uno de sus informadores le dijo que había un chico en una casa utilizada por pederastas cerca del puerto deportivo. Telefoneó a un par de amigos de los departamentos de Berkeley y Oakland para pedirles que tuvieran los oídos bien abiertos, y logró participar en un registro de la casa del puerto deportivo, pero no obtuvo nada más sustancial que el fantasma con el cual ya litigaba. Dudaba de que estuviera en la zona de la bahía, y así se lo dijo a Jules, pero también siguió buscando.

Aquel otoño, por una de esas chiripas cuya existencia reconocen incluso los expertos en estadística, durante una temporada dio la impresión de que todos los casos que llevaba el Departamento de Homicidios estaban relacionados con menores, ya fueran víctimas, autores del crimen, o ambos. Un niño de dos años, con cicatrices antiguas en la espalda y huesos rotos en diversos estados de soldadura, murió en una sala de urgencias después de haber sido sacudido con violencia por su madre de dieciocho años. Tres chicos, de edades comprendidas entre los dieciséis y los veinte, murieron por heridas de bala en menos de un mes. Cuatro brillantes estudiantes de diecisiete años de un colegio privado realizaron un proyecto de investigación sobre explosivos, utilizando la biblioteca pública, y enviaron una bomba de fabricación casera a un profesor detestado. Fracasó, pero sólo porque el hombre era tan paranoico como exasperante, y llamó a la policía antes de tocar el paquete. Los cuatro fueron acusados de conspiración para asesinar, y cabía la posibilidad de que fueran juzgados como adultos. Un niño de siete años, disfrazado de pirata, se separó de sus amigos en Halloween. Lo encontraron a la mañana siguiente, violado y asesinado a golpes. La investigación apuntaba a un trío de chicos que sólo tenían cuatro años más. Kate vio a dos de sus colegas llorando al cabo de diez días, uno de ellos un policía veterano que había visto de todo, pero aun así era incapaz de echar otro vistazo al cadáver. Los detectives de la cuarta planta del Departamento de Justicia hicieron bromas morbosas sobre la circunstancia de que era el Año del Niño, y contestaban al teléfono con cautela o con un ladrido, según sus personalidades.

NOVIEMBRE, DICIEMBRE

6

Noviembre está a punto de acabar.

Se encendieron las luces de Navidad para celebrar la festividad de Acción de Gracias, y a la mañana siguiente, todavía cocida después de la cena en casa de Rosalyn y Maj, Kate dio la vuelta a Union Square camino del Palacio de Justicia, sólo para mirar los escaparates de los grandes almacenes, adornados con encaje y pan de oro, terciopelos y sedas, espolvoreados con copos blancos a fin de evocar el producto invernal que San Francisco sólo veía dos veces en un siglo, con suerte, engalanados para atraer a masas de compradores ansiosos por volver a capturar las fantasías de una niñez victoriana, costara lo que costara. Los carteristas y ladrones de coches hacían su agosto, a un traficante de coca del Tenderloin le dio por envolver sus paquetes con papel de aluminio rojo y verde, Al y Jani fijaron la fecha de su boda para el dieciocho de diciembre, y la gente seguía matándose mutuamente.

Tres días más tarde, el último lunes de noviembre, hacía un tiempo de perros, un hecho que Kate podía documentar sin problemas, porque había pasado en las calles la mayor parte del día, siguiendo a unos testigos de un tiroteo doméstico en Chinatown. Había utilizado vehículos del departamento para sus desplazamientos, pero ahora se enfrentaba a la disyuntiva de enfundarse su indumentaria de cosmonauta, que la conservaría seca a lomos de la moto, o bien subir en taxi la colina y entregarse a los placeres del transporte público por la mañana.

El teléfono de su escritorio sonó. Lo contempló con amargura, sin hacer el menor movimiento por contestar. Al cuarto timbrazo, el hombre del escritorio contiguo levantó la vista.

—Eh, Martinelli —la llamó—, ese trasto se llama te-lé-fo-no. Lo descuelgas y hablas por un extremo. Oyes voces al otro lado. Es muy divertido, si lo intentas.

—Caramba, Tommy, muchas gracias. La cuestión es que mi médium me dijo que jamás contestara a una llamada dos minutos antes de marcharme. Es un mal augurio.

Ambos siguieron sentados, contemplando el aparato que sonaba.

—¿Quién está de guardia? —preguntó el hombre.

—Calvo.

No hubo necesidad de añadir nada más: ambos sabían que llegaría tarde. Siempre llegaba tarde.

—Podría ser la lotería —sugirió el hombre.

—Nunca compro billetes de lotería.

Siguió sonando.

—Contesta tú, Tommy.

—Esta noche celebramos el cumpleaños de mi mujer. Me matará si llego tarde.

Ring. Ring.

—Si esperas un poco más, el turno terminará y podrás marcharte.

Ring.

—Parece muy decidido, sea quien sea —comentó Tommy.

Kate extendió una mano y descolgó el aparato.

—Inspectora Martinelli.

—¿Kate? Pensaba que ya te habías ido. Soy Grace Kokumah, del Haight/Love Shelter. Hablamos hace… ¿tres o cuatro semanas?

Su voz añadió un leve signo de interrogación al final de la frase, pero Kate la reconoció al instante: una enorme y negrísima mujer africana, con el acento de su nativa Uganda en la voz y el pelo recogido en un trillón de lustrosas trenzas terminadas en cuentas naranja. Kate la había conocido tres años antes, cuando Lee había trabajado con ella en el caso de un chico de catorce años enfermo de sida.

—Sí, Grace, ¿cómo estás? ¿Disfrutas de la lluvia?

Demasiados años de sequía habían convertido la lluvia en el tema principal de casi todas las conversaciones invernales.

—Tenemos muchas goteras en el tejado, Kate Martinelli, así que no disfruto de la lluvia, no. Nos hemos quedado sin cubos. Todo el barrio se ha quedado sin cubos. Preparamos sopas en fuentes de horno porque utilizamos las ollas para las goteras. Kate, ¿todavía estás interesada en un chico llamado Dio?

Los pensamientos acerca del horario y el hogar se desvanecieron.

—¿Lo tienes ahí?

—No le tengo, no, pero una de mis chicas, que se enteró por el amigo de un amigo... ¿Sabes?

—¿Está ahí? ¿Hablará conmigo?

—¿Con la famosa inspectora Casey Martinelli? Sí.

Kate hizo una mueca al auricular.

—Creo que será mejor que vengas aquí —sugirió Grace—. ¿Esta noche?

—Puedo llegar en media hora, menos si el tráfico es fluido.

—Estaremos muy ocupados durante la hora siguiente, Kate. Estamos sirviendo la cena. Será mejor que vengas un poco más tarde, cuando hayamos terminado de fregar los platos. Entonces, Kitty estará libre pra hablar contigo.

—Si vengo ahora, ¿puedo echaros una mano, para servir o lavar?

La risa de Grace fue profunda y estentórea.

—Creo que ya sabes que es una pregunta estúpida, inspectora Martinelli.

—Estupendo, hasta ahora.

Colgó el teléfono y empezó a recoger sus papeles.

—Parece que has ligado, Martinelli.

—¿Seguro que no quieres traer a tu mujer? Cena en el comedor de beneficencia, regálale un pedazo de vida para su cumpleaños.

—No es el cumpleaños de mi mujer. ¿De dónde has sacado esa loca idea?

—No lo sé. Buenas noches, Tommy.

—No te mojes. Menudo médium el tuyo.

Los pasos de Kate desfallecieron por un momento cuando estas palabras desencadenaron un vívido recuerdo: Jules, que hablaba con tanta seriedad de su niñez, acostada en la cama e inventando horrores como un talismán para mantener a raya a los reales. Cualquier cosa que pueda imaginarse no ocurrirá.

¿Y por qué pienso en eso ahora?, se preguntó Kate mientras esperaba el ascensor. Dio, supongo, y Jules, y conocer a Dio por fin, y lo que veré en sus ojos, nariz y piel, hasta dónde ha llegado.

La cena había terminado y los comensales no residentes se iban dispersando a regañadientes para acudir a sus camas en portales, contenedores y arbustos de Golden Gate Park, cuando Kate entró en el Haight/Love Shelter. Grace Kokumah estaba de pie con las manos en los bolsillos de su ajada rebeca púrpura, y miró a Kate impertérrita cuando ésta se detuvo ante el esquelético y ya amarillento árbol de Navidad, y dejó caer su carga con un ruido metálico antes de empezar a despojarse del casco de astronauta, el voluminoso mono impermeable naranja, que la cubría desde el cuello a los tobillos, y los guantes acolchados. Cuando Kate abrió los broches de presión de la chaqueta de cuero y se pasó una mano por su pelo cortísimo, la mujer sacudió las cuentas.

—Lo mejor de la ciudad, una visión cautivadora.

—¿Quieres los cubos o no? —gruñó Kate.

—¿De dónde los has sacado?

Grace examinó la pila, alta hasta la cintura, y sin duda estaba preguntándose cómo había logrado Kate transportarlos sin que el viento la hubiera arrastrado hasta la bahía de San Francisco.

—Los robé del depósito de cadáveres. Los utilizan para tirar los restos. ¡Es broma! ¡Ha sido una broma! —dijo, al ver la expresión horrorizada de los jóvenes agazapados tras Grace—. Humor macabro de policía, ya habéis oído hablar de eso. Son los envases de los detergentes que compran las mujeres de la limpieza, y punto. ¿Te queda algo de comer? Me muero de hambre.

—Estás en un comedor de beneficiencia, pese a la ausencia provisional de ollas. Esta noche hemos hecho sopa de judías, preparada con un hueso de jamón, pan blanco con margarina y zumo de naranja diluido.

—Época de vacas gordas, ya me doy cuenta. ¿He de lavar platos antes?

—Una persona que nos trae ocho cubos tiene permiso para comer antes. Kitty, ¿quieres acompañar a Kate a lavarse las manos, y luego le das un plato de sopa?

Cuando llegaron al pasillo atestado que daba la vuelta a la cocina, Kate tocó el brazo de la muchacha.

—Grace me ha dicho que tal vez me ayudarás a localizar a un chico llamado Dio.

La muchacha se encogió y agitó las manos para acallar a Kate.

—Aquí no. Más tarde. Iré a la habitación de Grace.

Se alejó a toda prisa.

Bien, pensó Kate, al final voy a lavar platos.

Después de la sopa de judías, y después de una contribución simbólica a las montañas de platos sucios, Grace la rescató y la envió a la habitación que utilizaba como centro de asesoría, consulta médica, despacho, y de vez en cuando, dormitorio improvisado. Kitty llegó al cabo de cinco minutos, y cerró silenciosamente la puerta tras ella. No perdió el tiempo en fruslerías.

—¿Estás buscando a un chico llamado Dio?

—El verano pasado se hacía llamar así, en efecto.

—¿Qué quieres de él?

—Yo, nada. ¿Por qué no te sientas, Kitty?

—Dios, no sé si debería hacer esto. No te conozco.

Kate introdujo la mano en el bolsillo que se había acostumbrado a utilizar en lugar del bolso, y extendió su tarjeta de identificación entre dos dedos, sobre todo para impedir que la muchacha saliera huyendo. Kitty la cogió y examinó con curiosidad, y después se la devolvió. Se sentó y estudió el rostro cansado de Kate, el pelo recién cortado, el atuendo de motorista.

—Tu aspecto es diferente.

Kate cerró la foto de la buena chica italiana de pelo liso y sonrisa tímida sin dirigirle ni una mirada.

—Eso nos pasa a todos.

—¿Tú eres la poli tortillera cuya amiga resultó herida en un tiroteo? —preguntó, vacilante. Kate ni siquiera se encogió, sino que terminó el gesto de guardar la tarjeta de identificación en el bolsillo.

—Sí. Bien, dime, ¿cómo te enteraste de que andaba buscando a Dio?

—Grace lo clavó en el tablón de anuncios. No sé si es el mismo tío, claro, pero no es un nombre vulgar, ¿verdad?

—¿Puso un anuncio de que yo estaba buscando a Dio?

—Tú no. Sólo de que le andan buscando. ¿No has visto el tablón? Está en el comedor, un montón de cuadrados de corcho negro sobre los que Grace clava anuncios, como cuando alguien llama desde Arkansas o alguien pregunta: «¿Habéis visto a mi hija? Decidle que llame a mamá». Sólo está su nombre y una nota de que vaya a ver a Grace. Como tantos otros. Ella habla con los chicos e intenta convencerlos de que llamen a casa, cuando saben que alguien muestra cierto interés.

A juzgar por la forma en que hablaba, hacía tiempo que ningún familiar se había interesado por Kitty.

—Así que conociste a Dio.

—Yo no. Un amigo. Bueno, tampoco es eso —dijo, al captar la mirada escéptica de Kate—. El chico que conocí cuando paseaba por el Panhandle, ¿sabes? Me dio un cigarrillo, y te juro que sólo era un cigarrillo. Grace te expulsa si hueles a hierba. Bien, nos pusimos a hablar, ya sabes, de cosas. Vino aquí a cenar, a echar un vistazo al tablón, para ver si quizá… Bien, no había nada para él, pero vio el nombre de Dio y se quedó como sorprendido, y dijo: «Creía que Dio era huérfano», y yo dije: «Deberías decirle a Dio que le buscan», o sea, no como alguien que quiere volver a casa, pero tampoco es malo hacer una llamada telefónica, ¿verdad?, y hasta podrían enviarle un poco de dinero o algo por el estilo. Bien, en cualquier caso, dijo que avisaría a Dio si le veía.

—¿Cuándo fue esto?

—La semana pasada. El viernes, tal vez. ¿El jueves? No, recuerdo que era viernes porque cenamos atún a la marinera, hablamos de los católicos y ese rollo de la abstinencia de carne.

—¿Le has visto desde entonces?

—Bueno, sí, o sea, por eso hablé con Grace, ¿sabes?, porque Bo…, porque mi amigo me lo pidió. Ha venido esta tarde. Bueno, esta mañana, en realidad, pero yo no estaba aquí, así que volvió. Dijo que había visto a Dio, y que está muy enfermo, me refiero a Dio, y un par de amigos de Dio están muy preocupados por él.

—¿Qué quiere decir «enfermo»? ¿Sobredosis? En ese caso, llevará muerto mucho tiempo.

—No creo. Bo…, mi amigo, dijo que tosía mucho, durante toda la semana pasada o así.

—¿Por qué no le llevó su amigo a urgencias, o a la asistencia sanitaria gratuita?

—Bueno, eso es lo que no entendí. Es un rollo del tío con el que Dio vive, él y un montón de chicos más, todos buenos tíos, me parece. En cualquier caso, hay un tío mayor que es el jefe del lugar donde viven. Viven en un almacén abandonado que hay al otro lado de Market, por los muelles. En cualquier caso, al carroza ése no le gustan los extraños, como los médicos, por ejemplo.

Apuesto a que no, pensó Kate.

—Me gustaría hablar con tu amigo acerca de este asunto.

—Dijo que no, que no quiere saber nada de esto. Sólo está preocupado por Dio y cree que alguien debería sacarle de allí antes de que muera o algo por el estilo. Supongo que se pondría como una moto si supiera que he hablado con un poli. Dijo que no quería que el carroza se enterara, porque a mi amigo le pone nervioso. Bueno, es legal, quiero decir. Se ocupa de los chicos y no los manosea ni nada por el estilo, pero es un poco… raro. Eso dice Bo, en cualquier caso. Bo es mi amigo.

De oídas, y con un vocabulario limitado como el de Kitty, «raro» podía definir cualquier cosa, desde un psicópata babeante hasta un licenciado en Oxford o Cambridge, de acento impecable y flor en el ojal.

—Muy bien, iré a verle. Y no le explicaré cómo descubrí que estuvo aquí. ¿Cuál es su dirección?

Kitty tuvo que levantarse para introducir las manos en los bolsillos de sus ceñídisimos tejanos. Sacó un trozo de papel doblado infinidad de veces. Kate lo desdobló, comprobó que la dirección se veía con claridad y lo guardó en su bolsillo.

—Gracias, Kitty. Haré lo que pueda. Me alegro de que te hayas atrevido a hablar conmigo.

—Sí, bueno. Si los chicos de la calle no nos cuidamos mutuamente, ¿quién lo va a hacer?

La lluvia había amainado momentáneamente cuando Kate abandonó el centro, y el viento también se había calmado, de manera que decidió pasarse por la dirección garrapateada en el trozo de papel que Kitty le había dado. Casi se llevó una sorpresa cuando, al llegar, comprobó que existía. Era un almacén abandonado de tres pisos, con planchas de madera terciada clavadas sobre las ventanas de la planta baja, en una zona que iba a ser reurbanizada en un futuro próximo. Pasó por delante poco a poco, siguió adelante un par de manzanas, y después dio media vuelta, al tiempo que bendecía el eficaz y silencioso tubo de escape de la Kawasaki. Se internó en un callejón que olía a orina, pero que en aquel momento no estaba ocupado, se quitó el mono naranja, abrió la caja de herramientas, sacó una linterna larga, guardó el mono mojado, cerró con llave la caja y sujetó el casco a la moto con el candado. Embutió la linterna en el bolsillo delantero de su chaqueta de cuero y se acercó con cautela al edificio.

Como era de esperar, la puerta estaba cerrada con un candado. Encontró la entrada que se utilizaba siguiendo una callejuela situada a un lado del edificio, cubierta por una hoja de metal acanalado que chirrió cuando la apartó a un lado. Debido al ruido del viento y de las gotas que seguían cayendo de vez en cuando, no supo decir si se había producido algún movimiento en el interior del edificio. Al tiempo que intentaba convencerse de que no estaba cometiendo ninguna estupidez, de que, pese a sentirse como una mujer descerebrada en una película de madrugada, que investigaba ruidos en el desván con una vela en la mano, era una policía armada (sin el menor motivo oficial para estar allí, y mucho menos con una orden de registro), pasó por el hueco.

Había intentado a propósito anunciar su presencia. Al fin y al cabo, no tenía pinta de agente de policía, y sólo quería hablar con el chico llamado Dio. Ya había abierto la boca para emitir un saludo tranquilizador, cuando empezó, el escalofrío que recorrió el dorso de su mano, las muñecas, los antebrazos, hasta llegar a los hombros y la nuca, la sensación horripilante de que algo espantoso estaba a punto de suceder. No había imaginado semejante experiencia, su único propósito era hablar con algunos adolescentes sucios que habían ocupado un edificio abandonado, sin solicitar la menor protección, pero en cuanto empezó, no se detuvo a pensar, sólo reaccionó.

La pistola sujeta con ambas manos, la espalda apoyada contra la pared, todos los pelos erizados y... nada. Nada.

Había gente en el edificio, lo podría jurar, los sentía sobre su cabeza, esperaban en silencio... ¿qué?

Ella también aguardó en la oscuridad, largos minutos en que se esforzó por oír, ver, lo que fuera, intentar abrir la boca y lanzar un cordial «Hola, ¿hay alguien ahí?», pero el roce fantasmal no abandonó sus brazos. Por fin, se movió con el mayor sigilo que le permitieron sus pesadas botas, pasó de nuevo por el hueco de la puerta, retrocedió por la callejuela (sin dejar de mirar hacia arriba) para echar un rápido vistazo a la parte posterior del edificio, y después regresó a través de las sombras hasta la moto, volvió a abrir la caja y sacó la radio móvil. Conectó el volumen y habló en voz baja.

El coche oficial llegó al cabo de tres minutos, y se detuvo con las luces apagadas. El cono luminoso no se encendió cuando los dos hombres abrieron las puertas con suavidad, sin cerrarlas con estrépito. Kate se sintió aliviada. Conocían su oficio. Carraspeó en voz baja y caminó hacia ellos.

—Kate Martinelli. Homicidios —se identificó—. ¿Qué sabéis del edificio de tres pisos que hay al lado del garaje?

—Está ocupado desde hace dos meses. Ningún problema —dijo el de mayor edad—. Lo denunciamos, pero la actitud en esta época del año es dejarlo correr, si no pasa nada. De todos modos, tampoco hay camas suficientes para ellos en los albergues —añadió a la defensiva.

—Lo sé, pero ¿ha pasado algo? ¿Algún indicio de prostitución, drogas, galería de tiro o algo por el estilo?

—Ningún tipo de clientes. ¿Por qué?

—Carezco de permiso de registro. Sólo estoy buscando a un

crío, me dijeron que estaba aquí, enfermo. Entré, pero…, no me gustó lo que sentí dentro. Quería algo de apoyo.

El más joven miró de reojo a su compañero, pero éste se limitó a asentir.

—La comprendo. Entraré con usted.

Creyó reconocer su voz. Kate le miró con más detenimiento.

—Tom Rawlins, ¿verdad? ¿Rawlings? —El hombre pareció contento de que le reconociera—. Gracias, pero será mejor que entre sola. No quiero asustarlos. Bastará con que me cubras las espaldas. Y tu compañero…

—Ash Jordan —se presentó el más joven.

—Ash podría vigilar la parte posterior. Hay una salida de incendios.

—Estupendo.

—¿Qué ha hecho el chico?

—Por lo que yo sé, sólo es un delincuente juvenil, suponiendo que me hayan dicho bien su edad. Estoy intentando localizarle para hacer un favor a una amiga.

Los hombres aceptaron su explicación, pues comprendían el idioma de los favores y los amigos y los problemas de los fugados.

—Se hace llamar Dio, hispano de piel blanca, metro setenta, flaco, aparenta unos catorce años.

—Si sale, le retendremos un rato —la tranquilizó Rawlings.

—Estupendo, gracias. No debería tardar más de unos minutos.

Volvió a atravesar el hueco ocultado por la lámina de metal con la tranquilidad de estar respaldada por un hermano policía, lo cual cambiaba por completo la situación. Avanzó con cautela, aunque sin miedo, y se encontró en una madriguera que había sido en otro tiempo un complejo de oficinas y una sala de muestras, vacías ahora de material y en un estado de deterioro pasmoso, planchas de cartón de yeso desprendidas de las paredes, las vigas del techo al descubierto, y todo increíblemente sucio. Si un grupo de chicos se había refugiado en el edificio, decidió después de un rápido registro, no vivían allí.

Su linterna descubrió la escalera, despojada de la alfombra podrida, que habían abandonado hecha un guiñapo en una de las oficinas. Los peldaños eran firmes, aunque algunos chirriaron mientras subía. Sujetaba la pistola en una mano, la linterna en la otra, y aunque todavía tenía la piel de gallina, ahora ya no podía volver atrás.

Al llegar a lo alto de la escalera se detuvo ante la puerta, y asomó la linterna y un ojo por la esquina, donde descubrió la vivienda de los niños. Era una habitación grande, un único espacio con un pesado montacargas en un extremo, detenido con su suelo a medio metro bajo el techo. Ristras de telarañas saturadas de polvo colgaban de las vigas de acero situadas a unos cinco metros de altura, pero cuando se fijó con más atención, observó que se habían llevado a cabo algunos esfuerzos para limpiar el suelo, que carecía del batiburrillo de botellas, agujas, tubos de pegamento, botes de pintura, condones usados y demás basura típica de estos lugares. En el centro había un círculo irregular de sillas y cajas de leche encima de una alfombra circular deshilachada, almohadas sobre algunas cajas, una de ellas vuelta del revés con una linterna de camping encima. En la periferia, daba la impresión de que habían intentado delimitar contra dos de las paredes ocho o diez cubículos separados con una mezcolanza de cajas de madera, cajas de cartón y pedazos de madera cubiertos con piezas de tela incongruentes, desde cubrecamas floreados hasta lonas impermeabilizadas manchadas de pintura. Kate se situó en el centro de la sala, se esforzó por captar el menor sonido y empezó a dar la vuelta a la estancia. Examinó con la linterna cada cubículo, y encontró la misma apariencia de orden que mostraba el círculo de sillas. Algunos de los colchones todavía conservaban sus toscas mantas subidas con pulcritud, aunque otros...

Se detuvo, volvió a una espartana y limpia celda, y recorrió con la luz de la linterna el montón de..., bien, a falta de una palabra mejor, ropas de cama. Sí, era un pie lo que había visto sobresalir de la pila, envuelto en al menos dos capas de calcetines deshilachados. Y ahora que estaba más cerca, oyó el sonido de una respiración laboriosa por encima del repiqueteo de las pesadas gotas de lluvia que se estrellaban contra el plástico negro que alguien había sujeto con clavos sobre las ventanas rotas. Se puso la pistola bajo un brazo, trasladó la linterna a la mano derecha, se agachó y extendió la mano con cautela hacia las mantas improvisadas que había en el lado contrario al calcetín descubierto. Pelo negro, largo, grasiento y empapado de sudor, caído sobre una cara enrojecida con los pómulos anchos y altos de una estatua maya. El sonido de su respiración hacía pensar en un par de esponjas mojadas que lucharan por absorber una brizna de aire. Kate sintió un dolor en el pecho al escucharla. La frente del muchacho estaba ardiendo, y volvió a subir las sábanas hasta su cuello. No le sorprendió ver una pulcra pila de cajas de zapatos, dos anchas y tres altas, al lado del colchón. Sobre ellas descansaba una pequeña agenda, con un arco iris en la cubierta.

—Hola, Dio —dijo en voz baja. Se levantó, sacó la radio del bolsillo de su chaqueta de cuero, habló por ella, y apenas había logrado decir «Tenemos a un chico enfermo en...», cuando el infierno se desató.

Las luces del techo se encendieron con un estruendo lejano, y el cuerpo de Kate se movió como un autómata hacia abajo y atrás cuando la pistola empezó a dispararle desde el montacargas. Se pegó contra la base de las paredes improvisadas, cajas y pedazos de madera salieron volando por los aires, consiguió mantenerse en todo momento por delante de los terroríficos impactos que perseguían sus talones, hasta que por fin tuvo en la mano su hermoso pedazo de metal. Desde la precaria protección de una caja de embalar, apuntó la pistola hacia el origen del fuego asesino. Su quinta bala alcanzó algo.

Sonó un ruido, medio chillido medio tos, seguido al instante por el estridente impacto de metal contra metal.

—¡Policía! —vociferó Kate, con toda la potencia de sus pulmones cargados de adrenalina—. ¡Dispararé al que intente recuperar esa arma!

Oyó voces, después gritos de pánico, y varios pies en el piso de arriba empezaron a correr, en dirección a la parte posterior del almacén. Al mismo tiempo, un par de pies subieron hacia ella por la escalera, y se detuvieron ante la puerta.

—¡Policía! —gritó el hombre—. ¿Se encuentra bien, inspectora Martinelli?

—Sí, estoy bien. Una sola pistola disparó desde el montacargas. Parece que no hay otra. Lo alcancé y la dejó caer. ¿La ves? ¿Bajo ese puntal?

Estrechó el rayo de su linterna para iluminar el lugar.

—No... Sí, ya la veo.

—No la pierdas de vista. Voy a subir.

—Un momento.

—No. ¿Tu compañero está en la parte de atrás?

—Sí.

—Eso espero. No quiero que esos chicos huyan. Comprobaré que no haya nadie en el montacargas y después te llamaré. Ah, el que estaba buscando está al otro lado. Estaba a punto de llamar a una ambulancia. Creo que tiene neumonía.

Kate había perdido la radio cuando se había refugiado tras las cajas, pero conservaba por milagro la linterna, que también por milagro funcionaba todavía. Mientras Rawlings hablaba por su radio, y solicitaba ayuda y una ambulancia cuanto antes, atravesó acuclillada el suelo polvoriento a toda prisa, llegó a la escalera, ahora bien iluminada, y en el rellano de arriba, al no ver ningún interruptor, se protegió la cara con un brazo y golpeó la bombilla colgada del techo con el extremo inferior de la pesada linterna. A salvo ahora en la oscuridad, embutió la linterna en su bolsillo, se apostó a un lado de la puerta del tercer piso, giró el pomo y la abrió. Nada. Sólo silencio, a excepción del viento y la lluvia; la única luz era la tenue iluminación que se filtraba por las ventanas y el pozo del montacargas. Se deslizó en el interior con la pistola preparada. Oyó voces fuera y tres pisos más abajo. Jordan, el compañero de Rawlings, no había abandonado su puesto. Y entonces, el sonido más hermoso del mundo: sirenas, procedentes de varias direcciones a la vez, más potentes a cada segundo que pasaba. Bajo ellas, casi imperceptible, oyó una especie de gemido desde el montacargas. Sacó la linterna y la encendió, pegada contra el cuerpo. La habitación estaba vacía de cualquier cosa capaz de ocultar a una persona. Sólo para asegurarse de que el tirador no pudiera recuperar su arma, Kate se alejó dos pasos de la pared.

No hubo dolor, ni estallido de luz, ni tiempo para sentir miedo, y mucho menos ira, sólo la levísima percepción de movimiento encima y detrás de ella, un veloz silbido que sus oídos registraron, y Kate perdió el sentido.

7

En algún lugar, muy adentro, estaba consciente. Una parte de su cerebro contusionado e hinchado olió el polvo del suelo sobre el que estaba caída, oyó las botas que corrían hacia ella y las sirenas que enmudecían, una a una, abajo, sintió las manos, los almohadones y el collarín, percibió que la levantaban y cargaban, que había lluvia en su cara y luces azules estroboscópicas, y después las superficies planas y duras del hospital. Un zumbido cuando afeitaron su pelo, agua fría contra su cráneo, y al final una mascarilla sobre su rostro.

Conocía todas estas cosas como texturas y sabores: noche de terciopelo negro tachonada de cuentas azules; el hospital, tan pulido y frío como una losa, pero recubierto por el toque cálido y suave de una enfermera, cuyas palabras se arrollaban a su alrededor, incomprensibles pero tan reconfortantes como una manta de piel. Policías como columnas, médicos como látigos, estas sensaciones se derramaron sobre ella mientras yacía atontada e inmóvil, imprimieron sus texturas en su cerebro apaleado, para aparecer en una vida posterior, nunca mientras estaba consciente, sino como imágenes oníricas: compañeros policías que olían a polvo, una enfermera cubierta con un voluptuoso abrigo, palabras que sabían a cristales rotos.

Y había recuerdos, que aparecían y desaparecían mientras yacía en la cama de hospital de la unidad de cuidados intensivos: momentos de miedo, momentos de gran placer. Recuerdos de Lee. Durante los días siguientes, rememoró agosto, casi siempre.

Una carta.

Todo había empezado con una carta, y Kate seguía acostada y recordaba…

… *un día de principios de agosto. Una ola de calor había asfixiado San Francisco durante diez días, o más, todo el mundo se quejaba, explicaba el hombre del tiempo, con subidas y bajadas, hasta que por fin, aquella tarde a las tres, la gente había notado en las aceras de Fishermen's Wharf los primeros dedos húmedos de la niebla en sus caras tostadas por el sol, y a las cinco la ciudad estaba fresca y envuelta en un capullo.*

La casa de Russian Hill conservaba el calor del día, pero la comida que había en el horno olía bien, apetitosa después de una semana de ensaladas frías y sopas congeladas.

—Eso huele de maravilla, Jon —le saludó Kate desde el vestíbulo. Asomó la cabeza en la cocina—. Hola.

—Hola, Kate, ¿no es estupendo que haya vuelto el fresco? Hacía semanas que esperaba preparar esta cosa de carne etíope.

—Huele increíble.

Se volvió hacia el ropero, se quitó la cazadora y la pistolera, se desprendió de los zapatos, dejó el maletín en el suelo, después asomó la cabeza en la sala de estar, vio que estaba vacía y volvió a la cocina.

—Te comprendo. Hace días que no me apetece comer.

Jon levantó la vista de la tabla de cortar, con su cabello ralo despeinado y mojado.

—Pues los ratones se lo están pasando en grande, se llevan platos de comida de la nevera.

—Nos salvamos por un pelo —admitió ella—. ¿Quieres una copa? —Jon asintió, y Kate le sirvió un poco, y después llenó una tercera copa. Empujó una hacia él y cogió las otras dos—. ¿Lee está arriba?

—Sí. La nueva fisioterapeuta ha pasado esta mañana, y pareció impresionada —informó Jon—. Ha recibido un par de cartas. Dio la impresión de que una la preocupó.

—¿La preocupó? ¿En qué sentido?

—Quizá 'preocupada' no sea la palabra correcta.

Hizo una pausa, con una mano apoyada en la cadera, y la otra echada hacia atrás con una cuchara manchada de salsa. Había abando-

nado casi todas sus posturas afectadas durante el último año, gracias a Dios, pero tendía a adoptar poses cuando estaba distraído, y a medir sus palabras cuando se sentía incómodo.

—¿Excitada, tal vez? —continuó—. Como una niña que atesora un secreto, o que acaba de recibir un regalo. Dijo que era de una tía.

Se encogió de hombros y regresó a su aromático laboratorio. Kate no le dijo que, por lo que ella sabía, Lee sólo había tenido una tía, muerta unos años antes.

—¿Todo lo demás bien?

—Bien. Cenaremos dentro de veinte minutos —dijo Jon, a modo de despedida.

Kate se detuvo en el pasillo para echar un vistazo al correo depositado sobre la mesa, sólo vio facturas y publicidad, y después se fue con el vino arriba, donde encontró a Lee en su estudio, leyendo algo ante el escritorio.

—Hola, extraña —dijo Kate.

Lee se sobresaltó, dejó caer la carta y giró la silla con brusquedad.

—Lo siento, cariño —se disculpó Kate—. Pensaba que me habías oído entrar.

Dejó una copa sobre el escritorio de Lee, la besó y se dejó caer en la butaca con su copa.

—Me alegro de que hayas podido venir —dijo Lee, ya recuperada la calma—. ¿Te quedas o te vas?

—Me quedo. Y mañana tengo día libre.

—¿Habéis cogido a vuestro chico malo?

—Sí, y es un buen pedazo de mierda.

La mayoría de asesinos eran alguien cercano a la víctima, familiares o amigos, que perdían el control durante un breve y fatal minuto. No eran malvados, ni demasiado inteligentes, y no tardaban en ser detenidos. Pan comido para un detective de homicidios, pero nadie podía negar la penosa satisfacción de esposar a alguien para quien el asesinato era poco más que un accidente del azar.

Hablaron durante unos minutos de trivialidades, de nada en particular.

—Jon me ha dicho que has recibido algunas cartas —dijo Kate.

¿Fue la mirada evasiva de Lee tan evidente, o bien el hábito pro-

fesional del interrogatorio era tan fuerte que veía culpa donde no la había?

—Una postal de Vaun Adams —dijo Lee—. De España. ¿Dónde la he puesto? Aquí.

Una fotografía del templo de la Sagrada Familia, de Antoni Gaudí, y con la pulcra caligrafía de Vaun:

> *La arquitectura de este tipo te hace pensar que los seres humanos deberían ser de una forma diferente, como si Ray Bradbury contratara a Frank Lloyd Wright para construir una casa en Marte. La cabeza casi a tope, volveré pronto. Gerry y su mujer os envían recuerdos.*
>
> *Con cariño, V.*

—La última era de Kenia, ¿verdad?

—De Egipto, y antes de Kenia. No para.

—¿Algo más estimulante?

—Un par de cosas, nada emocionante.

—Estupendo —dijo Kate con desenvoltura—. ¿Te apetece bajar a cenar, o comemos aquí arriba? Jon está cocinando algo fabuloso.

—Lo he estado oliendo toda la tarde, y se me hacía la boca agua. Bajaré.

—¿Te echo una mano?

—Lleva el vino, por favor.

Lee hizo rodar la silla hasta el elevador de escaleras, pasó de un asiento a otro mientras Kate estaba cerca, hablando de cualquier cosa, preparada con discreción para sostenerla. Al pie de la escalera, comprobó que el andador estaba al alcance de Lee, y después se alejó. Se lavó la suciedad del día de la cara y las manos, y llegó a la mesa justo a tiempo de apartar la silla para que Lee se sentara. Comida, charla, papeleo, cama. Un día como otro cualquiera.

Aquella noche, abrazadas por primera vez desde que la ola de calor había empezado, Kate habló al oído de Lee.

—No has de decirme quién te ha enviado una carta.

—¿No?

—Pues claro que no. Tienes todo el derecho de guardar secretos, secretos repulsivos y horrísonos, amantes secretas, con toda probabilidad. No me importa. —Empezó a mordisquear la nuca de Lee, al tiempo que las yemas de sus dedos buscaban las zonas sensibles entre sus costillas—. Te haré cosquillas hasta que confieses, aunque me da igual que no lo hagas. Puedo pasarme toda la noche haciéndote cosquillas, hasta que te caigas de la cama y tengas que dormir en el suelo y...

Lee se puso a reír y retorcerse para escapar de las manos y dientes de Kate, y las dos forcejearon hasta que Lee, cuyo torso había adquirido más fuerza que el de Kate (quien tampoco se esforzaba demasiado) durante los meses pasados en la silla de ruedas, logró inmovilizar a Kate. Lee contempló los ojos oscuros y atónitos de Kate.

—¿Seguro que tienes ganas de pasar aquí toda la noche? —preguntó con voz ronca, y aplastó su boca contra la de Kate.

Fue lo más parecido a una noche normal desde hacía muchísimo tiempo.

—No creas que te librarás de contarme lo que dice esa carta —susurró Kate contra el hombro de Lee, mucho más tarde.

—Mañana, mi dulce Kate. Mañana.

◆ ◆ ◆

—Era de mi tía —dijo Lee, cuando llegó la mañana y seguían en la cama, bebiendo café.

—Pero tu tía murió.

La hermana de la madre de Kate había sido un verdadero dolor de cabeza, el tipo de anciana severa que consideraba las sábanas ajustables una clara señal de la decadencia moral del país, y que había dejado una cláusula en su testamento para asegurarse de que Lee no recibiría ni un centavo para sufragar su abominable estilo de vida.

—No me digas que su testamento incluía cartas póstumas.

—No, se trata de la hermana mayor de mi padre.

—No sabía que tu padre tenía una hermana.

—Ni yo. Bien, sabía que tenía una, pero desapareció hace mucho tiempo, y todo el mundo dio por sentado que había muerto. Puedes leer la carta, si quieres. Está en el cajón superior derecho de mi escritorio.

Kate recorrió el pasillo en zapatillas y la recuperó, tres páginas de papel cubiertas de una escritura firme y apretada. ¿Qué deduciría un grafólogo de esta letra?, pensó, y se sentó en el borde de la cama para leerla.

«Mi querida sobrina», empezaba. A mitad de la segunda página, una expresión divertida se formó en la cara de Kate, y cuando llegó al final, rió a pleno pulmón. Dedicó un momento a repasar el peculiar documento.

—Es una lunática del copón, ¿no? —dijo con una risita—. Como si la posibilidad de reunirte en el quinto coño con una vieja a la que nunca has conocido te hiciera saltar de alegría. Podrías pedirle prestada una chaqueta de franela a Jon para cortar leña. Es una carta cojonuda. Sobre todo, me gusta la idea de contratar a un detective privado para reunir información sobre una sobrina. El trozo de la malaria es muy bueno también.

Cogió su café frío y tomó un sorbo.

—Me voy, Kate.

Kate la miró durante un largo momento.

—Eso no me ha hecho ninguna gracia, Lee.

—No bromeo. Lo decidí anoche.

—Lo decidiste anoche. ¿En qué momento?

—Kate...

—¿Cuándo? ¿Antes de que decidieras darme un atisbo de lo que había antes? ¿O después de descubrir que podías hacerlo?

—No, Kate.

—¿No qué? ¿Que no haga hincapié en que la locura parece ser una característica de tu familia? ¿Cómo es posible que te hayas parado siquiera un momento a pensarlo?

—Es lo que necesito, Kate. Lo supe en cuanto leí la carta.

—Estupendo, el verano que viene iremos a ver a tu excéntrica tía Agatha, a su isla sin electricidad. El verano que viene, cuando puedas caminar, subir escaleras y conducir el coche.

—Lo necesito ahora, Kate, no dentro de un año. Sé que no lo entiendes, cariño, pero te estoy pidiendo que confíes en mí. Lo necesito. Me estoy asfixiando, Kate. —Estaba suplicando, aquella mujer fuerte que detestaba pedir algo. Incluso apoyó una mano sobre el brazo de

Kate—. *Intenta comprender, Kate, por favor. Necesito estar sola una temporada.*

Kate llevó a cabo un gigantesco esfuerzo.

—*Escucha, Lee, soy consciente de que los progresos son lentos, y bien sabe Dios lo frustrante que debe de ser para ti, pero tirar la toalla y cometer una locura no es la respuesta. Si crees que estás preparada para la soledad, muy bien, retírate a un lugar remoto, alquila una cabaña en Carmel, o vete a esa casa de Point Reyes donde tenías el taller. Has tenido que aprender a andar de nuevo, paso a paso. Recuperar tu independencia es lo mismo: paso a paso, sin saltar a un precipicio. Escribe a tu tía, dile que venga a verte, con malaria y todo, y cuando estés más o menos recuperada, ve a verla.*

—*Todo eso es muy sensato.*

—*Bien.*

—*Pero me voy ahora.*

—*¡Hostia divina!* —*gritó Kate, y dejó la taza de café con tanta fuerza sobre la mesita de noche que dejó una marca en la madera y el líquido salió disparado hacia el techo*—. *¿A qué coño crees que estás jugando? No es que seas tozuda. Es que te estás comportando como una niña.*

—*De acuerdo, soy una niña, estoy loca. Dentro de tu colección de adjetivos, no olvides «tullida». Soy una tullida, ¿de acuerdo? Y es verdad, pero no porque mis piernas no funcionan y a veces me meo encima. Soy una tullida porque no puedo ser independiente. Tu vida ha continuado, Kate, pero olvidas que yo también tenía planes para mi vida, planes que sólo dependían de que fuera capaz de cuidar de mí misma. Si no puedo cuidar de mí misma, ¿cómo podría…?*

Se interrumpió, pero Kate estaba demasiado digustada para seguir el razonamiento de Lee.

—*Pues cuida de ti misma. Empieza a cocinar otra vez. Recibe a más clientes. Reanuda tu vida normal. Pero esto…*

—*No puedo ser independiente cuando estoy rodeada de gente que quiere protegerme* —*gritó Lee*—. *He de estar con alguien duro, como parece tía Agatha. Alguien que no me quiera. Sé que es una locura, Kate, pero he de hacerlo. Al menos, he de intentarlo. Quizá sólo pueda aguantarlo dos días, y luego me ponga a gritar pidiendo auxilio, pero voy a intentarlo.*

»¿No lo entiendes, Kate? Quiero volver a vivir. Quiero ser independiente. Quiero tener... —Echó hacia atrás la cabeza y miró a Kate
con expresión desafiante—. Quiero tener un hijo.

Kate se quedó estupefacta. Habían hablado del asunto, por supuesto, antes del tiroteo, era una preocupación natural de cualquier pareja estable, pero Kate jamás había deseado quedarse embarazada, y Lee
en una silla de ruedas... Bien, no había pensado...

—¿Todo gira alrededor de esto?

—¿Qué quiere decir «todo»?

Kate se encogió ante la mirada severa de Lee.

—Lo siento, amor, no sabía que aún estabas... interesada.

—¿Porque estoy en una silla de ruedas todos mis instintos se han
atrofiado, todos mis deseos e impulsos han desaparecido? ¿Es eso?

—No me has entendido, Lee.

—Y ni siquiera te enfadas conmigo. ¿Sabes cuánto tiempo ha pasado desde la última vez que me gritaste? Dieciocho meses, así de claro.
Andáis de puntillas como si estuviera a punto de romperme, tú y Jon.
¡No puedo respirar! —Su voz ascendió hasta que se quebró en su garganta y en el corazón de Kate—. He de salir de aquí. He de respirar un
poco de aire, o me voy a ahogar.

Y por eso, Kate cambió días de permiso y se endeudó con sus compañeros, y acompañó en coche a Lee a casa de tía Agatha. No tenía otra alternativa, pues sabía que, si se negaba, Lee se lo pediría a Jon. O iría en
autostop.

Supuso que sería un viaje largo y tenso, pero para su sorpresa, en
cuanto tomó la decisión, Lee pareció relajarse.

En la cama del hospital, el cuerpo de Kate, que había empezado
a alarmar a la enfermera de la Unidad de Cuidados Intensivos con su
pulso acelerado, también se relajó, mientras la paciente revivía la mayor parte del viaje.

Fueron hacia el norte por la autopista de la costa, lenta pero hermosa, y llegaron a las secoyas por la tarde. Como era ineludible, dieron
la vuelta a los colosos, se asombraron de su altura, admiraron las in-
mensas secciones transversales, con las banderitas que indicaban el na-

cimiento de Julio César y la travesía del Mayflower, y se quedaron intrigadas al ver las enormes figuras parecidas a osos talladas en secoya con sierras mecánicas, que se erguían a un lado de la carretera con una miríada de otras bestias, vaqueros y figuras de San Francisco alrededor de sus rodillas. «TERRITORIO SASQUATCH», proclamaba una, y «PIE GRANDE VIVE AQUÍ» rezaba otra.

Pasaron la noche en una cabaña ruinosa rodeada por el silencio eterno de las Sequoia sempervirens, *un silencio roto tan sólo por las voces aflautadas de los niños que regresaban del programa de campamentos del parque estatal cercano, y más tarde por los estruendosos rugidos estremecidos de los camiones de la explotación forestal, que maniobraban a unos sesenta metros de sus almohadas. A la una de la madrugada, cuando Lee anunció que había contado cuarenta y tres desde que habían apagado las luces, y expresó la preocupación de que tal vez no quedaran árboles si no se levantaban pronto, Kate le aseguró que no se trataba de camiones, sino de un indio sasquatch con problemas digestivos, y a Lee le dio la risa y empezó a soltar bromas infantiles sobre Bigfart*, y así se durmieron.*

En su sueño inquieto, la boca de Kate se curvó en una sonrisa.

A la tarde siguiente, el coche de Kate, veterano de muchas guerras, se averió en Reedsport, una ciudad situada en la costa de Oregón, donde no abundaban exactamente las agencias de alquiler, pero incluso entonces Kate consiguió salvar el viaje y aliviar la tensión subyacente chuleando al mecánico hasta que les dejó el Ford de su mujer (por un precio), comprado hacía dos años. Cuando estuvo cargado con sus cosas, cambiaron a una autopista interestatal más grande y veloz, y continuaron su camino hacia el norte.

Lee, que se encargaba del plano, descubrió una ciudad con el improbable nombre de Drain**. Entonces, empezó a buscar más nombres raros, entre los que anotó Hoquaim, Enumclaw, Pe Ell, y al final lanzó un grito de triunfo.

---

* Juego de palabras con el personaje de Bigfoot. Literalmente, «Pedo Grande» (N. del T.).
** Desagüe, sumidero (N. del T).

—Dios mío, Kate, hay una ciudad en Washington llamada, ¿estás preparada?, Sappho.

Kate apartó los ojos de la carretera.

—No, no me lo creo. Te lo has inventado.

—¡Lo juro! Mira —dijo, y colocó el plano ante las narices de Kate.

—Tiene que ser una errata de imprenta.

—He de ir a Sappho —anunció Lee.

Kate sonrió, se apoderó de la mano izquierda de Lee y besó el anillo que llevaba, y hasta consiguió convencerse de que todo iba bien.

Y en cierto modo, así era. Atravesaron el exuberante valle de Willamette, de Oregón, dos mujeres en un país extraño y rico en agua, donde enormes irrigadores lanzaban a decenas de metros de altura chorros de agua centelleante. Descubrieron dos lagos en los que poder bañarse, uno ruidoso y abarrotado, el otro recién inaugurado y prístino. Se detuvieron en dos museos de los Tiempos de los Peregrinos, contemplaron arados polvorientos e hicieron el consabido comentario de que las mujeres debían ser diminutas en aquellos días, o bien la piel de aquellos zapatos tenían que haber encogido de manera considerable en un siglo.

Kate, desesperada por creer que todo iba bien, sólo veía la luz del sol, sólo oía las carcajadas de Lee en el agua y sus chillidos cuando diminutos pececillos mordisquearon su pierna. No se fijó en que las sonrisas de Lee eran algo forzadas de vez en cuando. Cerró los oídos a los largos silencios, puso una sucesión de cintas en el aparato del Ford, habló mucho consigo misma.

No tomó nota consciente del hecho de que Lee no había tocado la silla de ruedas desde que salieron de San Francisco. Cuando Lee pidió a Kate que parara en una farmacia para comprar aspirinas, el hecho de que Lee masticara las tabletas como si fueran cacahuetes quedó milagrosamente oculto bajo la irritación superficial de que Lee no le hubiera pedido entrar a por ellas. Poco a poco, a medida que se sucedían los kilómetros, Lee se resistía cada vez más a reconocer sus limitaciones. Pasaban más de una hora cada día en áreas de descanso. Kate caminaba arriba y abajo de los senderos de cemento, entre el césped reseco por el sol y los atestados aparcamientos, mientras Lee renqueaba, sudorosa y decidida, hacia los lavabos, tras rechazar la silla de ruedas, sin hacer caso de los cubículos de amplias puertas reservados a las personas con *discapacidad, sintiendo los ojos clavados en ella como carbones al rojo vivo, dispuesta a gritar a Kate si osaba ofrecerle ayuda, o a acuchillar la mano de un desconocido con fría cortesía: gracias, me las puedo arreglar sin necesidad de ayuda.*

Los coches aparecían y desaparecían delante de los lavabos amarillos, los camioneros aparcaban, utilizaban los servicios y se marchaban, se guardaban cestas de picnic y se deshacían otras, y Lee salía por fin, una muleta de aluminio detrás de la otra, y avanzaba hacia el coche a razón de siete centímetros por paso. No permitía que Kate aparcara en los espacios reservados a minusválidos, se enfurecía, escupía y hería si Kate intentaba ahorrarle algunos pasos, facilitar las cosas, reconocer las limitaciones de Lee. Era doloroso estar cruzada de brazos mientras Lee arrastraba las piernas paso a paso, penoso contemplar los esfuerzos de Lee, que Kate habría podido ahorrarle con tanta facilidad, una agonía ser testigo de la furiosa batalla de Lee para obligar a su cuerpo a cumplir su voluntad.

Un golden retriever de seis meses pasó a toda velocidad junto a Lee, tirando de la correa y de su risueño e indignado propietario. Lee se tambaleó, se apoyó en las muletas, conservó el equilibrio y Kate empezó a respirar de nuevo. Una caída, cada caída, significaba o bien largos minutos de denodados esfuerzos, o ayuda de Kate, seguida por horas de amargo silencio y (hasta hacía poco, cuando Lee había renunciado a ellos) un subrepticio calmante por la noche. Esta vez no hubo caída, ni tan siquiera fue preciso descender el Everest del bordillo de diez centímetros. Ni siquiera se había dado cuenta de que Kate había avanzado el coche un espacio más, dos preciosos metros, o en cualquier caso no dijo nada. Tal vez hoy tendremos un buen día a fin de cuentas, pensó Kate, puso en marcha el motor y dio marcha atrás.

Al día siguiente llegaron a Puget Sound, y a la mañana siguiente fueron a buscar el transbordador que las conduciría a la isla de tía Agatha. Kate siguió los letreros a través de los pastos invadidos por la niebla, rodeó el extremo norte de Fidalgo Island hasta Anacortes, y entró por fin en un enorme aparcamiento al lado del agua, donde las dirigieron a un carril de carga. Apagó el motor, abrió la puerta y fue a comprar los billetes, pero se detuvo cuando Lee apoyó una mano en su brazo y pronunció su primera palabra desde que habían salido del motel.

—No.

—Sólo iba a comprar los billetes. Volveré enseguida.

—No.

—Creo que hay que comprarlos para que nos dejen subir.

—Ahora no —ordenó Lee, y Kate contempló su perfil. Se sintió inquieta. Lee estaba muy nerviosa por algo. Kate sabía que Lee albergaba un montón de sentimientos sin resolver, y probablemente irresolubles, por el padre que nunca había conocido, pero Kate no había tenido antes la menor indicación de que los estaba transfiriendo a la hermana del hombre. Esto no es bueno, pensó con desdicha, pero cerró su puerta y notó que Kate se relajaba un poco.

Transcurrieron largos minutos. Apareció un transbordador entre la niebla, que iba aclarando. Amarró, y después empezó a escupir un chorro de coches y camiones, como crías de tiburón, con una hilera menor pero no menos decidida de personas a pie que apareció al otro lado de la zona de espera. Será una de esas, pensó Kate. Es absurdo pagar el billete de un coche cuando la persona con la que te vas a encontrar ha traído el suyo. Apareció una mujer de edad avanzada. Ésta no, demasiado joven. Luego otra, más probable. Kate se inclinó sobre el asiento y empezó a apartar las cosas a un lado, y de repente Lee emitió un ruido gutural, abrió la puerta, apoyó sus torpes piernas sobre el pavimento y se apoyó contra el coche.

Kate abandonó sus actividades y abrió la puerta. Pisó el asfalto, examinó a las personas que desembarcaban a pie, en busca de una ciudadana de edad madura, y luego se dio cuenta de que Lee estaba mirando en dirección contraria, en la dirección de la que habían venido. Kate miró, pero sólo vio que invitaban a los rezagados a no abandonar sus filas, coches, excursionistas y una moto roja que se abría paso entre las demás. Lee agitó su mano con entusiasmo, y Kate prestó más atención. No era posible… Sí, era la moto lo que había atraído el interés de Lee. ¿Un mensajero de tía Agatha? Pero ¿cómo lo sabía Lee? Empezaron a florecer sospechas en la mente de Kate, y miró a Lee por encima del techo del coche, y cuando por fin, a regañadientes, Lee reaccionó a la presión de la mirada de Kate y volvió los ojos hacia ella, y Kate vio la misma mezcla forzada de emoción, culpabilidad, miedo y desafío que había observado el día en que llegó la carta de tía Agatha, sólo que diez veces más fuerte, supo al instante lo que significaba, supo por qué Lee había guardado silencio e impedido a Kate comprar los billetes. La verdad era tan devastadora, tan consternante, que no sintió nada más, ni siquiera la ira que Lee esperaba de ella. Se limitó a mirar, a Lee y después al motorista, que ahora se había plantado delante de Lee.

La menuda figura vestida de piel roja, con un zigzag púrpura en cada brazo, efectuó una profunda reverencia, se quitó el casco púrpura y se enderezó, sacudió los rizos blancos de su cabeza. Extendió una mano a Lee.

—Tú eres Lee —afirmó—. Te pareces a tu padre.

—Tía Agatha —contestó Lee, al tiempo que lanzaba una inquieta mirada de soslayo a Kate. La mujer siguió su mirada, y extendió la mano por encima del techo del coche a Kate.

—Y tú debes de ser Kate.

Kate contempló la menuda mano bronceada, la carita arrugada, los relucientes ojos azules tan parecidos a los de Lee, pero no vio nada de ello, sólo vio la prueba patente de que Lee había trazado un gran número de planes que no la incluían. Todo estaba atado y bien atado con tía Agatha. Kate desvió la vista de la anciana y miró a su amada.

—¿Qué te ha pasado, Lee? —susurró con voz ronca—. Esto es… repugnante. Una engañifa. Nunca quisiste que fuera a la isla, ¿verdad?

—Oh, querida —dijo tía Agatha con un suspiro, y retrocedió.

—Kate, nunca tuve la intención…

—Joder, Lee, no empeores las cosas. —Kate descubrió que estaba gritando, pero no le importó—. Me manipulaste para que te trajera aquí, y ahora quieres que te deje en paz. Es una putada, y nunca lo habría pensado de ti. Puede que no me quieras, pero pensaba que conservabas cierta dignidad. Es evidente que no te conozco, ya no. Bien, estupendo, estás aquí, tu tía está aquí, y no me necesitas.

Abrió de un tirón la puerta y se puso a arrojar las posesiones de Lee al pavimento, empezando por la silla de ruedas. Lee, que farfullaba de forma incoherente y lloraba, empezó a rodear el coche, apoyada en el capó polvoriento. Su tía la siguió, sin intención de interferir, sólo pisan-

do los talones a su sobrina tullida. Kate terminó con el asiento trasero y se volvió hacia el maletero. Tiró una caja de cartón al suelo, los libros se desparramaron bajo la parte delantera del coche, cuyo motor seguía en marcha por algún motivo ignoto. Observó que algunos coches se habían puesto en movimiento. Estaban abordando el transbordador, y el coche ya estaba vacío de las cosas de Lee, salvo por... Kate cerró con estrépito el maletero y se dirigió al asiento del pasajero, sacó las muletas y la riñonera que Lee utilizaba como bolso, recuperó unas gafas de sol del tablero de instrumentos, un libro de bolsillo de la guantera y los tiró al suelo, cerró la puerta con violencia (Lee ya había llegado al maletero en aquel momento), volvió otra vez hacia la parte delantera del coche, en dirección a la puerta del conductor. Por su parte, Lee también había regresado a su punto de partida, miró por encima del techo del Ford a Kate, protestó, gritó, extendió las manos, mientras los coches pasaban a su lado y los conductores contemplaban con morbosa curiosidad la escena. Sonó una bocina. Kate abrió la puerta, pero se detuvo antes de subir.

—¿Quieres que me vaya de casa antes de que vuelvas?

—¡NO! Oh, Dios, Kate, si quisieras escucharme, no entiendes...

—No entiendo nada. Nada de nada. Avísame cuando vuelvas a casa.

Subió al coche, metió la marcha y se alejó, de modo que Lee se tambaleó ante la falta de apoyo. Habría caído de no ser por Agatha. Kate condujo entre las rayas blancas que conducían al transbordador, y después se desvió hacia el carril de descarga. Cuando pasó ante las dos figuras, con sus montones de equipaje y la chillona moto, oyó que la voz penetrante de tía Agatha preguntaba: «¿Puedes ir de paquete, Lee?». No reprimió la tentación de mirar por el retrovisor. Su última visión de Lee en muchos meses fue Lee mirándola, pero también observó que empezaba a enderezarse y formulaba una respuesta, un decidido «sí».

Kate ni siquiera había esperado a ver partir el transbordador, ni siquiera había confiado en que Lee cambiara de opinión en el último momento. En cambio, subió la colina, lejos del mar, hasta perder de vista la terminal del transbordador, momento en que frenó en un espacio amplio, apoyó las manos sobre el volante y empezó a llorar.

Cuando se quedó vacía de lágrimas y exhausta, con dolor de cabeza y de ojos, siguió conduciendo, no encontró el camino de vuelta a Se-

attle y terminó en la siguiente isla, donde un grupo de moteles y bares habían florecido alrededor de una base militar. Se registró en un motel, fue al bar de al lado a tomar una copa, y despertó dos días más tarde, mareada, desdichada y con ganas de morir.

No murió, sino que arrastró su cuerpo resacoso hasta la playa y se sentó a mirar el oleaje del estrecho, que se alejaba mar adentro, y luego regresó. A la mañana siguiente, pagó la cuenta del motel, que hedía a cigarrillos, y condujo hasta Reedsport, donde aún no habían reparado su coche. Paseó arriba y abajo de las playas de Oregón, sobre la arena dura y mojada, durante todo el día siguiente, hasta que por fin, apenas veinticuatro horas antes de tener que reintegrarse al trabajo, el coche volvió a funcionar. Regresó a la ciudad, alimentada de café y despierta gracias a la comida, y llegó a casa a las cinco de la mañana. Y cuatro horas después, Jules la despertó, llamando a su timbre con insistencia.

Los recuerdos se desvanecieron. El cuerpo de Kate se tranquilizó, y después durmió.

8

¿Era todavía agosto? Había un hombre en el bar, recordó, un hombre menudo con un traje reluciente. Por eso había comprado una botella para llevarla a la habitación del hotel, para huir de él.

No, ahora era diciembre, aunque la resaca de agosto todavía la acompañaba, por inexplicable que fuera; una cabeza tan frágil que, si su delicado estómago tuviera lo que deseaba, su cráneo se partiría por la mitad. Alguien gruñó, pensó, y sonrió como una calavera.

—¿Kate? —dijo una voz desconocida—. ¿Katarina Martinelli? ¿Estás despierta?

Hizo funcionar su garganta un poco, tragó saliva y carraspeó con cautela. Su cabeza no se partió, si bien sabía que sería una buena idea mantener los ojos cerrados.

—Alguien tenía dolor de cabeza —murmuró.

—¿Qué ha dicho? —preguntó la voz.

—Da la impresión de que se está disociando de su experiencia —contestó otra mujer. La segunda voz le resultaba más o menos familiar—. Muy interesante.

—No —empezó Kate, y luego pensó, a la mierda. Que se interesen.

—¿No qué, Kate? —preguntó la segunda voz, la del acento suave, y como Kate no contestó, continuó—. ¿Sabes dónde estás?

—Hospital —contestó Kate de inmediato. Conocía aquellos olores y ruidos incluso con los ojos cerrados, a pesar de la resaca que la sacudía. Los habría conocido hasta en el caso de estar muerta.

—¿Sabes cómo llegaste aquí?

Kate no contaba con una respuesta inmediata para esa pregunta.

—¿Quién tenía dolor de cabeza? —insistió la segunda voz.

—Broma —dijo Kate para acallarla, pero la palabra despertó un eco, y retazos de recuerdos empezaron a desmembrarse. Broma (*broma/cubos del depósito de cadáveres...*, *no, gotas, gotas de lluvia/humor macabro de policía, lo siento, Grace/¿está él contigo?/estás buscando a un chico llamado...*).

—Dio —graznó, abrió los ojos y vio los de Rosa Hidalgo—. Dio. ¿Está vivo?

—¿El chico? Los médicos dicen que está respondiendo bien, se restablecerá. Entonces, ¿sabes cómo llegaste aquí?

—Yo estaba en la casa abandonada con, eeeh, Rawlins. Rawlings —se corrigió—. ¿Me dispararon?

—Te golpearon con un pedazo de tubería. Tuviste suerte, por lo visto, de que Dios te bendijera con un cráneo sólido.

—Gracias, Dios. ¿Cuánto tiempo he permanecido sin sentido?

Kate fue consciente de que la otra mujer estaba inspeccionando sus constantes vitales, con la mano apoyada sobre la muñeca de Kate, pero no hizo caso.

—Te golpearon anteayer, de modo que han transcurrido unas cuarenta y tres horas. Y si te estás preguntando por qué estoy aquí, mi papel es el de representante de Jules. Las normas del hospital prohíben la entrada de menores en la Unidad de Cuidados Intensivos —añadió con sorna—, y Jani tiene una conferencia esta tarde.

—Ya me imagino las palabras de Jules acerca de las normas del hospital —dijo Kate, y cerró los ojos.

Cuando despertó de nuevo, Hawkin estaba en la habitación, y también una enfermera diferente. Antes de que pudiera hablar, la enfermera le metió un termómetro en la boca, y todo quedó en espera hasta que le tomaron el pulso y la presión, y el termómetro de alta tecnología emitió un pitido.

—¿Cómo está el chico? —preguntó Kate en cuanto le liberaron la boca.

—Saldrá de ésta. Aún lleva gotero, pero la fiebre ha bajado. Hablé con él antes de entrar aquí.

—¿Ha ido alguien a verle?

—No nos dijo su segundo apellido, dónde nació, lo que sea.

—Podrías pedirle a Grace Kokumah que vaya a verle. ¿La conoces?

—Por supuesto. Lo haré, cuando esté mejor. ¿Cómo te encuentras?

—Me siento fatal, pero parece que todo va bien. Aún no he visto a un médico, ni he hablado con ninguno.

—Intentaré localizar a uno. Por cierto, estás en deuda con Rawlings. Consiguió intervenir cuando te trasladaban a la ambulancia, de modo que los periodistas no pudieron sacarte fotos esta vez. Tuvieron que conformarse con Reynolds.

—¿Quién es Reynolds?

—Lo siento. Weldon Reynolds, el tío que te disparó. Tiene antecedentes, pero sólo cosas sin importancia, alteración del orden público, venta de hierba y hongos, resistencia a la autoridad. Por lo que hemos averiguado hasta el momento, no es un pervertido sexual, y ninguno de los chicos de la casa le ha acusado de ello. Al parecer, albergaba la fantasía de crear una sociedad de desheredados, a base de pequeños hurtos y la venta de porros, con todos los beneficios para él, claro está.

—Dickens —comentó Kate.

—Sí —reconoció Hawkin—. ¿Cómo se llamaba ese personaje de *Oliver Twist* que empleaba a chicos sin techo como ladrones? Fagin. Nuestro Fagin se pondrá bien, por cierto. Tu bala lo alcanzó en un ángulo extraño, debió de rebotar en un puntal del ascensor, atravesó un par de costillas en dirección ascendente y perforó un pulmón, pero no alcanzó el corazón. Tuviste suerte.

—Sí —dijo Kate de todo corazón. Un tiroteo, incluso justificado, siempre era un asunto serio. Matar a un delincuente podía poner en entredicho o concluir la carrera de un policía. Para no hablar del policía.

—¿Lo llevas bien?

—No lo sé. No lo he pensado. Supongo que sí.

—¿Recuerdas haberle disparado?

—Oh, sí. Recuerdo que disparé, en cualquier caso. No lo vi en ningún momento, sólo los destellos de la pistola, a los que apunté, y luego la pistola cayó. No lo vi en ningún momento —repitió—. ¿Estoy suspendida?

—Permiso administrativo —confirmó Hawkin—. Habrá una vista cuando te recuperes, pero no tendrás problemas. Estabas justificada por completo. Te estaba disparando, por el amor de Dios.

—No llevaba orden de registro.

—Tampoco él tenía derecho a estar allí. Hablé con el propietario del edificio. Todo saldrá bien, Kate. No te preocupes. Concéntrate en tu recuperación. ¿Quieres que llame a Lee?

—¡No!

Hawkin se levantó y la miró durante largo rato, pero al final no hizo ningún comentario, se limitó a asentir y dijo adiós. Kate estaba cansada, pero su cabeza dolorida mantuvo a raya el sueño durante mucho rato: el dolor, pero también los recuerdos mezclados del rostro sudoroso de Dio, la pistola que vibraba en su mano y la tos estrangulada del hombre cuando su bala lo alcanzó.

Una de las cosas que más detestaba Kate de estar en un hospital era la gente que iba a verla siempre que estaba dormida. No tanto el personal del hospital, porque ya estaba resignada a ellos. Al fin y al cabo, eran técnicos del cuerpo, y el hecho de que vagaran por la habitación mientras ella estaba apagada como una luz era más o menos lo mismo que pasar la revisión anual, cuando inspeccionaban zonas de su cuerpo que Kate no había visto casi nunca.

Eran los otros, con vía libre para entrar y mirarla, los que la enfurecían. Durante los días siguientes, sobre todo cuando salió de la UCI, hubo un chorro constante: el hombre de Asuntos Internos, el psicólogo de la policía, las asistentas sociales y los investigadores, y todas las personas relacionadas con la casa abandonada, sus chicos y el historial delictivo de su líder. Todos habían hecho acto de aparición en uno u otro momento, y la mayoría la habían pillado durmiendo.

Y ahora, una vez más, cinco días después de su ingreso, se puso en estado de alerta con un penoso esfuerzo, consciente de que había alguien al lado de su cama. Dos «álguienes», en realidad, Al y un chico que, o bien era muy bajito o estaba sentado, un chico de facciones mayas y pelo largo tan negro como el de Jules, un chico que parecía avergonzado, tímido y decidido.

—Kate, te presento a Dio —dijo Al.

Intentó incorporarse, después recordó el interruptor y elevó la cabecera de la cama. El chico estaba sentado en una silla de ruedas, aunque a juzgar por su aspecto parecía más debido a las normas del hospital que a la necesidad.

—Bien, la verdad es que tienes mucho mejor aspecto que la última vez que te vi —dijo Kate, y extendió la mano. El muchacho la estrechó con la torpeza de alguien más familiarizado con la teoría de estrechar las manos que con su práctica. Lo mismo podía decirse de lidiar con el mundo adulto en general, porque cuando retiró la mano, dio la impresión de que no sabía muy bien qué hacer con ella, y su mirada paseó por la habitación, se posó un fugaz momento en la cara de Kate y luego se desvió de los vendajes que cubrían su cabeza.

—Yo, este, quería darle las gracias —dijo el muchacho—. Van a darme el alta, y quería verla antes de irme. Para darle las gracias.

—De nada —contestó Kate, y reprimió una sonrisa—. Me alegro de haberte encontrado. Deberías darle las gracias a Jules, y a Grace Kokumah.

—Este, yo… ya lo he hecho. También quería darle las gracias por devolver el libro de la biblioteca a Jules.

—¿El libro de la biblioteca?

Miró a Al en busca de alguna explicación, pero el hombre se limitó a menear la cabeza en señal de perplejidad.

—Sí, el que tenía en la tienda. Estaba muy preocupado por eso —dijo a toda prisa—. Me ha estado fastidiando desde que me fui, porque sé que Jules es muy cuidadosa con los libros, sobre todos los libros de la biblioteca, y sabía que saldrían goteras en la tienda en cuanto lloviera.

—Entiendo. ¿Por qué no se lo devolviste antes de irte?

¿Y por qué no te llevaste las joyas?, pensó.

El chico se miró con atención los dedos, que estaban pellizcando un punto gastado del brazo de la silla. Al se alejó con discreción para examinar un ramo de flores.

—Iba a volver. Sólo iba allí durante el día, ¿sabe? Había otro chico en el parque. Quería subir y tenía coche, de modo que le acompañé. Después conocimos a Weldon y se hizo tarde, así que nos quedamos con él, y bueno, estaba muy ocupado, ¿sabe? —Levantó la vista y leyó desaprobación en la cara de Kate—. Siempre teníamos que hacer recados para él, y yo tenía miedo de que, si volvía a bajar, tendría problemas para subir, como los polis. La policía encontró mis cosas y pensó que las había robado, de manera que seguí escondido. Pero me sabía muy mal lo del libro de la biblioteca.

Una sonrisa tiró de las comisuras de la boca de Kate.

—Tú eres diferente, ¿lo sabes, Dio?

El muchacho alzó la cabeza, pensando que se estaba burlando de él, pero pareció aliviado cuando comprendió que lo había dicho como un cumplido, y su piel tostada enrojeció más.

—Te quedaste en la casa abandonada porque pensaste que era mejor que vivir al aire libre, ahora que el invierno se acerca, ¿verdad?

—Sí. Era un sitio estupendo. Estaba seco, y teníamos montones de mantas, y algunos de los demás chicos eran guay. Weldon era un poco raro a veces, pero se las arreglaba muy bien para conseguir comida y cosas, y sabía historias increíbles. Nos las contaba de noche. Lo llamaba «sentarse alrededor de la hoguera».

Un sonrisa torcida suavizó la cara del muchacho por un momento, y luego desapareció.

—¿En qué sentido era raro, Dio? —preguntó Kate, y como él no contestó, continuó—: Creo que merezco saberlo. Estuvo a punto de matarme, por el amor de Dios.

—Fue Gene quien le pegó.

—Me refiero con la pistola. ¿O no sabías que Weldon intentó matarme?

—Me lo han dicho, sí. —Se removió, incómodo—. No lo sé. Weldon era un poco paranoico. Nos contaba cómo iba a protegernos de la gente, polis, asistentes sociales y gente que quería separarnos.

Decía que éramos su familia. Hasta intentó que le llamáramos papá, pero sólo un par de chicos más pequeños lo hicieron.

Parecía pesaroso, como si un amigo le hubiera fallado.

—¿Por qué no le dijiste a Jules que te encontrabas bien? Estaba muy preocupada.

—Lo sé. Escribí. Dos veces.

—¿Qué pasó?

—Se las di a Weldon para que las echara al correo.

—Y no lo hizo.

Dio se encogió de hombros.

—¿Qué vas a hacer ahora?

—Voy a vivir un tiempo con una familia. Los Steiner.

—Los conozco. Son buena gente.

—Supongo.

—Bien, Dio, buena suerte. Mantente en contacto, y, escucha, si las cosas se ponen feas, llámame, ¿de acuerdo? Tal vez podría ayudarte.

Los ojos del chico se fijaron en su cabeza vendada, y se encogió, pero su apretón de manos de despedida fue más firme que el primero.

Al empezó a empujar la silla de ruedas hacia la puerta, pero Kate recordó otra cosa.

—Dio, ¿quién era la mujer de la foto? ¿La que encontré en tu tienda?

Al giró la silla, pero la cara del chico era inexpresiva y no dijo nada.

—En cualquier caso, ¿Jules te la devolvió?

Al cabo de un momento, el chico agachó la cabeza.

—Sí.

—Estupendo. Bien, cuídate, tío. Hasta luego, Al.

Sus voces se alejaron por el pasillo, y Kate se tumbó y esperó la siguiente interrupción.

Permaneció en el hospital una semana, se le negó el alta debido a ocasionales subidas de fiebre y a un ciclo de dolores de cabeza que entretuvieron a una serie de médicos y preocuparon a las enfermeras. Por fin, la fiebre remitió, y una vez desechada la posibilidad de una infección cerebral, le dieron el alta. Incluso entonces tuvo que mentir a la jefa de enfermeras, diciendo que alguien la cuidaría en casa, pero por fin, con su cabeza afeitada y helada alrededor del pequeño vendaje, pasó de la silla de ruedas al coche de Hawkin, que la acompañó a casa.

Dejó que entrara la bolsa de posesiones acumuladas, cosas que él, Rosa Hidalgo o Rosalyn Hall habían ido a buscar para llevarlas al hospital, y atravesó con cautela la sala de estar en dirección al sofá. Hawkin le trajo la manta de alpaca, encendió la calefacción, le preparó una taza de leche caliente y subió la bolsa. Volvió con su pistola en la pistolera.

—¿Dónde quieres que deje esto? —preguntó.

—En el cajón superior de la mesa sobre la que está el teléfono, gracias.

Hawkin se detuvo a mitad del vestíbulo y oyó el chirrido del cajón.

—¿Quieres que vaya a comprarte algo de comer?

—No, gracias. Me dieron de desayunar.

El médico cuyo permiso necesitaba estaba en el quirófano, se había retrasado debido a un accidente de tránsito, y había dejado a Kate plantada en su habitación, esperando y picoteando de la bandeja de comida, hasta que el hombre entró, todavía con los guantes puestos, la miró a los ojos, le hizo dos o tres preguntas, y se marchó.

—Lo que más deseo es estar sola, si no te parece grosero.

—Lo comprendo. Pararé camino de casa, pero llama si necesitas algo. ¿Dónde está el...? Lo he visto en la cocina. —Salió una vez más y regresó con el teléfono inalámbrico, y comprobó que la batería estuviera cargada antes de dejarlo sobre la mesa, al alcance de la mano de Kate—. ¿Recuerdas el número de mi busca?

—Al, sufrí una connmoción cerebral, no una lobotomía. Ve a trabajar. Resuelve un crimen o algo por el estilo, y déjame en paz.

Y en paz se quedó, en cuanto la puerta se cerró. Caía una lluvia persistente y ligera, que empapaba los arbustos, macetas y ladrillos del patio, donde el musgo de las grietas ascendía para beberla. Resbalaban chorros sobre las ventanas y las cristaleras, un tenue gorgoteo surgía de los desagües, alguna solitaria gaviota volaba en el cielo grisáceo, y Kate dormía.

Despertó cuando ya había oscurecido, aunque una luz de la co-

cina dotaba de perfiles a su entorno. Despertó poco a poco, amodorrada dentro del capullo de la manta, agradecida por la habitación familiar y los sonidos hogareños. Los hospitales eran fríos, resonantes
trampas mortales, y era consciente, por primera vez desde agosto, de
la bondad innata de la vida.

Se irguió un poco para consultar el reloj digital del vídeo, notó
una punzada en la parte derecha de la cabeza, pero eso fue todo.
Poco más de las once. Había dormido siete horas. Intentó incorporarse con cautela, después se puso en pie, y aparte de dos pinchazos
sordos en cada cambio de posición, su dolor de cabeza continuó al
acecho, ni desaparecido del todo, ni atacando abiertamente.

Disfrutando con su libertad de movimientos, explorando hasta
donde podía forzarlos, Kate dobló la manta y la tiró sobre el respaldo
del sofá (breve conciencia de una presión al realizar el movimiento,
pero nada de dolor) y fue a mirar la noche por la ventana. Todas las
luces parecían muy distantes, pero era una sensación confortante, no
extraña. El viento agitaba los arbustos, y se preguntó cuánto tiempo
habría seguido viniendo Gideon el mapache antes de decidir que
Kate era una causa perdida. Tal vez sacaría un puñado de galletas de
perro la noche siguiente, por si se acercaba.

Estaba sedienta, y, ahora sí, también hambrienta, aunque no habría muchas cosas comestibles en la nevera. Corrió las cortinas para
protegerse de la noche y fue a la cocina.

Había un jarrón con flores sobre la mesa, una mezcolanza fra-
gante de floristería, y al lado una nota, cuya primera parte, aunque
pareciera extraño, estaba escrita con la letra de Al. ¿Le habría hablado de algún mensaje por la tarde? La cogió y leyó:

*Martinelli: te he desconectado el timbre del teléfono y bajado
el sonido del contestador. Llama si necesitas algo, y si no, me
dejaré caer por la mañana. Las flores son de Jules.*

Al

Más abajo, con la misma tinta pero obra de una mano mucho
menos fuerte, había otro mensaje:

Kate, no queríamos despertarte, pero pensé que te gustaría comer algo y no tendrías ganas de cocinar. La sopa puedes tomarla fría o calentarla en el micro un par de minutos, y lo mismo digo de las judías que hay en la cacerola de vidrio, pero no calientes los tallarines, es una ensalada. Mañana por la mañana estaré en el centro cívico, y podré pasarme a eso del mediodía. Ah, sí, hay un poco de tiramisú de Maj en el cuenco blanco. Cuídate.

Rosalyn

Amabilidad, la sencilla amabilidad de los amigos, lo último que esperaba; y la amabilidad se aprovechó de su debilidad, y notó que se formaban lágrimas en sus ojos cuando se sentó a la mesa y volvió a leer las palabras. A la tercera vez, se le ocurrió que había entrado en la cocina espoleada por el hambre, y que por algún milagro tenía a mano algo más atrayente y sustancial que el cuenco de cereales fríos al que se había resignado.

Seis recipientes de comida la esperaban: dos cajas de cartón blancas de la mantequería, dos jarras de cristal y dos bandejas para microondas que parecían de comida basura. Ensalada de pasta con el aromático aderezo de sésamo que a Kate tanto le gustaba. ¿Cómo lo había sabido Rosalyn? Una jarra con una etiqueta que decía crema de champiñones, la otra con consomé. Dos clases diferentes de judías. Y un cuenco grande con cremoso budín blanco, espolvoreado con chocolate en polvo. Kate empezó a vaciar los recipientes con avidez.

A medianoche, saciada y mucho más calmada, Kate apagó la luz de la cocina, encendió la luz de la escalera y empezó a subir hacia la cama. A mitad de camino, se detuvo y regresó a la cocina. Encontró una copa de vino y unas tijeras, caminó hacia el ramo de la mesa, eligió unas cuantas flores, cortó los tallos y las puso en la copa. Guardó las tijeras en un cajón, vertió un poco de agua en la copa, volvió a cerrar la luz y se llevó el diminuto adorno floral. Las flores descansaron sobre la mesita de noche, y le hicieron compañía mientras miraba la televisión, y más tarde la contemplaron mientras dormía.

9

Kate estaba en el jardín, cortando malas hierbas con una azada, cuando oyó el timbre de la puerta. El jardín estaba en la parte norte de la casa, fresco y sombreado casi siempre, pero pese a estar a mediados de diciembre, era uno de esos días de invierno calurosos que explica el porqué de la superpoblación de California, y Kate estaba sudando debido al esfuerzo. Se enderezó, y experimentó con resignación el inevitable pinchazo en su cabeza, que descendía por su columna vertebral y estrujaba su estómago, al tiempo que provocaba las vagas náuseas que había aprendido a temer.

A estas alturas ya era una experta en jaquecas, una veterana en saber hasta dónde podía llegar, cuándo arrojar la toalla e ir en busca de la carretilla antes que levantar un objeto pesado, en saber cómo afectarían los cambios de tiempo a las terminaciones nerviosas de su cabeza. Había sufrido la herida dos semanas antes, y empezaba a resignarse a un grado permanente de dolor. No obstante, era soportable, si tenía cuidado en no excederse.

Pero también estaban las otras jaquecas, esas descargas de dolor surgidas de la nada como rayos, que atravesaban su cerebro y revolvían su estómago. La dirigían como una exhalación hacia las potentes tabletas que el médico le había dado, la empujaban a subir a tientas la escalera, ciega y a punto de vomitar, en dirección al refugio oscuro del dormitorio. Desaparecían al cabo de cuatro o cinco horas, tan de repente como habían surgido, aunque los vestigios del dolor, combinados con los sedantes, significaban que quedaba fuera de juego durante el resto del día. Kate había padecido tres ataques desde que había salido del hospital, y habría dado cualquier cosa por evitar otro, pero los médicos decían que ignoraban las causas o cuánto tiempo la acompañarían. Lo que sí dijeron fue que no podría reintegrarse a su actividad normal hasta estar libre de la amenaza.

La jaqueca que se estaba gestando parecía estar a medio camino entre una molestia soportable y el tiro en el cerebro, lo cual podía ser una señal esperanzadora, pensó Kate mientras se quitaba los zapatos incrustados de barro y atravesaba la casa en dirección a la puerta principal.

Cualquier cambio era positivo, y cualquier visita bienvenida. Kate no soportaba estar de baja. Había pasado los dos primeros días mirando la televisión, y se quedaba dormida viendo la extensa colección de vídeos que Lee y Jon le habían grabado durante meses seguidos. Al tercer día, el aburrimiento se impuso, y se descubrió vagando por la casa, mientras catalogaba los trabajos sin hacer acumulados, hasta que bajó en busca de un destornillador y sustituyó la placa del interruptor que se había roto en septiembre.

En los cinco días transcurridos, interrumpidos tan sólo por una tarde en la que se vio en la obligación de ponerse el uniforme y asistir a una vista sobre el tiroteo, había reparado y vuelto a colocar dos puertas atascadas, cambiado las cintas rotas de la persiana de la ventana de arriba, arreglado el escape de agua de la bañera, terminado de enlechar unas losas del cuarto de baño que había debajo de la escalera, que Lee y ella habían puesto dos años antes, subido a una escalerilla para sustituir un cristal roto y darle una capa a la pintura que lo rodeaba, y desplazado todo el mobiliario de la sala de estar para encerar primero una mitad de la madera taraceada, y después la otra.

El suelo había sido lo peor, porque agachar la cabeza le provocaba tal dolor que sólo podía trabajar una hora seguida, mientras que era capaz de trabajar erguida dos horas, antes de tener que abandonar las herramientas y arrastrarse temblorosa a la cama para acostarse durante una o dos horas. Sin embargo, en conjunto, daba la impresión de que la actividad física, sin pasarse, la ayudaba, sobre todo al aire libre. Hoy había estado cavando y arrancando malas hierbas durante casi tres horas, hasta que el timbre de la puerta la interrumpió, tal como comprobó cuando echó un vistazo al reloj al atravesar la sala de estar. Por lo visto, iba a pagar el esfuerzo.

Kate cogió el gorro de punto que había dejado en la mesa del vestíbulo y se lo puso cuando fue a abrir. Al principio, no vio nada por la mirilla. Después, con una creciente y fatalista sensación de algo ya visto, bajó la vista, y vio una cabeza cubierta de pelo negro, partido por la mitad. Descorrió el pestillo y abrió la puerta.

—Buenos días, Jules.

—Vaya, no te encuentras bien.

—Estoy bien.

—¿Estás enfadada conmigo, pues?

—¿Por qué iba a estar enfadada contigo?

—Es que casi siempre dices, «Hola, J.». «Buenos días, Jules» suena muy formal.

—Pues será que me siento formal. ¿No lo parezco?

Jules examinó su atuendo sudado y manchado de barro, y sus piernas sucias.

—Pues no, la verdad. Intentamos llamar, pero siempre salía el contestador, así que decidimos pasarnos. ¿Puedo entrar?

—¿Qué significa el plural?

—Al. —Jules se volvió y movió la mano en dirección a la calle. Kate se inclinó para mirar y vio que el coche de Al se alejaba del bordillo. Masculló por lo bajo mientras Jules continuaba—. Ha de recoger algo en la oficina. No sé por qué la llamáis oficina, cuando no es más que una gran sala que compartís todos. En cualquier caso, quería saludarte, de modo que Al se ofreció a acompañarme y recogerme después. No tardará mucho. ¿Estás segura de que te encuentras bien? No lo pareces.

—Estoy bien. Entra, Jules.

—Me gusta ese gorro —dijo Jules mientras se dirigían a la cocina—. ¿De dónde lo has sacado?

—Me lo hizo una amiga. Esconde el cráneo rapado.

—¿Puedo verlo? —preguntó Jules, con expresión seria.

—No hay gran cosa que ver —dijo Kate, pero se quitó el gorro y lo dejó sobre la mesa.

Maj, la compañera de Rosalyn, una mujer de muchos talentos y poseedora de una receta de tiramisú sensacional, se había pasado por casa la semana anterior con la receta y una maquinilla eléctrica para cortar el pelo. El corte resultante no era mucho más corto que el último de Kate, si bien algo asimétrico, pero revelaba en exceso las líneas todavía bien definidas del trozo de piel que los cirujanos habían cortado para acceder al hueso. El gorro de Maj era bonito, pero contenía angora, y la maldita cosa le daba picores. Fingió no sentir los ojos de la niña clavados en ella cuando fue en busca de dos vasos y sacó una botella de zumo de la nevera.

—¿Te gusta la sidra de cereza? —preguntó.

—Supongo que sí. No te han puesto una placa de metal en la cabeza, ¿verdad? —preguntó Jules.

—No. Pensaron que tal vez sería necesaria, pero la herida no fue tan grave.

—Estupendo. Una amiga mía tiene un tío que lleva una enorme placa en la cabeza. Siempre ha de llevar encima una carta de su médico, porque los detectores de metales se disparan.

Kate estuvo a punto de reír al pensar en el número de detectores de metal que atravesaba en el curso de una semana, y todos disparándose nada más pasar ella.

Jules aceptó el vaso de sidra con aire ausente, pero su mente seguía concentrada en el tema de las consecuencias de las placas metálicas.

—Debe de hacer mucho daño —reflexionó.

—Ciertamente —admitió Kate con seriedad, y se sentó—. Me alegro de verte. ¿Cómo te va? ¿Cómo está Josh? ¿Has visto a Dio desde que salió del hospital? A propósito, ¿por qué no estás en el colegio?

—Hoy sólo hemos tenido media jornada, en vistas a los exámenes parciales. Dio está bien, y hace tiempo que no veo a Josh, excepto en el colegio, claro está. Tiene una novia.

Parecía disgustada.

—Pensaba que tú eras su novia.

—Era su amiga. Y aún lo sigo siendo, pero está ocupado. Lo superará —dijo, como si hablara de la gripe, lo cual Kate consideró bastante razonable.

—¿Qué pone tu camiseta de hoy? —preguntó Kate. Jules apartó las solapas de la cazadora para que Kate pudiera ver el texto, y cuando leyó las palabras, se echó a reír.

—Estupendo, ¿eh?

—Fantástico.

Kate no le dijo que ya la había visto antes, utilizada por mujeres que intentaban transmitir un mensaje diferente, pero seguía siendo una buena camiseta: UNA MUJER SIN UN HOMBRE ES COMO UN PEZ SIN UNA BICICLETA.

Kate estaba a punto de interesarse por la palabra del día, cuando Jules preguntó de sopetón:

—¿Podré quedarme contigo cuando mamá y Al se vayan de luna de miel?

Kate abrió la boca, y volvió a cerrarla.

—Iban a llevarme con ellos a Baja California, y al principio me pareció genial, pero luego me di cuenta de que era imposible. Menuda rémora. —Kate se preguntó si estaba oyendo la voz de alguna amiga tras las palabras de la niña, aquella crítica radical capaz de reducir a una persona tan contenida como Jules a una masa temblorosa—. Llevarse a la hija en la luna de miel —dijo Jules en tono de rechazo y con frialdad, pero también con un evidente tono de aflicción, y Kate se levantó para coger una bandeja al azar de la nevera con el fin de ocultar su sonrisa. Imaginó que Jules había relacionado con cierto retraso las actividades tradicionales de una pareja en luna de miel con su madre y el amable policía con el que se iba a casar. La mortificación padecida cuando sus amigas hicieron hincapié en la circunstancia debió de ser extrema.

Pero en fin.

—No sé cuándo volveré al trabajo, Jules. No permitiría que te quedaras aquí sola durante mi ausencia. Los días pueden alargarse mucho.

—¿Sabes cuándo volverás?

—Mañana por la tarde voy a ver al médico. ¿Qué pensabas hacer si yo no estaba disponible?

—Quedarme con Rosa, supongo.

—¿O que se quedara contigo Trini, la cabeza de chorlito?

—Ella no. Se ha metido en un lío. La pillaron robando en una tienda el día después de Acción de Gracias, y mamá no quiere que entre en casa.

—¿No tienes más familia?

Kate confiaba en no parecer demasiado quejumbrosa, pero dio la impresión de que Jules no se daba cuenta.

—Mamá tiene algunos parientes en Hong Kong, pero ninguno aquí. Mi padre murió —dijo con voz estrangulada—. No sé si queda alguien de su familia, pero mamá dice que todos la odiaban. Sea como sea, no puedo quedarme con nadie.

—¿Conoces a los hijos de Al? No para que te quedes con ellos. Sólo me preguntaba si los habías conocido.

Jules se relajó de repente y sonrió.

—¿Te refieres a mis futuros hermanos? A ella sí que la conozco. Es muy guay. A él, Sean, le conoceré este fin de semana.

—¿Van a venir a la boda?

—Claro.

—Me alegro.

—Es importante para Al, lo sé. Kate, ¿crees que debería seguir llamándole Al, si es el marido de mi madre? No sé si podría llamarle papá.

—Date tiempo —sugirió Kate sin comprometerse—. Al cabo de un tiempo, tal vez te guste llamarle papá.

—Supongo. Quizá debería seguir siendo Al.

—Si quieres saber mi opinión, creo que Al Hawkin reventaría de orgullo si le llamaras papá, pero estoy seguro de que no quiere ponerse pesado. Te quiere mucho.

De repente, el interés de Jules se concentró en los restos de sidra acumulados en el fondo de su vaso.

—Debe de estar chiflado —murmuró.

—¿Chiflado porque te quiere? Eres una de las personas más extraordinarias que he conocido, Jules.

—No me conoces —fue la oscura respuesta de la niña.

—Te conozco mejor de lo que crees.

Jules le dirigió una dura mirada, compuesta a partes iguales de suspicacia y aprensión, con una pizca de esperanza en medio. Sin embargo, Kate había hecho todo lo posible en aquel momento. Mientras hablaban, el dolor de cabeza continuaba aumentando, hasta que ya no pudo desoírlo. Detestó aquella exhibición de debilidad, pero fue al aparador, sacó el frasco de tabletas, sacudió una en la palma de la mano y la tragó con los restos de su zumo.

—No te encuentras bien —dijo Jules, preocupada.

—Tengo un perpetuo dolor de cabeza. Sobreviviré.

—Debería irme.

Jules se levantó.

—Espera a que vuelva Al.

—Lo siento, Kate, no tendría que haberte molestado con esto.

—Me alegro de que vinieras. Por cierto, ¿llegué a darte las gracias por las flores?

—Sí. Dos veces.

—Bien. Esas blancas diminutas… ¿Cómo se llaman? Me parece que aquí las llaman 'nebulosas'. Se secan bien, ¿lo sabías? Tengo un ramo arriba. —Jules empezó a parecer alarmada ante aquel despliegue tan poco característico de sentimentalismo, y Kate, que la miraba desde la distancia del dolor de cabeza y los efectos del analgésico, habría reído si no hubiera sabido cuánto la habría herido—. No pasa nada, Jules, iré a la cama y dormiré. Viene y va. Te quedarás aquí hasta que venga Al. ¿Prometido? —¿Para qué había venido Jules? Ah, sí—. Hablaré mañana con él, cuando mi cabeza esté bien, sobre lo de quedarte aquí. Adiós, cariño. Cuídate.

No oyó llegar a Hawkin, pero cuando despertó cinco horas más tarde, recuperada y preparada para empezar el nuevo ciclo, la casa estaba desierta. Silbó sin dar con el tono, y fue a pasar otra hora en compañía de la azada antes de que oscureciera.

10

—Bien, ¿qué opinas, Al?

A la noche siguiente, Kate estaba hablando por teléfono con su colega.

—¿Estás más calmada ahora?

—La baja por enfermedad es tan aburrida como una suspensión.

—De todos modos, debe de ser un alivio el hecho de que te absolvieran.

—Dios, sí.

—¿Fue muy duro?

—No, la verdad. Lo peor fue intuirlo. ¿Alguna vez has…?

—No. Disparé mi arma una vez, aunque no le di, pero eso fue en los viejos tiempos, cuando no había que llenar formularios. Pero hablemos de Jules. ¿Has dicho que seguirás de baja otras dos semanas?

—Como mínimo. El médico quiere verme entonces, antes de darme el alta ni aunque sea para los trabajos más sedentarios.

—¿Estás segura de que quieres cuidar de ella? Es mucho tiempo, si no estás acostumbrada a tratar con adolescentes.

—Dos semanas no son nada. Iremos a sentarnos en el regazo de Papá Noel, comeremos pavo con toda la guarnición, mientras Jani y tú estaréis tan quemados por el sol que ni siquiera podréis tocaros, y os darán cagarrinas por beber el hielo de vuestras margaritas.

—Dios, qué romántica eres.

—Es un talento. Jules y yo nos lo pasaremos bien. Si pasa algo, llamaré a Rosa para que venga a recogerla.

—Si no puedes aguantar, déjalo. ¿Prometido? Ella tiene la culpa de que no venga. El motivo principal de que eligiéramos esta fecha es porque tiene vacaciones en el colegio, y luego dice que prefiere quedarse en casa.

—Quiere concederos un poco de privacidad, Al.

El teléfono enmudeció durante largo rato.

—¿Te lo ha dicho ella? —preguntó Al por fin.

—Más o menos.

—Dios, qué capullo soy a veces. ¿Por qué no lo imaginé, en lugar de suponer que estaba siendo...? Qué encanto. Está chiflada, por supuesto. Son unas vacaciones, no una luna de miel. Hablaré con ella, a ver si me vuelven a reservar la otra habitación en el hotel.

—No lo hagas, Al. Déjalo estar.

—Pero...

—Es posible que Jani lo prefiera así, y sé que Jules también. Baja California seguirá en su sitio el año que viene. Marchaos y relajaos. Jules y yo nos quedaremos aquí y envolveremos regalos.

—Si estás tan segura...

—Estoy segura, Al. Bien, ¿cómo van los preparativos de la boda?

—¿Por qué no nos fugamos a Las Vegas? —gimió Al. Kate rió.

—Avísame si puedo ayudar en algo. De lo contrario, nos veremos en la iglesia el domingo, y después volveré a casa con Jules. No iré en moto —le tranquilizó.

—¿Puedes conducir?

—Ningún problema. No hay peligro de pérdidas de conciencia o visión borrosa, sólo estas migrañas. No saben cuál es la causa, o cuándo desaparecerán. Lo cierto es que estoy haciendo muchas cosas en casa.

La siguiente interrupción la pilló cuando estaba trabajando fuera, dos días después de la visita de Jules. Estaba al final del jardín, un lugar en el que ningún ser humano se había aventurado desde hacía dos años como mínimo, y pensó seriamente en hacer caso omiso del timbre. Sin embargo, tenía sed, y la labor compulsiva de arrancar zarzas la esperaría el rato que fuera necesario. Dejó caer las herramientas en el patio, se quitó las botas de goma y fue a abrir la puerta.

Esta vez era Rosa Hidalgo, elegante y pulcra con pantalones y blusa de hilo, cada cabello en su sitio. La aparición que se materializó ante ella pareció sorprenderla, y Kate se miró: top y pantalones de correr manchados de sudor, cubierta de tierra hasta las muñecas y por encima de las pantorrillas, el límite que protegían las botas de goma, y ronchas rojas, algunas sembradas de sangre seca, efecto de las espinas de rosas y zarzamoras.

—Estaba arreglando el jardín —dijo a modo de explicación.

—Ya veo.

—Entra. —Señaló hacia la sala de estar y atravesó la casa detrás de la visita—. No sé si llamarlo arreglar el jardín. «Arreglar el jardín» siempre me hace pensar en Vita Sackville-West, la gran amiga de Virginia Woolf, con sus pantalones bombachos y el sombrero blando. Lo que estaba haciendo era atacar con saña las malas hierbas. ¿Qué te apetece beber?

—Lo que tengas.

Llevaron sus vasos de té helado al patio de ladrillo, que estaba fresco y permitía que la fragancia terrenal, que Kate sabía que desprendía de sí, se disipara en el aire.

—Nunca te di las gracias por todo lo que hiciste por mí cuando estuve en el hospital —dijo a Rosa.

—Me las diste, y no fue nada.

—¿Cómo estás? ¿Cómo van tus rebaños infantiles?

—De uno en uno, son adorables —contestó la mujer, mientras daba vueltas al hielo.

—¿Cómo está Angélica?

—Ángel está bien, gracias.

Las conversaciones triviales eran aburridas, reflexionó Kate.

—¿Puedo hacer algo por ti, o sólo has pasado a saludarme? —preguntó, convencida de que no se trataba de lo último. Pasar a saludar no era algo que pusiera nerviosas a mujeres como Rosa Hidalgo.

—Ah, sí, tenía un motivo para hablar contigo. De hecho, Al y Jani me pidieron que viniera.

—Se trata de Jules, ¿verdad?

—Exacto. Creen que deberías saber algunas cosas, antes de que la tomes a tu cargo unos cuantos días.

Su acento había regresado.

—Le dije a Al que no quería saber nada. Más aún, creo que es una mala idea.

—Sé lo que opinas. Supongo que por eso no me devolviste la llamada de hace unos meses.

—Jules me considera una amiga, no una terapeuta ni una figura de autoridad.

—Conozco sus sentimientos hacia ti.

—En ese caso, perdona mi rudeza, pero ¿para qué has venido?

—He venido porque tienes casi la edad de la madre de Jules, y porque Jules te ha elegido a ti, la colega de su futuro padrastro, como confidente, y porque creo que puedo confiar en que utilices con tacto lo que sepas sobre el pasado de la niña.

—No quiero saberlo —dijo Kate con vehemencia.

—Claro que no. Pero debes. Porque no conocerás a Jules mientras no te hable de ella.

Kate se llevó las manos a la cara. La mujer no iba a marcharse sin decirle lo que, en su opinión, debía saber Kate. Kate podía echarla por la fuerza, encerrarse en el baño hasta que la mujer se fuera, o meterse los dedos en los oídos y canturrear en voz alta, pero a estas alturas ya sentía una gran curiosidad. Al fin y al cabo, era policía, para quien la curiosidad era algo consustancial y fomentado por su profesión.

—Muy bien. De acuerdo. Si es necesario, adelante.

Kate se reclinó en la silla y cruzó sus piernas sucias ante el rostro de la mujer. El lenguaje corporal de la falta de cooperación, pensó reprimiendo una sonrisa.

—Empezó hace bastante tiempo. En los años posteriores a la revolución rusa. Para no andarme con rodeos, la madre y la abuela de Jules nacieron como consecuencia de una violación.

Kate bajó las piernas.

—¿Ambas?

—La abuela de Jani nació en Shanghai en 1935, de madre rusa judía violada por un soldado, japonés o indio. Veinte años después, la hija de ese acontecimiento se encontró en medio de unos disturbios en Hong Kong, y también fue violada. Jani nació nueve meses después. Cuando Jani tenía tres meses, su madre la llevó a los misioneros católicos locales, volvió a casa y se suicidó.

—Santo... Dios —dijo Kate con voz débil.

—Jani se convirtió en la estudiante más brillante que la escuela de la misión había tenido en mucho tiempo. Recibió una beca, y vino a este país para ir a la universidad. Era una joven protegida, pero muy consciente de su pasado, y fue casi un ejemplo de manual de la naturaleza cíclica de los malos tratos, cuando conoció y contrajo matrimonio con un joven que la quería de una forma extravagante, que deseaba con desesperación proteger su delicada persona, y se revolvía contra ella siempre que se salía de los cauces que él dictaba. Empezó a pegarle. Y aunque en aquel tiempo la ley no reconocía como violación que un marido forzara a su esposa, eso era lo que pasaba.

»No obstante, Jani no vivía en una ciudad devastada por la guerra, tenía amigos y aptitudes para trabajar. Lo dejó y fue a ver a un abogado. Le prohibieron verla, pero se saltó la orden, y cuando fueron a detenerlo, tenía una pistola que utilizó contra uno de los policías, que por suerte no murió. Jani estaba presente cuando sucedió, y Jules, que tenía unos seis meses de edad, estaba durmiendo en la habitación contigua. De alguna forma, él consiguió la libertad bajo fianza, pero cuando fue a por ella, como era inevitable, Jani ya se había marchado. Jani se divorció mientras él estaba en la cárcel. Lo mataron pocos meses después de que le concedieran el divorcio, al parecer en una disputa ocurrida en la cárcel, pero Jani tuvo la satisfacción de saber que se había liberado, de que ella, por voluntad propia, había salvado a su hija y a sí misma.

»Ahora comprenderás por qué le ha costado tanto aceptar a Al.

—¿Él lo sabe?

—Por supuesto.

—¿Y Jules?

—Jani le contó lo esencial el verano pasado, al concluir el año escolar. Ni los detalles, ni hasta qué punto había llegado la violencia, ni que había amenazado a Jani con una pistola, sólo que él la había amenazado, ella se había divorciado y él resultó muerto más tarde.

—El verano pasado, ¿eh?

—El incidente de Alemania empieza a explicarse más, ¿verdad?

—¿Qué incidente? —preguntó Kate, y luego se dio una patada. No quería saber.

—Claro. ¿Por qué he pensado que lo sabías? Curioso. Cuando estaban en Colonia, Jules desapareció del hotel una mañana, después de una leve discusión con su madre. Como a mediodía no había vuelto, Jani llamó a la policía. La encontraron poco antes de medianoche, cuando salía de un cine. Jules dijo que había pasado la primera parte del día en un parque, y la noche en el cine, donde echaban una película norteamericana doblada al alemán. Jules dijo que la vio tres veces seguidas. Intentaba aprender el alemán, afirmó, y eligió la película porque ya la había visto en inglés.

Kate tuvo que reír.

—Eso es muy propio de Jules.

—Es posible. No obstante, Jani estaba loca de preocupación.

—¿Y quién no lo estaría? No estoy diciendo que eso excusa a Jules, pero parece algo muy típico de un crío. Una cría como Jules, en cualquier caso.

—¿Y una cría como Jules sufre pesadillas que la hacen chillar cada cuatro o cinco días? Has de estar preparada para eso, Kate. ¿Atacaría ese crío a una profesora la primera semana de colegio, después de una redacción sobre la historia familiar?

—¿Atacar? Al me dijo que habían surgido algunos problemas, pero no habló de que atacara a nadie. ¿Quieres decir físicamente?

—Verbalmente. La mujer estaba deshecha en lágrimas, avergonzada ante toda la clase. Joven e inexperta, podría haber empleado un poco más de tacto en la redacción. Al fin y al cabo, muchos niños proceden de hogares desestructurados, y a esa edad son sensibles al respecto. Aun así, el grado de hostilidad exhibido por Jules fue extraordinario. Y arrollador.

Kate siguió escuchando en silencio durante varios minutos, y al fin se removió.

—¿Qué más? ¿Algún intento de suicidio, o amenazas?

—Aunque parezca extraño, no. Estoy de acuerdo en que cabía esperarlo.

—¿Drogas? No, me habría dado cuenta. ¿Tatuajes? ¿Anillos corporales? ¿Hurtos en tiendas, por el amor de Dios?

—Nada. En cambio, se ha hecho amiga de una policía.

Kate meditó sobre aquella frase durante unos segundos, y después decidió que, si bien la mujer no había intentado equiparar la amistad con un policía a la mutilación corporal, podía permitirse cierto grado, si no de ira, al menos de irritación.

—Señora Hidalgo, no he oído…

—Rosa, por favor.

—No he oído nada que justifique su presencia aquí. —Kate se quedó sorprendida al descubrir que la chispa de irritación se estaba convirtiendo en algo más grande, y se entregó a ello, dirigido contra el orgullo profesional de la mujer—. La verdad, no creo que tuviera derecho a decírmelo. Creo que si Jules hubiera querido que lo supiera, habría encontrado una forma de contármelo. Es una muchachita fuerte, y me parece que ni su madre ni usted lo reconocen. Creo que está llevando muy bien lo que habrá significado para ella una noticia abrumadora. Algunas pesadillas y una rabieta con una profesora, que probablemente lo merecía, se me antoja una forma de reaccionar muy sana. En cualquier caso, parece más en forma que hace un año. —Kate se estaba abandonando a su ira, y disfrutaba cada segundo de ella—. La primera vez que conocí a Jules, hablaba como una universitaria. Apuesto a que no tenía ningún amigo de su edad. Era una pedante provista de un extenso vocabulario, y si eso no es un mecanismo de defensa comparable a un muro de ladrillo, no sé lo que es.

—No era mi intención… —intentó interrumpir Rosa Hidalgo, pero Kate continuó.

—Ahora es un ser humano, lo más parecido a una cría normal con un cerebro como el que posee. Tiene amigos, de su misma edad, no estamos hablando de una amistad inapropiada con una policía. —Dotó de un tono mordaz a la palabra «policía», y volvió a hacer caso omiso de las protestas de la mujer—. Sé que ustedes viven en una especie de invernadero, y me doy cuenta de que Jani tiene montones de problemas, pero creo que prestaría un gran servicio a Jules si la dejara en paz de una vez, si parara de acunarla con una mano y vigilarla como un halcón con la otra, al acecho de signos de problemas mentales y emocionales. Déle una oportunidad, por el amor de Dios. Trate de confiar en ella.

La exhortación final se expresó más como un plañido que como una orden. La rabia de Kate se había desvanecido con tanta rapidez como había surgido, y le dejó un sabor amargo en la boca, sin otra alternativa que seguir sentada mientras la otra mujer le explicaba con suma seriedad la necesidad de terapia, guía y supervisión. Cuando se libró de Rosa Hidalgo, Kate se sentía como una adolescente reñida con el mundo, más convencida que nunca de que Jules había elegido el camino correcto.

Pero, Señor, pensó mientras se calzaba las botas de goma, ha sido divertido perder los pedales.

Kate casi esperaba que, después de que Rosa informara sobre su encuentro, negarían a Jules el permiso para llevar adelante sus planes. Sin embargo, nadie dijo nada durante el resto del día y todo el siguiente, de modo que así quedó establecido: Jules se instalaría con ella desde la boda hasta Año Nuevo.

Con una leve modificación en el plan.

El día antes de la boda, por la tarde, Kate habló telefoneó a casa de su colega de trabajo, que vivía al otro lado de la ciudad.

—Al, estaba pensando que, si os parece bien a ti y Jani, tal vez Jules y yo vayamos unos días al norte por Navidad. Tal vez lleguemos hasta el estado de Washington.

—¿Para ver a Lee?

—Es posible. Si nos apetece. Recibí una carta de ella la semana pasada, en la que me pedía que fuera a la isla de su tía por Navidad si me daban permiso.

—¿Sabe que estás de baja?

—No sabe nada. No le hablé del tiroteo, ni de que me hirieron. No quería preocuparla, y en cuanto salí del hospital, me pareció que era mejor no explicarlo por carta. Dijo que lamentaba no poder asistir a vuestra boda, que os escribirá y os enviará un regalo.

—¿Os vais a separar? —preguntó Al de sopetón.

—Jesús, Al, vaya preguntas que haces. No lo sé. Ya no sé nada. Ni siquiera sé si me importa. Hace cuatro meses que no hablo con ella, sólo me ha enviado esas estúpidas tarjetas tan propias de ella. Pero no habrá escenas, si es eso lo que te preocupa. No metería a Jules en eso. Tampoco he tomado una decisión, ni en un sentido ni en otro. Sólo le dije por carta a Lee que dejaría un mensaje en la oficina de correos el día veintitrés si decidía ir, pero, en cualquier caso, sólo pasaremos un día, o tal vez nos quedemos a dormir, dependiendo del horario del transbordador, y luego nos marcharíamos a otro sitio y haríamos otra cosa. ¿Jules sabe esquiar?

—Mejor que yo. Lo cual no es decir mucho, lo admito.

—Quizá podríamos ir a Rainier o Hood. Si Jani está de acuerdo.

—Hablaré con ella, pero dudo que haya ningún problema. ¿Quieres el coche?

—Voy a bajar el Saab de sus bloques de suspensión. Y si conducir resulta ser un problema, volveremos a casa. No voy a correr el riesgo de sufrir un desmayo o algo por el estilo mientras vaya con Jules. Ya lo sabes, Al. Nunca pondría en peligro a Jules.

Al habló con Jani, Jani habló con Kate, Kate habló con Al una vez más, y después llamó a la compañía de seguros del coche, y por fin fue a ver si podía bajar el Saab de los bloques que lo mantenían suspendido y ponerlo en marcha.

Daba la impresión de que la mitad del departamento se encontraba en la iglesia, desde los mandamases hasta las patrullas de a pie, en un raro contraste con los etéreos académicos a los que Jani había invitado. Fue una fiesta vespertina con un convite informal posterior en el comedor de la iglesia, donde los diversos amigos se reencontraron y fueron amontonando los platillos alquilados, con platos que abarcaban desde tamales y ensaladas variadas hasta spanakopita, rollos de primavera vegetarianos y hummus.

Pero la auténtica sorpresa del día no fue la sincera inocencia de la ceremonia, ni ver a un teniente del Departamento de Policía de San Francisco hablando de fútbol con un profesor chino de matemáticas y una conferenciante negra especializada en estudios femeninos, ni siquiera el cuarteto formado por dos policías, un licenciado en historia y un escritor técnico, que interpretaron licenciosas canciones de fútbol. La auténtica conmoción fue la hija de la pareja recién casada: Jules tenía una nueva imagen. Vengativa.

Sus trenzas largas hasta la cintura habían desaparecido. Ocupaba su lugar una pelusa negra casi tan corta como la de Kate, con una greña más larga en lo alto inmovilizada con una generosa aplicación de gel. Su maquillaje, aunque contenido de una manera admirable, le sumaba cinco años de edad, y la chaqueta corta, la falda corta y los tacones cortos proclamaban que ya no era una niña, sino una jovencita. Jani apenas osaba mirar a su hija, sino que se limitaba a lanzarle vistazos doloridos de vez en cuando, pero Al parecía muy divertido, incluso orgulloso, por la transformación. Los varones más jóvenes se mostraban muy atentos. También Jules era muy consciente de su presencia.

Cuando el vino empezó a circular y las conversaciones se multiplicaron por doquier, Kate se encontró al lado de Al, frente a una bandeja de alitas de pollo asadas en la barbacoa. Estaba mirando al otro lado de la sala, donde Jules, en todo su esplendor cohibido de novicia, estaba hablando animadamente con su nuevo hermanastro Sean, un joven serio y apuesto que le pasaba una cabeza a su padre. Kate se inclinó para susurrar al oído de su compañero:

—Menuda familia que tienes, Al.

—¿No ves cambiada a Jules? La cría adopta su plumaje de adulta. Pensé que Jani iba a morir cuando Jules llegó a casa el viernes con ese aspecto. Ya se calmará.

—¿Jules o Jani?

—Ambas.

El estrépito fue en aumento, y Kate huyó al Saab, aparcado a la sombra de un árbol, para dormitar durante una hora. Cuando se sintió recuperada, volvió al comedor, y descubrió que se había iniciado un baile improvisado en un rincón con la ayuda de un magnetófono portátil. Encontró una silla en una esquina, habló con varios colegas, después con Jani, y después con la hija de Al, hasta que al final las mesas de comida quedaron reducidas a migajas, la nueva pareja escapó por la puerta, al darse cuenta de repente de que iban a llegar tarde al avión, y la vida comenzó a abandonar la fiesta. Jules, exuberante, reticente a dar por concluida su triunfal entrada en la madurez, se acordó por fin del estado estacionario de su guardiana y se separó del estudiante de medicina de diecinueve años con el que estaba bailando. Fueron primero al apartamento de los Cameron para que Jules recogiera las maletas que había hecho antes y para vaciar la nevera, y después a la casa de Russian Hill. Pasaron la noche en San Francisco, y el lunes por la mañana vaciaron también la nevera de Kate.

Después, las chicas se pusieron en marcha.

11

Fragmentos de conversación del viaje al norte:

—Mierda, creo que no desenchufé la cafetera.

—Lo hiciste.

—¿Estás segura?

—Sin la menor duda. Cerraste con llave la puerta de atrás, apagaste el horno y comprobaste que el aseo de arriba no perdiera agua.

—Gracias a Dios por tu memoria, nena. Bien, he pensado parar en Berkeley. Necesito un impermeable, y tienen unos grandes almacenes estupendos.

—¿Tendrán botas?

—No pensaba decir nada, pero esos zapatos que llevas no van a servirte de nada. Las zapatillas deportivas van muy bien en California, pero el resto del mundo es un poco más duro.

—Allí arriba lloverá, ¿verdad? Hasta es posible que nieve.

—Tenlo por seguro.

—Dios, Kate, nos lo vamos a pasar pipa. Me encanta la nieve.

—Pues miraremos botas. O un calzado más resistente. Esta noche pararemos en Sacramento, para quitarnos de encima tu trabajo del colegio.

—¿Seguro que no te importa?

—En absoluto. La última vez que fui al edificio del Capitolio, tenía tu edad. Me pregunto si habrá cambiado.

◆ ◆ ◆

—¿Crees que habría debido quedarme con esas botas más pesadas?

—Éstas te serán mucho más útiles. Y son impermeables.

—Me gusta tu gorro.

—Al menos no me pica.

—Ser legislador del estado ha de ser muy aburrido.

—Una carrera más que tacharás de tu lista, ¿verdad?

—Preferiría ser monitora de guardería, o basurera. O policía.

—Muchísimas gracias.

—No quería ofenderte.

—¿Pasa algo, Jules?

—Nada en absoluto. ¿Por qué?

—Pensaba que te ibas a caer por la ventana cuando mirabas a esos soldados, y ni siquiera eran guapos.

—No los estaba mirando. Quiero decir, sí, pero no en particular. Es que el otro día estaba pensando en que no conocía a ningún soldado. No sé nada de ellos. Cuando eras joven, debiste tener muchos amigos que fueron a Vietnam.

—Era bastante pequeña. Tenía una amiga a cuyo hermano mayor mataron allí, pero eso fue antes de que la conociera. ¿Por qué lo preguntas?

—No sé, sólo por curiosidad. Llevar ropa de camuflaje en una ciudad parece un poco… incongruente, supongo. Y llevar el cabello tan corto, esas botas pesadas y…, bien, las placas de identificación.

—Placas de identificación.

—Sí, las placas de identificación que llevan.

—Sé lo que son placas de identificación. ¿Por qué te interesan?

—No me interesan.

—Pues lo parece.

—Son un poco raras, nada más.

—¿Por qué?

—Bien, ¿qué hacen con ellas cuando un soldado muere? ¿Podrían falsificarlas? ¿Cómo puedes comprobar que el número es real? ¿Conservan registros?

—Este, sí, por supuesto. La Administración de Veteranos podría informarte al respecto, aunque han de conservar el secreto. Supongo que sería posible falsificar un lote de placas de identificación, al fin y al cabo no son más que trozos de metal, aunque habría que cotejar el número con la identificación real. En el caso de que un veterano intentara solicitar determinadas prebendas, por ejemplo. No es como el permiso de conducir. En cuanto a lo que hacen con ellas, siempre he supuesto que las envían a sus familiares más cercanos. ¿Por qué te interesa?

—Por nada en particular, ¿vale? ¿Es que no puedo sentir curiosidad? Dios, hablas como una policía.

—Soy una policía, por el amor de Dios.

—Sí, bien, pero no te comportes como si lo fueras todo el tiempo, ¿vale?

—Lo siento —dijo Kate a la nuca de Jules.

—¿Por qué te hiciste policía, Kate?

Esta vez no estaban en el coche, sino en una pizzeria cercana a su motel, situado al norte de Sacramento.

—Pensé que podría hacer algo positivo. Supongo... No sé, supongo que me atraía la estructura férrea. Le pasa a mucha gente que se hace policía. Sabes dónde estás, y quién está contigo. Al menos, al principio. Las cosas se complican a medida que pasa el tiempo.

—Suena como una familia.

—Lo es, hasta cierto punto. Unida y reñida al mismo tiempo.

—Será mi palabra del día.

—¿Cuál, 'familia'?

—¿Te sorprende?

—Casi todas tus palabras del día son más complicadas que ésta.

—Estoy empezando a pensar que algunas de las palabras más básicas son las más difíciles. ¿Sabes de dónde viene 'familia'? Del latín *famulus*, que significa «criado». Se refería a todos los parientes y criados que vivían juntos bajo un mismo techo. En mi diccionario, tan sólo la quinta definición describe una familia como dos adultos y sus hijos.

—¿De veras?

—Sí. Lo cual significa que Lee, Jon y tú formáis una familia. Cuando estáis juntos, quiero decir.

—Ser pariente de Jon se me antoja una idea alucinante.

—El antropólogo Ashley Montague dice que la madre y el hijo constituyen la unidad básica familiar.

—Bien, estoy salvada. ¿Quieres ese último trozo?

—¿Puedo apartar las salchichas?

—Claro.

—La familia de Dio parece horrible, ¿verdad?

—¿Te ha contado algo de ellos?

—Cosillas dispersas. Es lo que no dice lo que me hace pensar que era espantosa.

—Es probable que tengas razón.

—Tú debes de ver muchas cosas por el estilo.

—Demasiadas.

—¿Por qué se portan así los padres con los hijos, despreciarlos, maltratarlos y obligarlos a huir?

—Muchos nunca aprendieron a ser padres. Sus padres también los maltrataron, de modo que no aprendieron a serlo, y nunca tuvieron suficiente confianza en sí mismos para intentarlo a su manera.

—Me recuerda esos experimentos con animales, cuando apartan a las crías de mono de sus madres. Es muy triste.

—En efecto, pero eso no los excusa.

—Pero lo explica.

—Hasta cierto punto.

—Sí.

◆ ◆ ◆

—¿Cómo es tu padre? —preguntó Jules.

—¿Mi padre? Hace diez, once años que murió. Era un buen hombre, honrado, trabajador. Era el propietario de una tienda que vendía pescado fresco y marisco. Mi abuelo, su padre, tenía un barco de pesca en San Diego, y papá tenía toda clase de primos y tíos que le pasaban su captura.

—Parece que era... muy normal.

—Supongo que sí. Lo que ellos llaman «la sal de la tierra».

—¿Qué significa eso? Tendré que mirarlo en el diccionario cuando vuelva a casa.

Sacó una libreta delgada con un girasol en la cubierta e hizo una anotación.

—¿Escribes todo en tu diario? —preguntó Kate.

—Escribo muchas cosas. Mis palabras del día, cosas que debo recordar, ideas.

—¿Acontecimientos diarios?

—A veces, si creo que me van a interesar dentro de diez años.

—Diez años, ¿eh?

—¿Tú llevabas un diario?

—Durante un tiempo. Cosas cotidianas. Quién hacía qué a quién, exámenes, profesores. Muy aburrido.

—Me gusta llevar un diario. Me ayuda a pensar en cosas.

—¿Qué clase de cosas?

—Pues... cosas.

—¿Quieres que ponga una cinta? —preguntó Jules.

—Claro.

—Tienes muy buena música, pero hay gente que no conocía. ¿Quién es Bessie Smith?

—Blues antiguo, muy antiguo.

—Conozco a Janis Joplin. Al tiene un par de cintas. Es increíble.

—Es una mujer que canta con el..., que canta con sentimiento.

—¿Qué ibas a decir?

—Una palabra que a tu madre no le gustaría. Temo que no soy una buena influencia para ti, Jules.

—Conozco todas las palabras.

—Estoy segura. Y su derivación del anglosajón original, sin duda.

—Lo siento. Habré alardeado otra vez.

—¿Alardear? No, me encanta lo que llegas a saber.

Se hizo un breve silencio, mientras Jules examinaba una caja de zapatos llena de casetes.

—¿Quieres K.D. Lang o Bessie Smith?

—Bessie Smith es un poco estridente. Pon a K.D.

—Se supone que es gay, ¿verdad?

Jules introdujo la cinta en el aparato y ajustó el volumen.

—Eso he oído.

—¿Sabías que eras gay cuando eras pequeña?

—No.

—Lo siento. ¿Te importa hablar de ello?

—Pues no, la verdad.

—Eso significa que sí.

—Significa que no. ¿Qué quieres saber?

—Si alguien siempre sabe sus inclinaciones.

—Una parte de ti lo sabe desde el principio. Lee lo supo desde que tenía ocho o diez años. Yo lo negué durante años.

—¿Hasta que conociste a Lee?

—Hasta mucho después de conocerla.

—¿Tu familia pensó que ella te había convertido en lesbiana?

—Santo cielo. ¿Cómo se te ha ocurrido eso?

—Aparecía en un artículo que leí una vez. De hecho, ser gay o hétero parece de nacimiento, ¿verdad?

—El mismo porcentaje de población, más o menos, nace zurdo, lo cual también era considerado un defecto moral.

—¿Lo dices en serio?

—La palabra «siniestro» se refiere a la mano izquierda.

—Dios, tienes razón.

—Puedes obligar a un zurdo a escribir con la mano derecha, del mismo modo que puedes obligar a una lesbiana a comportarse como una heterosexual. Con el mismo perjuicio para su psique.

—¿Crees que yo podría ser lesbiana?

—No, la verdad. ¿Y tú?

Jules suspiró.

—Temo que no.

Kate se puso a reír.

—Ser heterosexual no tiene nada de malo, Jules.

—Lo sé, pero siempre quise ser zurda.

—¿Te sabe mal no haber ido a México con tu madre y Al?

—No. En absoluto.

—Pareces distraída.

—Cansada, supongo. Ha sido un trimestre muy duro.

—¿Estás segura de que no hay nada más?

—Sí.

—Jules, ¿por qué te cortaste el pelo?

—Quería cambiar un poco.

—¿Seguro que no fue por solidaridad con mi cabeza afeitada?

—Sí. Creo que me lo corté porque mi madre no quería. —Siguió un silencio a su admisión—. Supongo que es una razón estúpida.

—Eh, si no puedes utilizar esa razón cuando tienes trece años, ¿cuándo lo harás?

—Ah, bueno. Volverá a crecer.

12

Otra área de descanso en la misma autovía, pero ésta era más un parque que un simple aparcamiento con lavabos, y esta vez, sin Lee, Kate no tuvo que parar lo más cerca posible de los lavabos. Dejó atrás el centro de la actividad, los remolques, perros y niños mimados, rodeó la camioneta que ofrecía café gratis y folletos sobre los peligros de conducir bebido, y aparcó el Saab en el extremo más alejado. Se hizo el silencio. Kate cogió la chaqueta del asiento trasero y tendió a Jules la suya.

Hacía frío afuera, pero un macilento sol se esforzaba por transmitir una ilusión de calor. Jules caminó en dirección a los lavabos, y Kate se alejó de la zona de aparcamiento para ascender una pequeña elevación de hierba escuchimizada. Había un río al otro lado, rápido, caudaloso, gris y frío, si bien, una vez que pisó con cautela las piedras que formaban las orillas, Kate vio a un pescador solitario río abajo, cerca del puente de la autovía. Eligió una roca lisa situada sobre la loma, se caló el gorro hasta las orejas, se ciñó la chaqueta, tomó asiento y contempló el agua.

Jules vino al cabo de un rato, se paró y miró. Después, se sentó también. Se sacudió el pelo de la nuca.

—¿Aún te sientes rara? —preguntó Kate.

—Ya me voy acostumbrando. Ya no me siento tan… desnuda.

—¿Lamentas haberlo hecho?

—No, me gusta. Me siento… ¿Cómo me siento? Desprotegida. Arriesgada. Osada.

—La libertad siempre conlleva riesgos —recitó Kate.

—La policía filósofa —se burló Jules—. Pero creo que no llegaré a los extremos de Sinéad O'Connor. Se me helaría el cráneo.

—En Irlanda debe de llevar sombrero casi siempre.

—Quiero un gorro como el tuyo, un gorro bonito y abrigado. —Jules se subió el cuello alrededor de sus orejas desprotegidas y se metió las manos en los bolsillos—. Me pregunto de dónde sacan esos pescadores su atuendo —dijo al cabo de un rato—. El agua tiene que estar helada.

Contemplaron la figura solitaria, de pie en el agua, cubierta por completo con gorra, chaquetón, guantes y botas altas impermeables. Los únicos rasgos humanos que revelaba eran los círculos de piel arrugada que rodeaban sus ojos y nariz (rodeados a su vez por el gorro), mechones de pelo blanco que escapaban del cerco, y los extremos de sus dedos. Observó que le miraban y alzó apenas una mano. Las dos le devolvieron el saludo.

—Qué guantes más guay —dijo Jules, la palabra final acompañada de un escalofrío. Kate se levantó. Tenía la cabeza despejada, pero empezaba a dolerle debido al frío. Entregó las llaves a Jules.

—Sube al coche. Volveré enseguida.

Kate se encaminó hacia el feo edificio de cemento verde, donde depositó con cautela su piel desnuda sobre un asiento de váter helado, se lavó las manos con agua de un glaciar y salió después a una ráfaga de aire ártico, y a lo que a primera vista parecía una tribu de gitanas afganas con Frisbees. Al menos veinte colegialas, envueltas en capas de coloridas prendas étnicas, habían salido de un autobús de aspecto resignado y se estaban esparciendo sobre el pavimento entre una confusión de parloteos. Tres discos de plástico verde fosforescente iban y venían entre manos enguantadas, mientras extraían bocadillos, fiambreras y termos de las mochilas de nailon. Los olores a lana húmeda, cigarrillos, curry y hierba rancia hicieron impacto en la nariz congelada de Kate, y se detuvo para contemplar el espectáculo. Era demasiado joven cuando la primera oleada del verdadero movimiento hippy, pero cada generación de estudiantes universitarios parecía descubrirlo de nuevo. En cierta ocasión, cuando cursaba segundo año en Berkeley, había participado en un viaje como éste, y en media docena más a Nuevo México durante las vacaciones de invierno...

Un trío de veinteañeras casi idénticas se cruzaron con ella, tres cuerpos gráciles con botas, tejanos y jerseys mexicanos, enzarzadas en una conversación acelerada.

—... pensaba que tendrían un microondas o algo por el estilo. Mi tío tiene uno que puedes enchufarlo en el encendedor...

—Sí, o sea, las lentejas frías son un espanto.

—Esa sauna en que paramos era muy guay.

—No creo que ese autobús lleve encendedor...

—¿Por qué no ponen alguno en estas áreas de descanso? O sea, si hay secadores de manos, ¿por qué no hay microondas?

—Sí, podrías poner una moneda por treinta segundos...

—Como para un tampax o algo así.

—¿Por qué no? Sería un servicio púb... ¡Oh, Dios!

—¡Mierda, qué frío está!

—¡Jesús!

—¿Por qué no calientan estos malditos asientos?

—Pagaría unos centavos por...

—Ponte de pie sobre el asiento como hacen en...

—¡Dios, ojalá fuera un hombre!

Kate sonrió, se metió las manos bajo las axilas y regresó al Saab. Otro grupo de refugiadas de los Estados Unidos de clase media estaba en la loma que dominaba el río. Una de las chicas parecía una oveja con una cámara. Agitaba sus brazos cubiertos de piel para situar a sus víctimas, dos chicos y una chica que llevaba una chaqueta llamativa, y obligarlos a adaptar una pose bufonesca, y cuando estuvo satisfecha, hizo dos fotos, luego tomó una del pescador congelado, y se volvió para tomar dos o tres más de sus compañeros de abajo, desplegados alrededor del autocar. Jules estaba de pie ante el coche, estremecida, y contemplaba la actividad con el interés semienvidioso de una generación más joven. Kate meneó la cabeza al pensar en la juventud perdida, se sentó al volante y puso en marcha el coche. Se alejaron bajo una lluvia de Frisbees.

El coche se calentó enseguida, al igual que ellas. Sin embargo, el dolor de cabeza de Kate no se aplacó, y estaba desgarrada entre el deseo de aire puro y la caricia de la calefacción. Luego, cuando Jules sugirió media hora después que pararan a cenar temprano, su estómago se revolvió al pensar en comida, y su corazón dio un vuelco.

—Bien —dijo resignada, consciente de que empezaba a sentirse mal—, había pensado en llegar a Portland esta noche.

—No pasa nada —dijo Jules—. No me muero de hambre.

—No, quiero decir que no creo que lo consigamos. Temo que deberemos parar.

Entre las náuseas incipientes y el dolor de cabeza, Kate vio que Jules se volvía a mirarla.

—¿Tu cabeza?

—Eso temo. Hacía casi una semana que no me daba. Pensé que habían terminado. Lo siento.

—Oh, Dios, Kate, no te disculpes. Sólo para.

—Creo que podría continuar otra hora.

—¿Por qué?

Pues sí, ¿por qué?

—No será una simple parada. Tiene que ser un lugar donde podamos pasar la noche, y así me acostaré. Por la mañana me encontraré bien —mintió. Mañana estaría temblorosa y distante, pero funcionaría.

—Hay un par de moteles y restaurantes a dos salidas de distancia. Por eso hablé de cenar. El letrero ponía ocho kilómetros.

—¿Te va bien?

—Claro. He traído un libro.

—Lo siento muchísimo.

—Eh, es una lata parar a las cuatro en lugar de a las siete, un peñazo, tía. No puedo soportarlo. Tendré que ir a pie hasta Portland sin ti.

—¿«Peñazo» ha vuelto? He oído «guay» e incluso «mal rollo», que no molaban cuando yo tenía tu edad. Lo siguiente que resucitará será «mal viaje».

Kate se esforzaba, pero cada vez se sentía peor.

—«Guay» es guay, pero «molar» ya no mola —le informó Jules.

—No me digas —replicó Kate con desenvoltura, y unos minutos después preguntó—: ¿Qué prefieres, Best Western, Motel Six o TraveLodge?

—¿Cuál tiene televisión por cable? Ésta pone que tiene, pero ésa está más lejos de la autovía, así que será más tranquila.

—Elige, Jules. Ya.

—Gira a la derecha.

Kate firmó el registro con manos inseguras, mientras una parte de ella, pequeña y desfalleciente, se ocupaba de pedir el servicio de cable para la habitación de Jules, escoger la cena, coger las llaves, consciente de Jules, solícita y preocupada a su lado, quien la guió escaleras arriba y dejó la bolsa de Kate en la silla.

—¿Puedo hacer algo por ti?

—Corre las cortinas, por favor. Así está mejor.

—¿Quieres que llame a un médico?

—Jules, por favor, necesito estar sola y en silencio. —Miró a la niña y vio miedo en sus ojos—. Jules, te prometo que estoy bien. Es un tipo de espasmo que me da. Ya he tenido otros, y es probable que vuelva a tenerlos. Son… —tuvo que buscar la palabra— temporales. Por la mañana estaré perfectamente. Bien, ve a cenar. —Las náuseas eran incontrolables, y tragó saliva—. Mira la MTV hasta medianoche, y mañana nos veremos. ¿Te he dado las llaves del coche?

—Sí. ¿Quieres que coja la llave de tu habitación, por si…?

—No quiero que vengas, Jules, pero si te sientes mejor, cógela.

¡Y lárgate!, quiso gritar. Jules leyó el pensamiento o lo intuyó, porque cogió la llave de la habitación de Kate y se encaminó hacia la puerta.

—Lo siento muchísimo, Jules.

—No te preocupes, Kate. Espero que duermas bien.

—Buenas noches. —La puerta empezó a cerrarse, pero un último atisbo de conciencia la impulsó a decir—: Jules. —La niña asomó la cabeza—. No vayas a ningún sitio, ¿quieres?, aparte del restaurante. Prométemelo

—Por supuesto —dijo la niña, y cerró la puerta con firmeza a su espalda.

Kate dio seis rápidos pasos hasta el váter, donde vomitó. Después se lavó la cara con sumo cuidado, levantó cada zapato para desanudar los cordones, se los quitó, y después se deslizó aliviada entre las sábanas rígidas y estériles. Y durmió y durmió.

◆ ◆ ◆

A la mañana siguiente, cuando despertó, Jules había desaparecido.

13

Ser policía no servía de nada. No había armadura contra esto, ni reservas de impersonalidad profesional que utilizar, ni protección. En cualquier caso, ser policía sólo intensificaba el horror, porque conocía los peligros demasiado bien. Kate tenía toda una colección de imágenes archivada en su mente, todos los inocentes muertos y mutilados que había visto en su trabajo, y repitió las reacciones habituales de cualquier adulto cuyo amado hijo ha desaparecido: la creciente oleada de pánico cuando no hubo respuesta en la habitación de al lado, ni vio el corte de pelo familiar en el restaurante, la furia mascullada de lo que haría a la niña cuando resultara ser una falsa alarma. ¿Cómo podía obligar a Kate a repetir esta rutina, ella que siempre había sido tan responsable? ¿Por qué no había dejado una nota, un mensaje? Y por Dios, si estaba en la ducha todo este rato, pese a los puñetazos en la puerta y los gritos... La única manera de evitar perder la última esperanza era encontrar la armadura de agente de policía y ponerse en acción.

Se esforzó al máximo, pero no consiguió conservarla mucho rato.

—Sí, claro que miré en el restaurante. Miré en los tres restaurantes —dijo al hombre de la recepción, un hombre diferente del de la noche anterior, un tipo del Cercano Oriente de ojos penetrantes, aunque éste era lo bastante parecido al otro para ser su primo o su sobrino. Pero estúpido—. Nadie la ha visto desde anoche. Sólo quiero

166 LAURIE R. KING

la llave. Sí, ya sé que no está en su gancho, porque el hombre que estaba de guardia ayer nos la dio, pero la niña de esa habitación la cogió, y no puedo encontrarla. Présteme su llave maestra. Se la traeré enseguida. Hombre, claro que puede abandonar la recepción dos minutos. —La armadura resbaló, y la Kate elemental y aterrorizada asomó. Se inclinó hacia delante y ladró en la cara del hombre—. Soy oficial de policía, y dará con sus pelotas en la cárcel si esa habitación no está abierta antes de treinta segundos.

No fue hasta que Kate se plantó en el umbral de la habitación vacía y vio la cama y las tres llaves sobre la mesa (una del coche y dos de las habitaciones), que la fría precisión de la rutina se impuso. El cubrecama estaba arrugado, las almohadas apiladas contra la cabecera, un mando a distancia negro tirado a un lado. Nadie había dormido en la cama. La televisión estaba encendida, mostraba la pantalla del menú sin emitir sonido.

Kate hundió instintivamente las manos en los bolsillos, su reacción automática para no contaminar el escenario de los hechos. El empleado estaba mirando por encima de su hombro, pero Kate no se movió de la puerta.

—Vaya a llamar a la policía —dijo, con voz imposiblemente controlada—. Dígales que tal vez se trate de un secuestro.

¿Cómo es posible que yo esté diciendo estas palabras?, vociferó su cerebro. Soy yo quién contesta a las llamadas, no quién las hace.

—Hay un teléfono ahí —contestó el empleado.

—Llame desde el despacho. —Como el hombre no se movió, Kate gritó—: Ahora, señor. Por favor.

El hombre se fue. Kate entró en la habitación, sus ojos exploraron hasta el último milímetro de suelo y superficie. Abrió la puerta del cuarto de baño con las uñas de la mano derecha. Habían utilizado el váter, pero sin tirar de la cadena (una verdadera hija de la perpetua sequía de California, pensó Kate como ausente), habían quitado el plástico a un vaso, y había una toalla arrugada sobre el mármol de imitación del lavabo. Al lado de la toalla estaba la nueva bolsa que Jules había comprado en Berkeley, llena de los cosméticos nuevos que había comprado en la farmacia de Sacramento, pero Kate no vio rastro de cepillo de dientes o cepillo para el pelo, y no quiso remover en la bolsa. Volvió a la habitación y echó un vistazo al ropero: vacío, aunque habían separado una percha de las demás, arracimadas al fondo. Buscó en su bolsillo, sacó un bolígrafo y lo utilizó para abrir los cajones: todos vacíos, excepto uno que contenía recado de escribir y la infaltable Biblia de la organización Gideon. Cerró los cajones y salió de la habitación, justo cuando el nervioso empleado subía la escalera. Kate guardó en el bolsillo la llave que le había dado.

—¿Cuándo viene la mujer de la limpieza? —preguntó.

El rostro del hombre transparentaba la avidez de un drogadicto, y Kate tuvo que reprimir una oleada de odio en estado puro.

—Está abajo, en el otro extremo. Sube aquí a eso de las diez. Aún falta una hora.

—No debe entrar. Nadie puede entrar ahí. Avísele.

—Pero ¿qué ha pasado?

—No lo sé. Vuelva a su mostrador. Y no se ausente sin permiso.

—¿Sin permiso? Escuche, a mediodía debo estar en un sitio…

Pero Kate le dio la espalda, y el hombre se fue de mala gana para atender a los huéspedes que marchaban.

Los vehículos de los agentes llegaron de uno en uno, la policía local en un coche oficial, un ayudante del sheriff presa de la curiosidad y un igualmente aburrido patrullero de carretera, aprovechando el descanso del desayuno, seguidos por un coche camuflado de la policía. Se encontró contestando a preguntas familiares que le hicieron cada uno, se oyó hablar como cualquier adulto al que hubiera interrogado en relación con un niño desaparecido, presa del pánico, abrumada por la culpa y apenas controlada. La sensación de irrealidad que siempre seguía a las migrañas aumentó hasta que experimentó la sensación de estar participando en un sueño.

En aquel momento, un detective de edad madura que le recordaba a un Al Hawkin rural interrumpió las preguntas que estaba haciendo y la miró con atención.

—¿Se encuentra bien, inspectora?

Kate respiró hondo y se pellizcó el puente de la nariz.

—No, no me encuentro bien —dijo con agresividad—. Estos malditos dolores de cabeza me hacen sentir como un zombi.

—¿Migrañas?

—No exactamente, pero muy parecido. Son las secuelas de una herida.

—¿Accidente de tránsito?

—¿Qué coño importa eso? —replicó con brusquedad, y añadió de inmediato—: Lo siento. No, me golpearon en la cabeza con un trozo de cañería. Una estupidez. Perseguía a un tipo al que había herido, y uno de sus amigos me estaba esperando. Olvidé agacharme. Fue culpa mía.

En cuanto le miró, vio que, sin querer, había dicho lo correcto. La expresión medio suspicaz que había ensombrecido las facciones del agente desapareció como por ensalmo, y casi vio que el hombre la reconocía, no como la policía tortillera de San Francisco, una de esas mujeres seguras de sí misma que se acojonarían por una uña rota y no serían de confianza en un aprieto, sino como «una de los nuestros». Una policía de verdad. Oh, bien, pensó. Lo que haga falta.

—¿Cuándo fue la última vez que comió? —preguntó de repente el hombre.

—No lo sé. No tengo hambre.

El agente se levantó y caminó hasta la puerta de su habitación, que había quedado entreabierta pese al frío.

—Hank, ve a buscarnos unos bocadillos. ¿Quiere una cerveza, un vaso de vino? —preguntó a Kate, quien se dio cuenta vagamente de que debían estar más cerca del mediodía que de la mañana.

—El alcohol no es una buena idea en este momento. Una Coca-Cola me sentará mejor, o café.

Tuvo que admitir que la comida había sido una buena idea. La realidad se aproximó unos cuantos pasos después de ingerir los bocadillos, y su mente se puso a trabajar de nuevo.

—Lo siento, ¿cómo ha dicho que se llamaba?

—Hank Randel.

—Hank. ¿Qué tenemos hasta el momento?

Una voz profunda, melodiosa y sardónica impidió que Hank Randel contestara.

—Sargento, estoy seguro de que no iba a contestar a eso, de modo que le ahorraré el mal trago de negarse.

Kate había sido agente de policía el tiempo suficiente para reconocer la voz de la autoridad en cuanto la oía. Reprimió el impulso de ponerse firmes y miró a la silueta que llenaba la puerta.

—Inspectora Martinelli —dijo el hombre, al tiempo que entraba en la habitación—. Teniente Florey D'Amico. —Era un hombre enorme, de voz tranquila, y le estrechó la mano con cuidado de controlar su fuerza. Era treinta centímetros más alto que Kate y la doblaba en peso. Kate se sintió como una niña, o una muñeca, delante de él cuando se quitó el sombrero, sacudió el agua de la lluvia y la examinó con aire pensativo—. Siento lo sucedido, inspectora Martinelli. Me han dicho que la niña no es hija suya.

—No, es… una especie de ahijada. Una amiga. Es la hijastra de mi compañero.

—Entiendo. Bien, dejemos que estos caballeros continúen su trabajo, y usted vendrá conmigo a la oficina.

Kate se resignó. Estaba fuera de su jurisdicción, pero aun así era una ciudadaba bien informada, con derechos.

—Quiero saber lo que están haciendo para localizar a Jules.

El hombre inclinó la cabeza hacia la puerta a modo de invitación. Kate pensó que estaba haciendo caso omiso de su petición, y consideró la posibilidad de oponer resistencia, pero luego decidió que sería mejor hacerlo ante testigos. Cogió la chaqueta, se encaminó a la puerta que no había traspasado en casi dos horas, y cuando salió al sendero, se quedó boquiabierta. El aparcamiento del motel bullía de actividad policial: una docena de coches oficiales y otros tantos sedanes camuflados, agentes uniformados y policías de paisano en todas direcciones, hasta un puesto de mando móvil que estaban montando. Los civiles estaban alineados ante un kilómetro de cinta amarilla, y oyó el sonido de cámaras de noticiarios y preguntas lanzadas a gritos. También oyó voces en la habitación que Jules había ocupado, y cuando se asomó contempló las últimas actividades de la policía científica.

Kate se quedó pasmada ante la intensidad de la reacción a la desaparición de una niña. Portland era más tranquilo que San Francisco, seguro, pero ¿esto? Hasta había camionetas de la televisión, por el amor de Dios. Miró a D'Amico.

—No lo entiendo —dijo.

—Ah. Me lo imaginaba. Bien, inspectora Martinelli, es evidente que no ha pensado en ello, pero su joven amiga Jules Cameron es joven, esbelta y tiene pelo oscuro corto, y por lo tanto *(Oh, Dios, pensó Kate)*, hemos de reconocer que coincide con el perfil de las víctimas *(oh, Dios, no)* del hombre que la prensa llama el *(No. Oh, no, no, no)* Estrangulador de Snoqualmie.

Al ver su reacción, D'Amico la agarró del brazo y casi la arrastró al interior de la habitación, para que se desplomara sobre la cama y apoyara la cabeza sobre las rodillas. No se había desmayado, ni siquiera había gritado, pero se sentó con la cabeza gacha y mordió el canto de su mano con tal fuerza que su boca se manchó de sangre.

Se le antojó que transcurría mucho tiempo, pero tan sólo pasaron cinco minutos antes de que Kate se incorporara en la cama. Esta vez no hizo preguntas, sino que siguió al teniente con docilidad hasta el coche del hombre.

La oficina de D'Amico era cálida, luminosa y sorprendentemente limpia. Una puerta con remate de cristal apagaba las voces y los teléfonos. Indicó una silla a Kate, salió un momento al pasillo, y cuando volvió, cerró la puerta y se sentó ante su mesa.

—¿Té?

—Preferiría café.

El hombre descolgó el teléfono y habló.

—Dos cafés, uno con crema y azúcar.

Cuando llegaron, Kate bebió el brebaje dulzón como una niña obediente.

—Cuénteme qué pasó —preguntó el teniente.

Kate se pasó una mano sobre su ridículo pelo corto, vagamente consciente de que había olvidado ponerse el gorro de punto antes de abandonar su habitación. Le volvía a doler la cabeza, pero hasta el momento su estómago no se había sumado a la revuelta.

—No sé qué pasó. Jules y yo nos registramos en el motel ayer, a eso de las cuatro y media, y esta mañana, cuando desperté, no estaba en su habitación. Es lo único que sé.

—¿Cuándo salieron de San Francisco?

—Salimos… ¿Qué día es hoy? ¿Miércoles? Salimos el lunes por la mañana. El martes por la noche nos hospedamos cerca de Sacramento. Jules quería… Jules quería… Oh, Dios.

—Inspectora Martinelli —dijo el hombre, y su voz, más serena que nunca, consiguió que enderezara la columna—. Necesito su colaboración. Me dará un informe de sus movimientos desde que salió de San Francisco el lunes por la mañana.

—Sí, señor. La madre de Jules y mi colega se casaron el domingo por la tarde. Habíamos acordado que Jules pasaría dos semanas conmigo, mientras ellos estaban de luna de miel, y después de la boda me acompañó a mi casa de San Francisco. Nos fuimos a las nueve de la mañana del lunes. Paramos en Berkeley para ir de compras, y a eso del mediodía subimos hacia el norte, y después nos desviamos al este, por la autopista Ochenta. Paramos en Sacramento porque la señorita…, porque Jules necesitaba ver el edificio del Capitolio para un trabajo del colegio. Pasamos la noche en un motel situado al norte de la ciudad, volvimos a la mañana siguiente a la I-Cinco, y continuamos hacia el norte. Habíamos pensado pasar la noche en Portland, pero no pudimos llegar tan lejos.

Describió el viaje, las paradas, las comidas. Unos diez minutos después, entró otro hombre, un joven con traje oscuro y aspecto inequívoco de ser del FBI. Kate se interrumpió, pero el recién llegado saludó con un cabeceo a D'Amico, acercó una silla y esperó a que ella continuara. Kate lo hizo hasta el final, y Jules aún no había aparecido en la habitación. Después, empezaron las preguntas.

—Inspectora, ¿por qué vinieron aquí?

—Yo quería… Mi novia ha ido a ver a su tía, en las islas San Juan. —Ninguno de los dos reaccionó a la palabra «novia»—. No la veo desde agosto, y pensé, como estoy de baja por enfermedad, en subir por Navidad.

—¿Y Jules Cameron? ¿Por qué iba con usted? —preguntó el hombre del FBI.

—Su madre y mi colega se casaron el domingo —repitió Kate con paciencia—. Están en México de luna de miel, pero Jules no quiso ir con ellos. Pidió quedarse conmigo. Yo acepté de buena gana. Es una niña estupenda. No, es mejor que eso. Es un ser humano encantador, muy inteligente, aterradoramente inteligente, contradictoria, y quería... Le caigo bien.

De pronto, llegaron las lágrimas, inesperadas e indeseadas delante de estos hombres, pero arrolladoras. D'Amico dejó una caja de pañuelos de papel delante de ella, y esperaron a que recuperara el control.

—Dios —dijo con voz ronca—. ¿Cómo voy a decírselo a Al?

—¿Al es el padrastro de la niña? Su colega.

—Al Hawkin.

D'Amico levantó la cabeza al instante.

—Conozco a Al Hawkin. Pensaba que estaba en L.A.

—Lo estaba. Le trasladaron hace un par de años.

El hombre del FBI habló.

—El caso Eva Vaughn.

—Me acuerdo —dijo D'Amico—. ¿Participó en ése? —Se lo estaba preguntando a Kate, y ésta asintió—. ¿Y en el caso Raven Morningstar, durante el verano siguiente? —añadió poco a poco, a medida que iba recordando detalles y nombres. Kate asintió de nuevo, se sonó la nariz y le miró sin pestañear, preparada para lo que se avecinaba. Sin embargo, el hombre no hizo comentarios sobre la fama de ese último caso, ni sobre el desastre en que se había convertido, sino que continuó hablando a Kate—. Hace unos años, oí hablar a Al Hawkin en una conferencia. Es un hombre impresionante. Su tema..., su tema era los secuestros de niños —dijo, con voz repentinamente apagada.

La boca de Kate se torció en una carcajada amarga.

—Era su especialidad —dijo—. Oh, Dios.

14

Kate fue a recibir a los recién casados a primera hora de la mañana siguiente. Bajo sus incongruentes quemaduras de sol y ropa veraniega, ambos tenían un aspecto enfermizo, agotado y aterrado. Daba la impresión de que Jani no era consciente del brazo que su flamante marido pasaba por encima de su espalda, ni de las manchas de café que adornaban la pechera de su chaqueta de algodón amarilla. Sus ojos se desviaron de Kate hacia el hombre que se erguía a su lado. Hawkin dirigió una larga mirada a su colega, tomó nota de su semblante demacrado durante los escasos segundos que tardaron en llegar al lugar donde el teniente D'Amico y ella esperaban. Kate no dijo nada. Antes de que Al Hawkin pudiera hablar, Jani se encaminó sin vacilar hacia el hombre alto de aspecto autoritario y alzó la vista hacia su cara.

—¿Hay alguna noticia sobre mi hija?

—Todavía nada, señora. El equipo de búsqueda se está agrupando. Partirán con los perros en cuanto haya luz. Los acompañaremos a un hotel, comerán algo, y después podremos hablar. ¿Llevan equipaje?

—Llegará más tarde —dijo Hawkin con aire ausente—. Retrasaron el avión de L.A. para que pudiéramos subir. Las maletas se quedaron atrás.

Kate se dio cuenta de que deseaba agarrar por las solapas a D'Amico para arrancarle hasta el último detalle, pero se contenía porque la pérdida de control sólo significaría una pérdida de tiempo.

—Soy Florey D'Amico —dijo el teniente con cierto retraso, al tiempo que extendía su mano.

Kate siguió a los tres mientras atravesaban el tranquilo aeropuerto, hasta llegar al coche camuflado de D'Amico, frente a la zona de recogida de equipajes. Tras una breve vacilación, indicó a Jani que se acomodara en el asiento del copiloto, pero Al se inclinó sobre el asiento, dispuesto a acosarle en cuanto se sentó al volante.

—¿Qué han averiguado hasta el momento? —preguntó.

—Su hija desapareció de la habitación del motel después de las nueve de la noche del martes por la noche. Aún hemos de descubrir si hubo algún testigo, aunque estamos siguiendo la pista de media docena de huéspedes que partieron antes de que nos llamaran. Debería insistir —añadió, mientras miraba a Jani para saber si le estaba escuchando— en que no tenemos pruebas de que se haya cometido ningún delito. Nada indica que no saliera de su habitación por voluntad propia.

Jani le estaba mirando, pero era como si no le hubiera escuchado, a juzgar por el efecto que causaron las palabras en su expresión. Al Hawkin desechó las frases tranquilizadoras, si pretendían serlo.

—Sabrá algo más que eso —dijo, impaciente.

D'Amico miró de nuevo a Jani, y después concentró su atención en el tráfico antes de entrar en la carretera. Cuando dejó atrás la terminal, dijo a Hawkin, en tono de advertencia:

—Creo que antes de entrar en detalles, deberíamos acomodarlos.

—Jani también debería estar presente.

Los pesados hombros que Kate tenía delante se encogieron.

—Como quiera. De acuerdo. Ya he dicho que no tenemos mayores datos, aparte del hecho de que no estaba en su habitación cuando la inspectora Martinelli despertó. No la había visto desde que se registraron a las cuatro y media, aunque la camarera de la cafetería afirma que Jules tomó una hamburguesa a las seis y la cargó a la habitación. La hora de la factura son las seis y cuarenta y ocho minutos, y la camarera dice que la chica estaba leyendo, sola, y tardó mucho tiempo en comer.

»Hasta el momento, dos personas recuerdan haberla visto regre-

sar a su habitación un poco después de las siete menos cuarto. Llevaba el libro en la mano. Una de ellas comentó que parecía tener frío e
iba deprisa, porque se había levantado viento y empezaba a lloviznar.
No llevaba chaqueta.

»Aún no hemos localizado a nadie que la haya visto entrar en su
habitación, pero el registro del motel demuestra que empezó a ver
una película de pago a las ocho y treinta y cinco minutos. La familia
que se alojaba en la habitación contigua no está segura de nada. Sabían que la habitación estaba ocupada porque oyeron movimiento y
ruidos de televisión de vez en cuando, pero tienen dos niños, y no se
hizo el silencio en su habitación hasta que los acostaron, a eso de las
nueve. Después, no oyeron nada, excepto la televisión de Jules, hasta
que apagaron las luces y se fueron a dormir a las diez y media. La mujer oyó ruidos algo más tarde. Piensa que fue antes de medianoche,
pero no consultó el reloj, y tampoco sabía de dónde procedían. Podía
haber sido en el aparcamiento, el pasillo o la habitación del otro lado.

—¿No tienes nada que añadir, Kate?

—Sólo que estaba dormida como un tronco, y es probable que
no hubiera oído voces, a menos que hablaran en voz muy alta. Había
tomado un calmante —añadió. Jani no dijo nada, pero Al la miró—.
Me dolía la cabeza. Por eso paramos tan temprano. Pensé que no estaba en condiciones de conducir.

—De modo que la abandonaste —dijo Jani desde el asiento delantero, con voz cargada de odio y la mandíbula apretada.

—Yo… —empezó Kate, pero Al apoyó la mano sobre el hombro
de su mujer.

—No, Jani —dijo. Al cabo de un momento, miró a Kate, y ésta
siguió hablando.

—No oí nada en la habitación de Jules. Por la mañana, cuando
fui a despertarla, hacia las ocho y media, no obtuve respuesta, así que
cogí la llave de recepción y abrimos la puerta. Jules había estado allí,
tomó un vaso de agua, estuvo sentada en la cama un rato viendo la
tele. La llave de su habitación estaba dentro, así como las llaves que
yo le había dado, la del coche y la de mi habitación, pero habían desaparecido algunas de sus cosas: su chaqueta, el libro que estaba leyendo, su diario, su bolígrafo y algunos objetos de aseo. El cepillo de

dientes y el cepillo del pelo no estaban en su bolsa. Su maquillaje sí.

—Jules no gasta maquillaje —interrumpió Jani con voz desdeñosa—. Utilizó el mío para la boda.

Kate miró a Hawkin.

—Este, no es que lleve, claro que no, pero experimenta de vez en cuando —dijo a la madre.

—No lo hacía antes de conocerte.

Kate miró con impotencia a su colega, quien se encogió de hombros apenas.

—Eso es todo. A excepción de las botas. Sus botas nuevas habían desaparecido.

—No tiene botas, y mucho menos nuevas —intervino de nuevo Jani—. Esto es ridículo.

Habló por encima del hombro, pero sin dejar de mirar el parabrisas. No puede soportar mirarme, pensó Kate, quien tomó conciencia de una diminuta chispa de ira, inapropiada e inexpresable.

—Tiene un par de botas —dijo Kate en voz baja—. Un par de botas de montaña Timberland impermeables. Dijo que hacía mucho tiempo que las quería.

—Jules no quería un par de botas.

—Yo estaba con ella. Las compramos el lunes, en Berkeley. De hecho, las cargué a mi cuenta —dijo Kate con valentía. Se hizo el silencio en el coche, y supo que era lo único que Jani podía hacer para no insistir en que la bajaran del coche, en plena autovía.

—¿Las llevaba durante el día? —preguntó de manera inesperada D'Amico.

—Sí.

—Bien, se las quitó a las ocho y media.

Sus tres pasajeros le miraron, asombrados ante aquella revelación.

—No estamos seguros, por supuesto, pero parece que estaba acostada, viendo la película, y debió de sacudírselas de los pies, una después de la otra, por un lado de la cama. Encontramos algunos fragmentos de barro seco en la alfombra, de una suela con surcos profundos —explicó—. El tipo de abajo estaba encendiendo la televisión, cuando oyó dos golpes secos en el suelo de la habitación de arriba, separados por medio minuto. Dijo que sonó como unos zapatos al caer. —Miró a Hawkin—. Como verá, estábamos interesados en el barro y los ruidos, pero yo diría que es casi seguro que están relacionados. Además, la oyó moverse un rato después. Por desgracia, nuestro hombre se fue a dormir temprano.

—¿Eso es todo? —le preguntó Hawkin—. ¿No tienen nada más?

—De momento. Aún están buscando huellas, y como ya he dicho, las partidas de búsqueda volverán a salir dentro de un rato.

—¿Encontraron algo ayer?

—Nada de nada, pero los perros no llegaron aquí hasta la tarde, de modo que sólo trabajaron un par de horas.

—¿No han recibido todavía una nota?

La breve vacilación de D'Amico antes de contestar reveló las probabilidades de que la hubieran secuestrado para pedir rescate.

—No.

Su expresión decía que le había sorprendido la pregunta de Al, pero no era el investigador quien había formulado la pregunta, sino el padre.

Lo que sucedió durante los días siguientes se le antojó a Kate como un cruce entre estar dentro de una secadora y ser disparada desde un cañón. Como carecía de jurisdicción en Oregón, no podía asumir los habituales papeles de interrogar, dirigir o actuar como enlace con los voluntarios civiles. Y mucho menos podía hablar con la prensa, que se había apoderado de su nombre con el júbilo de una jauría y se ponía a aullar en cuanto su cara pasaba ante las cámaras.

Terminó cotejando, clasificando y contestando al teléfono con una sombría ferocidad, ansiosa por hacer algo más, siempre consciente de lo que sucedía en la periferia de su visión y oído. Vio a Al algunas veces, a Jani dos, tan pálida que su piel bronceada parecía transparente como una pantalla de lámpara.

El viernes por la noche, Kate agarró el brazo de D'Amico cuando pasó a su lado. Éste la miró como si nunca la hubiera visto.

—Tiene que darme algo que hacer —dijo, con una voz que intentaba ser exigente, pero salió suplicante—. Aquí me voy a volver loca. Ayúdeme

—¿Ha traído ropa impermeable? —preguntó el hombre al cabo de unos segundos.

—Puedo comprar.

D'Amico sacó un bolígrafo del bolsillo, se inclinó sobre la mesa, escribió unas palabras y le entregó el papel.

—Mañana por la mañana empezarán a trabajar en cuanto haya luz. Vaya a un kilómetro del motel. Entregue esto al responsable. Consiga una chaqueta con capucha. No creo que la reconozcan enseguida.

Se alejó antes de que pudiera darle las gracias. Kate dejó de clasificar y fue a comprar ropa de montaña. No pensó ni por un momento que encontrarían a Jules cerca del motel, pero era mejor que estar sentada bajo las luces fluorescentes, que le provocaban dolor de cabeza.

Kate ya se había visto obligada a alquilar un coche pequeño anónimo cuando corrió la voz entre la prensa de que conducía un Saab descapotable, un coche que destacaba en el lluvioso Portland. Había apretado los dientes al saber el precio del alquiler, y se había encogido cuando vio el precio de la chaqueta, una parka que combinaba los materiales más modernos con la pluma de ganso tradicional, pero el dispendio parecía adecuado, y al menos no se rendiría debido al frío y la humedad.

Y frío y humedad encontró, mientras avanzaba entre los arbustos, trabajando en un círculo cada vez más amplio alrededor del motel, y cumplía su misión antes de volver tambaleante para engullir comida y bebida calientes, incapaz hasta de disfrutar de la camaradería con los demás exhaustos buscadores, por temor a que la reconocieran, y luego se subía de nuevo la cremallera y volvía a adentrarse en la triste tarde. La lluvia se convirtió en nieve antes de que oscureciera. Uno de los perros cayó en un río y se lo llevaron a descansar. Un voluntario se abrió la cabeza con una rama. Otro ocupó su lugar. El barro semicongelado se pegó a las botas nuevas de Kate. Se le hicieron ampollas en los pies, pese a los calcetines dobles. Le dolían las rodillas, tenía las manos en carne viva, una moradura en un pómulo debido a una rama que soltó sin tomar precauciones, y ya llevaba un trozo de esparadrapo en la manga izquierda de su costosa parka para evitar que las plumas se colaran por el desgarrón que se había hecho.

Al día siguiente era Navidad. Durante los descansos, los buscadores comían pavo y pastel hasta reventar, pero no encontraron ni rastro de Jules.

El tercer día de Kate, los grupos de búsqueda se dividieron en dos y trasladaron sus centros de operaciones al este y el oeste de cada lado de la autovía. Kate fue con el grupo del este, que ascendió las colinas. Encontraron algunas prendas de ropa, esqueletos de diversos animales y cadáveres recientes de animales. Uno de estos últimos provocó un gran alboroto de miedo y nerviosismo entre los buscadores, hasta que comprobaron que eran los restos de un ciervo, destripado por los carroñeros entre las hojas muertas. La búsqueda prosiguió.

Perros, helicópteros y ojos humanos rastreaban las colinas a pesar del mal tiempo. Los buscadores flaquearon y desertaron, y algunos no fueron sustituidos, seis días después de la desaparición de Jules. Todo el mundo sabía que no iban a encontrarla, y esa certeza hacía casi insoportable el esfuerzo físico, hasta que sólo la fuerza de la costumbre los impulsaba hacia delante, paso a paso, de árbol en árbol, de peñasco en peñasco, de río en río.

Al cabo de nueve días, bajo un cielo que desprendía nieve húmeda, la búsqueda se suspendió. De haber creído que Jules se había extraviado, habría continuado, pero las probabilidades eran minúsculas. Alguien la había raptado, y pese a la falta total de pruebas, la gente sabía quién era ese alguien, aunque desconocía su identidad real.

Había nuevas cámaras en el centro de operaciones que documentaron la suspensión de la búsqueda, y Kate, agotada, no consiguió burlarlas. En un momento dado, estaba chapoteando en el lodo del campo convertido en aparcamiento, intercambiando frases tópicas pero sentidas con otros dos buscadores, un chico joven y su hermana, que habían recorrido quinientos kilómetros desde el este del estado de Washington para unirse a la búsqueda. Al siguiente sonó un grito, y antes de que pudiera escapar, la jauría le pisaba los talones, con gritos de «¡Inspectora Martinelli!» y «¿Qué opinas de la suspensión de la búsqueda, Kate?» y «¿Qué vas a hacer ahora?». Se subió la capucha, agachó la cabeza y se abrió paso entre los micrófonos y las grabadoras de bolsillo hasta su coche alquilado. Había abierto la puerta, cuando una mano se interpuso en su campo de visión y cubrió la manecilla.

—Quita las manos del coche –dijo en voz baja, sin levantar la vista.

La mano se retiró a toda prisa, y Kate empezó a abrir la puerta contra el peso de la gente que se apretujaba a su espalda, antes de que su mente registrara la pregunta que le habían formulado. Clavó la vista en la cara del reportero, y pese a la estatura superior del hombre y el estado derrengado de Kate, lo que el periodista vio en sus ojos le obligó a retroceder, pisando el pie del compañero que manejaba la cámara.

—¿Qué has dicho? —preguntó.

—He dicho si sabes dónde está Jules Cameron.

Dos años antes, en otra vida, Kate habría reaccionado, habría dado rienda suelta a su incredulidad y su furia, hasta es posible que le hubiera atacado. Había aprendido la lección desde entonces, y ahora, no reaccionar ante los medios era algo tan automático como respirar. Apartó la vista del hombre, empujó la sucia puerta contra sus chaquetones inmaculados y se derrumbó en el coche. Continuaron gritándole preguntas mientras encendía el motor y ponía la primera. Después, enmudecieron, con expresión atónita, cuando ella frenó de repente y bajó la ventanilla. Se precipitaron hacia delante, y Kate esperó a que estuvieran a su lado para hablar.

—La verdad es que no sé dónde está Jules Cameron —dijo con voz alta y fuerte, para que los aparatos registraran bien sus palabras. Guardó un momento de silencio y luego agregó—: Ojalá lo supiera.

Subió la ventanilla y se alejó, mientras reflexionaba que «La inspectora Martinelli declaró que no sabe dónde está la niña» sonaba algo mejor que «La inspectora Martinelli se negó a hacer comentarios». Hasta era posible que algunos se apiadaran e incluyeran su frase final.

Su mente se negó a indagar más allá de ese pensamiento.

Era difícil conducir con botas resbaladizas demasiado grandes y

mitones de esquí abultados, de modo que antes de llegar a la autovía
se detuvo para desembarazarse de varias prendas y ponerse unos zapatos más ligeros. De no haberse detenido, tal vez no habría reparado en el coche verde oliva hasta que hubiera parado a su lado delante del motel, pero vio por el retrovisor que frenaba un instante, para
luego adelantarla, y cuando vio que el conductor levantaba un brazo
para ocultar su rostro, comprendió que algún intrépido reportero había decidido seguirla. Lástima que no lo haya pensado antes, reflexionó mientras se quitaba los guantes para anudarse los mojados cordones. Podría haberlos guiado como el Flautista de Hamelín, y así les
habría proporcionado una oportunidad a los demás buscadores de
escabullirse. Tal como están las cosas, los equipos de búsqueda pade-
cerán una lluvia de preguntas acerca de Kate Martinelli. Les dedicó
una disculpa mental, se quitó las botas y condujo con los pies prote-
gidos con calcetines, demasiado agotada para ponerse otros zapatos.

Con una deprimente sensación de que estaba sucediendo algo
inevitable, vio que el coche verde surgía de una carretera de tierra detrás de ella y mantenía una distancia prudencial. Le costó media hora
y varias maniobras legales, hasta que el reportero se desanimó y quedó rezagado, pero eso también agotó sus últimas reservas de energía.
Cuando frenó ante el motel, temblaba de cansancio y le dolía la parte de la cabeza donde había recibido el golpe. Recuperó sus zapatos,
abandonó las botas y los guantes mojados, y se le cayeron las llaves
dos veces (una cuando las sacó de la cerradura, y otra cuando estaba
rebuscando en el bolsillo de los tejanos la llave de la habitación), antes de arrastrarse hasta la seguridad de su habitación. Dejó caer los
zapatos al suelo, forcejeó con el pomo y la cadena hasta asegurarlos,
y atravesó la habitación aséptica en dirección al cuarto de baño. Entró, y después se asomó para mirar con incredulidad la figura inmóvil
cerca de la ventana.

—¿Lee?

15

—Hola, Kate —dijo Lee, con un hilo de voz—. Pareces… Oh, Dios, Kate. ¿No la has encontrado?

Kate no se molestó en contestar, sino que siguió inmóvil, intentando asimilar la imagen de la mujer que se erguía junto a la astillada mesa de conglomerado, vestida con una camisa de franela, un chaleco abultado, pantalones kaki y botas de montaña. Ahora el pelo le llegaba hasta los hombros, más largo que en sus tiempos de la universidad, y los travesaños de sus muletas de aluminio estaban recubiertos con una gruesa banda de abalorios indios, un complejo conjunto de colores brillantes que atrajo la atención de Kate. Eran más fáciles de mirar que la cara de Lee. Lee dijo algo. Kate parpadeó, se quitó la pesada parka y la tiró en dirección a la cama, pero cayó al suelo.

—Lo siento, he de…

Sabía que parecía idiota, pero no podía evitarlo, de modo que dio media vuelta y volvió al cuarto de baño. Tiró de la cadena, y cuando salió, Lee no se había movido.

—Lo siento —repitió Kate—. Creo que no funciono a tope. ¿Qué has dicho?

—Nada importante. Deberías tomar un baño caliente y comer algo.

Kate hizo un esfuerzo por animarse.

—Me parece maravilloso.

—Abriré los grifos del baño.

Lee se movió, utilizó las muletas para sostenerse en lugar de apoyar todo su peso sobre ellas. Lee estaba caminando, ya no cojeaba, rodeó la cama y pasó muy cerca de Kate, y luego entró en el cuarto de
baño. Kate oyó que el agua empezaba a correr y se sentó sobre el
blando colchón. Pensó en descolgar el teléfono y llamar a D'Amico,
pensó en levantar los pies y quitarse los calcetines mojados y sucios,
pensó en que Lee ya podía andar, y después se acostó sobre el cubrecama de nailon. Ya estaba dormida antes de que Lee saliera del cuarto de baño para preguntarle el número del servicio de habitaciones.

Catorce horas después, el teléfono despertó a Kate. Lee ya había des-
colgado, y estaba hablando en voz baja.

—Aún está dormida. ¿Crees que debería…?

—Ya me pongo —dijo Kate. Extendió una mano y dijo—: Martinelli al habla.

—Kate, soy Al.

Se incorporó en la cama al instante.

—¿Hay…?

—Ninguna noticia. Nada sobre Jules. He de hablar contigo. Sal-
go hacia ahí.

—¿Qué pasa?

—Por teléfono, no. Llegaré dentro de veinte minutos.

Después de colgar, Kate se dio cuenta de que sólo llevaba el gorro de punto y su camisa de pana, que parecía limpia pero hedía a sudor rancio. Se preguntó cómo demonios había conseguido Lee qui-
tarle los tejanos y los calcetines mojados sin despertarla.

—Estabas helada —dijo Lee, que había leído su expresión, o su
mente—. El teléfono sonó hace una hora, pero ni siquiera te moviste.
¿Te encuentras mejor?

—Me siento sucia. Al va a venir. Será mejor que me duche.

—Tu ropa está impresentable. Ponte algo mío. Y no me digas
que no te sentará bien, porque no es verdad. Súbete las mangas.

Kate albergaba sus dudas, pero era cierto, la colada no había
sido una de sus prioridades durante los últimos días, y el olor de sus
ropas era casi ofensivo. Para su sorpresa, después de la larga y anhe-

lada ducha, descubrió que los tejanos de Lee le sentaban a las mil maravillas. El espejo le reveló la mitad, y la inspección de Lee el resto.

—Has engordado —dijo, sentada en la cama mientras se ponía unos calcetines de Lee—. Me queda bien.

—Y tú has adelgazado. Rosalyn me dijo que habías adoptado una nueva imagen, un poco punky. De hecho, con ese gorro, pareces más un tío duro que una punky.

—Marlon Brando. Ya me dirás qué opinas cuando me veas con la camiseta ceñida y el paquete de cigarrillos encajado en la manga. ¿Cuándo hablaste con Rosalyn?

—Me escribió hace algún tiempo.

—Entiendo. ¿Te contó algo sobre mí?

—¿Como qué?

—Lo que sea. Reciente.

—Reciente, no. La verdad, sólo te mencionó de pasada, hará un mes o así. Creo que hablaba de que habías estado en su casa por Acción de Gracias.

—Sí, es cierto. Nos lo pasamos muy bien.

—¿Maj cocinó?

—Por supuesto.

—Siento no haber estado... Kate, es... Me siento tan... Oh, mierda —dijo aquella mujer que pocas veces soltaba expresiones malsonantes—. ¿Quieres hacer el favor de acercarte?

A excepción de la palma de su mano, y un par de besos en la mejilla, el cuerpo de Kate no había mantenido contacto físico voluntario con otra persona durante cuatro meses. Al principio, fue un poco desmañado, no había forma de negarlo. Habían pasado demasiadas cosas, y demasiadas preguntas no habían obtenido respuesta. Sin embargo, era evidente que el contacto, incluso con una mujer a la que Kate había maldecido, insultado y deseado golpear más de una vez en el transcurso de los últimos meses, era agradable. La familiaridad del cuerpo de Lee derrumbó sus defensas, y empezaba a relajarse en las curvas y ángulos, cuando se oyeron pasos en el pasillo, seguidos de un golpe decidido en la puerta.

Retrocedió, ruborizada, y después extendió un brazo cuando

Lee osciló, vacilante. La enderezó, recogió las muletas del suelo y las ofreció a Lee, para luego abrir la puerta y dejar pasar a su colega.

Al entró, y sus ojos se fijaron en Lee. Su rostro cansado se iluminó.

—¡Lee! Me alegro de verte, tía.

Avanzó tres pasos y la rodeó en sus brazos, de modo que cuando Lee se volvió después de cerrar la puerta, Kate sólo vio de Lee un par de manos que asomaban detrás de una chaqueta de lana trenzada. Volvió a recoger las muletas del suelo y esperó a que Al retrocediera, con la mano sosteniendo el codo de Lee hasta que ésta apoyó los brazos en las muletas.

—Tienes muy buen aspecto, Lee. Los bosques te sientan bien.

Lee agradeció su comentario con un asentimiento, pero sus pensamientos estaban centrados en él. Extendió una mano y tocó su brazo.

—Al, me sentí destrozada cuando me enteré. ¿Puedo hacer algo? ¿Puedo ayudar a Jani?

—No lo sé. Quizá. ¿Quieres que te avise?

—Por supuesto. Kate dijo…

Otro golpe en la puerta interrumpió a Lee. Kate abrió y descubrió a una joven con el uniforme del café contiguo al hotel. Iba cargada con dos bolsas marrones grandes.

—¿Han pedido desayuno?

—¿Has pedido desayuno, Lee?

—Sí.

—Entra —dijo Kate—. No sabía que servíais a domicilio.

—No lo hacemos —respondió la joven, lacónica, dejó las bolsas sobre la mesita y se embolsó el dinero que Lee le dio. Un desayuno caro, pensó Kate, al tiempo que cerraba la puerta.

Lee también había encargado desayuno para Al, huevos, beicon y tostadas, algo resecas debido al retraso. Al se quitó su pesada chaqueta y se sentó en la cama, Kate y Lee se acomodaron en las sillas, y guardaron silencio hasta que la comida se terminó. Lee fue la primera en levantar la vista.

—Supongo que, de haberse producido algún cambio, ya nos lo habrías dicho.

—Ningún cambio. Ni rastro de Jules.

—Corría un rumor ayer en el lugar de la búsqueda —dijo Kate—. ¿Es posible que alguien haya visto un coche?

—D'Amico pensaba haber encontrado a alguien que había visto una furgoneta con dos personas entrar en la autovía desde la rampa del motel justo después de medianoche, con un pasajero menudo como Jules, pero es tan vago como inútil. Una furgoneta de buen tamaño, color claro, podría haber venido de cualquier sitio. Cuando el FBI terminó de interrogarle, ni siquiera estaba seguro de que era esa salida.

—Se desvaneció en el aire —dijo Lee en voz baja.

—Pero no por su propia voluntad.

—¿Estás seguro?

—Los perros siguieron su rastro hasta la parte posterior del motel, punto. Subió a un coche y se marchó.

—Subió, o la obligaron a subir. ¿Habrían podido los perros seguir su rastro si la hubieran levantado en volandas, en lugar de salir caminando por su propio pie?

—Los entrenadores dicen que sí, pero los animales no habrían estado tan seguros si la hubieran llevado en brazos.

—¿Y este asesino, el Estrangulador, podría ser que...? Lo siento, Al. No querrás volver a pasar por ello.

De hecho, pensó Kate, parecía más cómodo ahora que cuando había aparecido en la puerta.

—Lee, no vas a empeorar más las cosas de lo que están. Sí, podría ser el asesino múltiple que está actuando aquí. Jules encaja con la descripción física de sus víctimas. Siempre las secuestra cerca de las autovías, y no cabe duda de que se ha trasladado al sur desde los primeros casos.

—¿Pero?

—Los «peros» están cogidos por los pelos. Este tipo las suele matar de inmediato, se lleva a las chicas y las deja ritualmente en un lugar donde considera seguro que las encontrarán al cabo de pocos días. Siempre en un radio de treinta y cinco kilómetros a la redonda del lugar donde desaparecieron. Unos días más tarde, alguna comisaría de policía de la zona recibe un sobre con cinco billetes de veinte dólares. El primero, hace cinco años, iba acompañado de una nota mecanografiada diciendo que era para los gastos del entierro, pero desde entonces sólo se recibe el dinero. Por cierto, eso es un secreto. No debes decírselo a nadie. Ni tú, Kate. El FBI me ahorcaría si se enterara de que os lo he contado.

—Por supuesto.

—En cualquier caso, no han encontrado ni dinero, ni nota, ni su... —Su forzada actitud de profesionalidad indiferente le traicionó, y se atragantó con la palabra «cadáver». Carraspeó y continuó—. También existen indicios de que abandonó el motel, si no de forma deliberada, al menos por su propio pie. La mayoría de cosas desaparecidas, los zapatos y el chaquetón, se los habría llevado para una excursión breve, pero no así su cepillo del pelo, y mucho menos el cepillo de dientes y su diario.

¿Cuál es tu palabra del día, Jules?, se preguntó Kate, y una oleada de dolor y culpa, la misma que la había acosado en todos los momentos de los diez últimos días, la sacudió.

—No pensarás que se fue por propia voluntad, ¿verdad? —preguntó, para sacudírsela de encima.

—No. Habría dejado una nota. Creo que alguien la raptó, y creo que llevaba un arma, porque no había señales de lucha y sé que Jules habría armado un cirio, a menos que tuviera buenos motivos para contenerse.

—¿Cómo entró el hombre en su habitación, o la obligó a salir? —preguntó Lee.

—No lo sé.

—¿Qué sucede, Al? Algún motivo habrás tenido para venir aquí.

La mano derecha del detective se movió por instinto hacia el bolsillo de su camisa, y Kate no necesitó ver la expresión avergonzada de su rostro para prepararse. Hawkin fumaba cuando le conoció, y enseguida se había enterado de lo que significaba el gesto.

La mano se retiró antes de llegar al bolsillo vacío. Al alzó la cara y la miró a los ojos por primera vez.

—Quiero que vuelvas a San Francisco.

Hasta ese momento, Kate había logrado olvidar la pregunta que le habían formulado la noche anterior en la puerta de su coche manchado de barro. No había resultado difícil rechazarla, teniendo en cuenta el peso del abrumador agotamiento, seguido por la sorpresa de la aparición de Lee y el sueño más profundo que había experimentado en semanas, pero de repente sólo pudo ver la mirada acusadora en la cara del reportero y la forma de su guante de piel cubriendo la manecilla del coche. Esperó, y aunque fue Lee quien preguntó por qué, Al contestó como si hubiera hablado Kate.

—Por un montón de motivos. Has de ver a tu médico. Hay al menos tres casos pendientes en los que hemos de seguir trabajando. Y…

—Perdón —dijo Lee-. ¿Médico? ¿Kate? ¿Me he perdido algo?

—¿No te ha contado por qué no está trabajando? —preguntó Al.

—No —contestó Lee—. No me ha hablado de ello.

—No pasa nada, Lee —dijo Kate—. Recibí un golpe en la cabeza, y hasta que se me pasen las jaquecas, seguiré de baja.

Al Hawkin mantuvo la boca cerrada. Lee le miró, pero el hombre no traicionó nada. Por fin, Lee se puso en pie, se acercó a Kate y le quitó el gorro. El pelo que había crecido durante cuatro semanas no conseguía ocultar la cicatriz, y Lee emitió un gemido de dolor al verla.

Kate se apoderó del gorro y volvió a ponérselo, sin hacer caso de Lee.

—No me mientas, Al. ¿Qué pasa?

—No sé cómo decirlo.

—Jani quiere que desaparezca.

—Por una parte.

—Y corren habladurías.

—Mierda —resopló Hawkin—. Te has enterado.

—No he oído nada, salvo una de las preguntas más ofensivas que me ha dirigido un periodista.

—Sí, no cabe duda de que ahí empezó todo.

—Lo siento muchísimo —dijo Lee con voz quejumbrosa—, pero no entiendo nada de esta conversación.

—Cariño, habría sido mejor que te hubieras quedado con tía Agatha. Tal vez yo también debería ir a hospedarme con tía Agatha. Ayer me preguntaron si sabía dónde estaba Jules.

—¿Por qué ibas a…? Oh. Oh, Dios, Kate, no puede haber querido decir que… ¿Al?

El detective se levantó y caminó hasta la ventana, mientras palmeaba la pechera de la camisa con una mano, hasta que recordó, y después hundió las manos en los bolsillos. Empezó a escupir las palabras con voz dura y contrita.

—Tendría que haber adivinado lo que se avecinaba. Tendría que haberte sacado de aquí antes. Es evidente que la van a tomar contigo. Antes también, pero ahora, cuando la mitad de San Francisco se ha enterado de lo de la chupa de cuero y la moto, eres carne de cañón. Y Jules colgada de ti, su corte de pelo, las dos paseando por la ciudad en moto.

Lee proyectaba perplejidad, pero ni Al ni Kate pensaron en ella.

—Al, ¿piensa Jani…?

—Jani no piensa en este momento, pero no, te lo aseguro.

Lo cual significaba que imaginaba algo por el estilo, o al menos albergaba sus dudas.

—¿Y D'Amico?

—Florey no hace caso de habladurías. Además, si pensara que existía la menor posibilidad, te habría sometido al tercer grado.

—¿Y qué…?

Al giró en redondo, con expresión encolerizada.

—Martinelli, si vas a preguntarme si creo en esos sucios rumores, juro que te tiraré algo.

Kate respiró por primera vez desde hacía varios minutos, o al menos eso pensó ella, y notó un cosquilleo de alivio en sus ojos.

—Gracias, Al.

—Pero cuando vuelvas a casa, yo en tu lugar guardaría ese uniforme de cuero en el ropero durante un tiempo, y conduciría algo de cuatro ruedas.

—De acuerdo.

—¿Te irás?

Al no podía ocultar su asombro.

—No tengo otra alternativa. Aquí no hago nada positivo, y si me quedo, sólo conseguiré empeorar la situación. Parece un circo.

Tal vez ahora pueda hacer de Flautista de Hamelín, pensó

con amargura, y arrastrar a todos los reporteros hasta San Francisco.

—No me gusta —dijo Al, algo inesperado.

—Al, ella es tu esposa. Y Jules…, Jules es tu hija. Pero has de prometerme que me llamarás si puedo ayudar en algo.

—En cualquier caso, te llamaré. He de irme. Llego tarde a una reunión con el FBI. He de echar un vistazo al informe sobre un sospechoso.

—¿Otro?

—Sí. Si es que sirve de algo saber que existe un setenta por ciento de posibilidades de que se meaba en la cama de niño, y un ochenta por ciento de que sus padres se divorciaron.

—Me alegro de que sigas en el caso, Al.

—He tenido que exigir el pago de montones de favores —admitió Al, y Kate comprendió que una de las condiciones había sido su desaparición.

—Cuídate. Y cuida de Jani —dijo Kate.

—¿Volverás en coche?

—Me marcharé esta noche.

—Vigila la nieve en los cruces.

Al besó en la mejilla a Lee, se despidió de su colega con un cabeceo y salió. Sus pasos se alejaron por el pasillo.

—Ha sido muy generoso por tu parte, Kate —comentó Lee.

Kate se puso en pie.

—¡Cierra el pico! —chilló—. ¡Cierra el pico, por los clavos de Cristo!

Cogió un vaso de la mesa, se volvió y lo arrojó con todas sus fuerzas contra el espejo que colgaba sobre la barata cómoda, y después salió de la habitación.

—Me voy —dijo al sorprendido recepcionista—. Hágame la cuenta. Y añada algo por el espejo roto.

ENERO

16

El viaje hasta San Francisco fue largo y silencioso. Pasaron la noche en Ashland, a la espera de que las máquinas quitanieves despejaran la carretera, y la noche fue también larga y silenciosa. Kate no parecía interesada en averiguar cómo había aparecido Lee de la nada, y sólo consciente a medias de su explicación de que había visto un periódico de la semana anterior cuando había ido a la ciudad en busca de provisiones. Fue incapaz de contar a Lee más que un brevísimo resumen de su herida y los disparos efectuados por Weldon Reynolds, que se le antojaban demasiado lejanos para interesar a nadie.

Finalmente, Lee reconoció los síntomas, y se obligó a callar. Kate aún no estaba enfadada. Ni siquiera estaba malhumorada. Era la resaca de los excesos de emociones, del agotamiento puro y duro, y Lee tuvo el sentido común, ayudada por la experiencia, de comprender que Kate sólo necesitaba soledad, o al menos lo más parecido con un pasajero en el coche. Lee hizo acopio de paciencia, esperó el momento adecuado, y dejó que los kilómetros se sucedieran mientras esperaba, cada vez con más aprensión, a que Kate diera el primer paso.

Cuanto más se acercaban a la ciudad, más espeso era el tráfico, hasta que se detuvieron en mitad del tramo este del Puente de la Bahía. Kate se removió, miró por el retrovisor y habló por primera vez en dos horas.

—¿Qué coño está pasando? Debería haber menos tráfico, en lugar de más. ¿Qué día es hoy?

—Creo que es sábado.

Kate gruñó y lanzó quejas ocasionales a la agradecida y aliviada terapeuta que tenía a su lado, la cual se esforzaba por mantener un aire distendido, sin prestar atención a los demás carriles, hasta que al aproximarse al centro de la ciudad, un veloz movimiento pasó ante ellas. Kate pisó el freno, blasfemó y tocó el claxon, todo al mismo tiempo. En aquel momento, Lee se puso a reír.

—¿Qué pasa? —preguntó Kate—. Toda la ciudad se ha vuelto loca, ¿y tú te pones a reír?

—Cariño, nosotros somos las únicas que estamos locas. Fíjate en sus atuendos. Es Nochevieja.

Kate se inclinó hacia delante para examinar los disfraces, un grupo de hombres con pañales y sábanas, todos provistos de diversas carracas.

—Gracias a Dios —dijo—. Pensaba que todo el mundo se había ido de la olla.

Todas las casas de Russian Hill estaban iluminadas, incluida la de ellas, lo cual habría sorprendido a Kate de no ver el coche de Jon al pie de la colina. Deslizó el Saab entre un Mercedes descapotable y un Citroën 2 caballos, entró en el garaje y oprimió el botón que cerraba la puerta. Jon ya estaba en la escalera. Su piel se veía bronceada incluso bajo las luces fluorescentes del garaje, llevaba un delantal, y sujetaba una cuchara de madera en una mano y un agarrador en la otra.

Se plantó ante la puerta del copiloto antes de que Kate hubiera sacado la llave del encendido.

—¡Lee! Oh, Dios mío, muchacha, menudo aspecto. Pareces un leñador. Sólo te falta el hacha. ¿Dónde está tu…? ¿Te dedicas al ornamento de abalorios en la vejez, querida? Oh, sí, danos un abrazo.

Kate sonrió al ver que sus dos compañeros de piso se daban palmadas en la espalda (Jon sujetaba ahora no sólo los instrumentos de cocina, sino las muletas con abalorios), y después fue a abrir el maletero para empezar a descargar. Cuando asomó la cabeza, Jon estaba sujetando a Lee a un brazo de distancia.

—Me gusta el aspecto de machota. Me recuerda los setenta. ¿Quieres que te eche una mano? Dios mío, si anda y todo. Fíjate,

Kate. Es un milagro del bendito Jesús. La semana que viene irá a bailar. ¿Iremos juntos, querida? Será tan retro, ir a bailar con una mujer. Dios, estás estupenda. Radiante. ¿No está radiante, Kate? Hola, Kate, cariño, pareces cansada.

Kate vio que Jon vacilaba, barajaba palabras de compasión y expresiones de horror, y después decidía que no era el momento adecuado, lo cual agradeció.

—Hola, Jon —dijo, y pasó junto a ellos con los brazos cargados de bolsas y paquetes—. Me alegro de verte.

El día siguiente era domingo, pero Kate consiguió localizar al médico que le había cosido la cabeza. Estaba en el hospital, examinando a un trío de conductores accidentados debido al alcohol de la noche anterior, y accedió a verla.

Cuando la visitó, su conversación consistió en «¿Duele?». (No.) «¿Y aquí?» (Sí.), y «¿Fiebre o dolores de cabeza?». (No, desde hace diez días.) Garrapateó una nota, al tiempo que le aconsejaba evitar que su cabeza entrara en contacto con cosas duras durante un tiempo, con el fin de que pudiera trabajar de manera limitada. Kate la cogió, y se sintió asaltada por sudores fríos.

Volvió al coche, sin tomar conciencia de que estaba lloviendo, y salió del garaje del aparcamiento con la intención de ir a casa. Por lo que fuera, no lo consiguió, sino que se dirigió hacia la autopista de la costa y aparcó. Contempló las olas que se estrellaban con furia contra la orilla. Las ráfagas de viento sacudían el coche, y el parabrisas se llenó de espuma. Al cabo de un rato, bajó y se internó en la vorágine.

Una hora después, con la cara limpia y la sensación de haber purificado todo su cuerpo, abrió la puerta del coche y se sentó al volante. Mientras regresaba a casa, intentó no pensar en el lunes. El lunes, cuando volviera a trabajar, y descubriera que la tormenta publicitaria y los rayos de los rumores malintencionados se habían trasladado al sur, hasta llegar al Palacio de Justicia. ¿Cuántas notas obscenas la estarían esperando? ¿Cuántas fotografías confiscadas en las colecciones de pederastas se habrían mezclado con sus papeles, o aparecerían en las paredes de los retretes? ¿Cuántos objetos desagradables habrían reunido sus colegas para atormentar a una lesbiana, de la cual se rumoreaba que sabía más de lo que decía sobre la desaparición de una niña?

Kate ignoraba si sería capaz de reunir fuerzas para soportar otra campaña de murmuraciones. De hecho, confiaba, rezaba para que la asaltara un violento dolor de cabeza que justificara su ausencia. Sin embargo, el lunes amaneció sin nada peor en su cabeza que el aturdimiento de una noche de insomnio. Se puso la pistolera, muerta de cansancio y de miedo, y se fue a trabajar.

El dedo de Kate aleteó sobre el botón que cerraba el ascensor, pero no se estableció contacto, y la puerta se abrió en la cuarta planta. Salió y caminó por el pasillo en dirección al Departamento de Homicidios. Como era de suponer, la primera persona a la que vio fue Sammy Calvo, que podía ser ofensivo incluso cuando intentaba ser cordial. Se preparó para lo peor. El hombre alzó la vista del escritorio y sonrió.

—¡Casey! Me alegro de que hayas vuelto. Esto es muy aburrido sin ti.

—Eeeh, gracias. Ya lo creo.

Sonó el teléfono de la mesa de Calvo, interrumpiendo así una ronda más de frases abrumadoras. A continuación, apareció Kitagawa, ensimismado en un expediente, hasta que estuvo a punto de tropezar con ella.

—Buenos días, Kate. ¿Cómo va tu cabeza?

—Mejor, gracias.

—¿Sigues de baja?

—Limitada durante tres o cuatro semanas.

—Estupendo. Cuando puedas, repasaremos los casos en que estabas trabajando.

—Claro. Bien.

El hombre volvió a hundir la nariz en los papeles y se fue. Sin embargo, esta actitud no significaba nada, se dijo Kate. Kitagawa habría sido cortés con Jack el Destripador.

Tom Boyle la sorprendió cuando estaba guardando su pistola y la comida en un cajón de la mesa.

—Hola, Kate. ¿Cómo te encuentras?

—Bien, Tommy. ¿Qué tal la Navidad?

—De locura, como siempre. Mi cuñado se rompió la muñeca mientras jugaba fútbol en la calle después de cenar, y la abuela de Jenny se partió la dentadura postiza con una cáscara de nuez del pastel. ¿Cómo te ha ido a ti? —Dio la impresión de que se contenía, y pareció incómodo—. Bien, supongo que no pudiste disfrutarla.

—Pues no —admitió Kate.

—Creo que el año que viene nos iremos. Jenny, los chicos y yo solos. A Disneylandia o algo por el estilo. ¿Cómo está Al?

—Se ha quedado allí.

—Sí. No puede hacer gran cosa, ¿verdad? Bien, he de irme. Ya nos veremos.

Algo muy extraño estaba pasando. Todo el mundo se mostraba demasiado cordial. Cuando echó un vistazo a los mensajes acumulados sobre su escritorio, no sólo no contenían nada obsceno, sino que había dos felicitaciones genéricas y una invitación informal para comer enviada por otra detective, una mujer con la que Kate había trabajado en un caso de corrupción meses antes. Por fin, cuando empezó a experimentar la sensación de que todas las personas del edificio (agentes uniformados, de paisano, personal administrativo) descubrían algún motivo para pasar por su mesa y saludarla, fue en busca de Kitagawa. Le acorraló ante las salas de interrogatorios, le obligó a entrar en una y cerró la puerta a su espalda.

—Muy bien. ¿Qué sucede?

—Ah, Kate. ¿Crees que es un buen momento para…?

—Quiero saber por qué cojones está todo el mundo tan contento. Todo el edificio sabe que yo estoy bien, que Lee está bien, que Jon es una locaza, y que Al se encuentra tan bien como cabría esperar. Nadie ha hablado de que Jules aún continúa desaparecida. ¿Por qué no, joder?

—Supondrán que el tema te incomoda.

—¿Desde cuándo mis sentimientos…? —Se interrumpió—. Al. Al tiene algo que ver con esto.

—Sí, hizo un par de llamadas telefónicas para informarnos de que era posible que volvieras.

—¿Qué más os dijo?

Kitagawa entornó los ojos para escudriñar el formulario que llevaba en la mano, pero por lo que Kate sabía, siempre había gozado de una vista perfecta.

—Como ya sabrás —dijo en tono pedante—, a los policías, tal vez más que al resto de la gente, no les gusta que los extraños atormenten a uno de los suyos. Incluso cuando ese miembro no se ha integrado muy bien, si otro grupo que se considera el «enemigo» inicia la persecución, nos apresuramos a cerrar filas en torno al miembro amenazado.

Kate le miró boquiabierta.

—Una interesante perspectiva de la dinámica de grupos, ¿verdad? Aunque tú, con tus estudios de sociología, ya deberías saberlo.

El hombre sonrió, abrió la puerta y salió.

Cuando Kate volvió a casa por la noche, contó a Lee la conversación, y le describió el día que había gozado del apoyo reticente de sus colegas.

—Dios —dijo Lee—, no sabía por qué estabas tan preocupada. Ni siquiera se me ocurrió. Debes de sentirte mucho más tranquila.

—¿Tranquila? Me siento como si hubiera oído sonar las sirenas en respuesta a una llamada de «agente abatido».

Aquella noche, por primera vez desde finales de agosto, Kate durmió en el dormitorio principal.

Durante los tres días y medio siguientes, Kate logró soportar la incansable cordialidad del Departamento de Policía de San Francisco. El viernes, a última hora de la mañana, la llamaron por teléfono.

Era Al.

—Hemos recibido una carta —dijo.

17

—Tú no sabes nada —se apresuró a decir Al—. No reacciones a
lo que digo. Si el FBI o D'Amico se enteran de que he estado hablando contigo, me vetarán toda información.

—Me... alegro de que haga buen tiempo.

Dirigió una sonrisa forzada a Tom Boyle, que estaba de pie al
lado de su escritorio, y deseó que se largara.

—Hay alguien cerca de ti. Muy bien, limítate a escuchar. Recibimos una carta, muy breve, de un tipo que afirmaba ser el Estrangulador. Decía que Jules no era una de sus víctimas.

El mensaje psíquico de Kate debió transmitirse a Boyle, porque
se alejó.

—Seguro que estaréis recibiendo cientos de cartas al día, diciendo toda clase de cosas —protestó en voz baja.

—Nos dio algunos detalles, difíciles de saber como no tuviera
acceso a los archivos del FBI.

—Dios mío —susurró Kate, que intentaba con dificultades mantener la cabeza erguida—. ¿Has visto la carta?

—Una copia.

—¿Y?

—Procede de la misma máquina de escribir que utilizó cuando
el primer asesinato, en la nota que envió al funeral. Y tiene el tono.
Indignado por el hecho de que le hayan atribuido, palabras textuales,
un crimen que él no ha cometido. Además, fue remitida de la misma

forma que el dinero de los funerales, a un nombre en apariencia al azar con la dirección de la Comisaría de Policía, para no llamar la atención de la oficina de correos hasta que llegara a la delegación local.

—¿Decía algo más?

—Decía, y cito: «No sé por qué intentan relacionarme con la muchacha desaparecida en California. Las chicas asiáticas no tienen rizos en el pelo». El Estrangulador siempre les corta un mechoncito de la nuca, pero nunca se ha filtrado nada en los informes. Procura que no se te escape.

—¿Cuál ha sido la reacción?

—Todo el mundo va de cabeza. D'Amico piensa que el Estrangulador está a punto de venirse abajo, que es el primer paso antes de entregarse. En este momento, hay tres psiquiatras gritándose mutuamente en el pasillo.

—¿Qué vas a hacer?

—Lo que he hecho hasta el momento: mantener la mente abierta a todas las posibilidades, investigarlo todo. Es lo único que puedo hacer.

—¿Puedo ayudarte de alguna manera?

—No se me ocurre nada.

Ni tampoco a Kate. Preguntó por Jani, Al le preguntó por Lee, ninguno escuchó la respuesta del otro, y los dos colgaron más deprimidos que nunca, si eso era posible.

A la una de la tarde, Kate tuvo una idea. Localizó el expediente del caso que había empezado, para ella, con la búsqueda de un muchacho desaparecido, y terminado con el trozo de tubería, y tras un poco de investigación, encontró lo que buscaba: el número de teléfono de la casa que había adoptado a Dio.

Estaba en el colegio, por supuesto, pero pidió, y logró al fin, permiso para encontrarse con el niño y hablar con él… a solas.

Tuvo que aparcar en zona prohibida, pero llegó al colegio a tiempo. Casi no le reconoció, había cambiado mucho en el último mes, pero su costumbre de llevar los hombros caídos le delató, así como la distancia entre él y los demás estudiantes.

—Hola, Dio —dijo, poniéndose a su lado.

El muchacho paró en seco y la miró con cautela.

—¿Inspectora Martinelli?

—Llámame Kate. ¿Qué pasa, no me reconoces de pie y sin el vendaje en la cabeza?

—Supongo que no. Tiene… mejor aspecto.

—Tú también estás diferente.

Se refería a su evidente buena salud y a los tres kilos que había engordado, pero él se pasó una mano por su perfecto corte de pelo y dijo, en un intento de bromear teñido de cierta amargura:

—Mi disfraz. Paso por normal.

—Avísame si lo consigues. Yo nunca lo logré. Me gustaría hablar contigo un ratito. Wanda dijo que no había problema.

—Quieren que vuelva a casa después del colegio —dijo el muchacho, vacilante.

—Les dije que te acompañaría en coche a casa después, pero he aparcado en zona azul, de modo que lo primero que deberíamos hacer es sacar el coche. ¿Te apetece una hamburguesa?

—Claro. ¿Es ése su coche? Qué guay.

—Jules… —Kate calló, mientras abría la puerta del coche—. Jules me dijo que «guay» volvía a utilizarse.

Subieron al coche.

—¿Sabe algo de ella? —preguntó Dio, con la vista clavada en el frente.

—Nada.

—¿Cree que el Estrangulador la mató, como dicen los diarios?

—No lo sé, Dio. La verdad es que no lo sé.

—Es la mejor persona del mundo —contestó el chico, y después cerró la boca para reprimir más revelaciones.

Kate giró la llave y puso en marcha el coche sin contestar. Ninguno de los dos habló hasta que estuvieron sentados, con sendas hamburguesas sobre la mesa que los separaba.

—¿Te gustan Wanda y Reg? —preguntó Kate. En privado, consideraba a los Steiner, a los que había conocido en bastantes casos relacionados con niños maltratados, unos santos.

—Es buena gente. Disciplina de campamento militar, pero ella es una gran cocinera. Comemos a la misma hora cada día —dijo, como si describiera los extraños hábitos de nativos exóticos—. Hasta tengo una habitación para mí solo.

Comidas diarias, privacidad y una persona que se diera cuenta de si habías llegado del colegio era algo impensable para Dio. Impensable, pero a juzgar por sus palabras, no del todo desagradable.

—Da la impresión de que procedes de una familia numerosa y confusa —comentó Kate.

Según su expediente, se había negado en todo momento a hablar de su pasado, de dónde venía, cuál era su nombre completo, o incluso confesar si Dio era su verdadero nombre. Ahora no fue diferente. Se cerró en banda, y Kate se echó atrás de inmediato.

—Eh, tío, no intento tirarte de la lengua. Mírame, Dio. —Esperó a que sus ojos taciturnos se alzaran—. Me da igual de dónde eres, siempre que estés mejor ahora que antes. Sólo quiero saber de qué hablabais Jules y tú.

Dio parpadeó.

—Pensaba…

—¿Pensabas qué?

—Que quería hablar sobre Weldon.

—La casa abandonada es caso cerrado para mí, aparte de tener que testificar. No, quiero saber cosas de Jules. ¿Te importa hablarme de ella?

—¿Por qué debería hacerlo?

—Dio, ella tiene trece años. Procede de un entorno muy protegido. Ha desaparecido, y no sé por qué. Al parecer, existe una posibilidad, una posibilidad muy remota, pero ahí está, de que no fuera el Estrangulador quien la raptara. Ahora, el FBI y todo el mundo en Portland están trabajando sobre la teoría de que fue él. No puedo hacer nada al respecto, pero sí puedo investigar otras posibilidades. ¿Y si se marchó por voluntad propia? ¿La secuestró otro hijo de puta, o anda por ahí sola? El otoño pasado creía que empezaba a conocer muy bien a Jules, y luego la gente empezó a contarme cosas sobre ella capaces de demostrarme que no tenía ni idea de ciertos aspectos de ella. Me gustaría saber lo que puedas añadir.

—¿Qué clase de cosas?

—Para empezar, el verano pasado huyó de otro hotel. ¿Te lo

contó? —A juzgar por su expresión, comprendió que no sabía de qué estaba hablando—. El verano pasado, cuando su madre y ella estaban en Alemania, tuvieron una discusión, y Jules se fue del hotel. En un país extranjero, cuyo idioma no sabía hablar. Y nunca me lo contó. Cuando me enteré, no le hablé de ello, porque supuse que, si quería mantenerlo en secreto, era problema de ella. Pero ahora no. Ahora he de averiguar todo lo que pueda sobre ella. Ayúdame, Dio. Podría ser importante.

Dio manoseó sus patatas fritas, y después se llevó dos a la boca. Kate lo tomó como una señal de aceptación condicional.

—En primer lugar, ¿te habló Jules del noroeste? Me dijo una vez que había vivido en Seattle cuando era muy pequeña. ¿Sabes si tenía amigos allí?

Como era de esperar, pisaba territorio conocido. La investigación, aunque concentrada en el Estrangulador, no había desechado otras posibilidades de manera tan radical como Kate había insinuado. Casi todo el mundo que había estado en contacto con Jules Cameron, desde su amigo Josh hasta los antiguos vecinos y las familias de los colegas de Jani en la universidad de Seattle, habían sido localizados e interrogados. La agenda que Jules había abandonado sólo contenía un nombre del norte de California, una amiga del colegio que se había trasladado a Vancouver, en la Columbia Británica. Se había ido de vacaciones y había escrito a Jules para decírselo.

Dio reflexionó un minuto, y al contemplar su rostro concentrado, Kate se dio cuenta de que no era feo. De hecho, dentro de dos años, sería guapo.

—No recuerdo nada. Me dijo que había vivido en Seattle, pero sólo se acordaba de cuando nevó una vez. Creo que se marchó cuando tenía tres o cuatro años.

Jules apenas había cumplido los tres cuando Jani consiguió un empleo en la Universidad de California.

—¿Crees que era feliz?

—¿Jules? Claro. O sea, no parecía infeliz. Excepto… Bien, no sé. A veces parecía un poco preocupada. Se cabreaba a menudo con su madre. Creo que su madre nunca se dio cuenta de lo asombrosa que era Jules. Que es.

—¿Qué opinaba de Al? ¿Crees que el matrimonio le disgustaba?

—Al le caía muy bien. Por lo que yo sé, tenía muchas ganas de que su mamá y él se casaran, cuando la vi en diciembre. El verano pasado hablaba mucho sobre la familia. Había descubierto algo sobre su familia poco tiempo antes. Nunca me dijo qué era, pero admitió que era «feo». La hacía sentirse fea. Y sucia, decía. El pasado de su madre la hacía sentirse sucia.

Kate notaba que Dio se estaba abriendo, pero procuró no demostrarlo.

—Dime lo que sepas sobre su familia.

El chico se encogió de hombros, pero no miró a Kate, y ésta vio que tensaba las mandíbulas.

—Debió de contarte algo… sobre su pasado.

Dio se reclinó en el asiento y estiró el cuello, como si aliviara los músculos de los hombros, y siguió jugando con las tres patatas fritas que tenía delante.

—Sólo que su madre se divorció de su padre. No se acordaba de él… Hablo de Jules. Sólo que le daba miedo. Es probable que pegara a su madre.

La forma desapasionada de formular esta última observación habría revelado mucho a Kate sobre la vida familiar de Dio, si hubiera necesitado confirmación.

—¿Jules te dijo eso?

—No, pero me dio la impresión… de que habría podido suceder.

Dio se concentró en beber los últimos restos de su batido de chocolate.

—Supongo que tienes razóm —empezó a decir Kate, y se llevó una sorpresa cuando el muchacho apuró la copa de un trago y lanzó un chorro de palabras.

—Ella deseaba una familia, formar parte de una familia verdadera, con una madre, un padre y un perro. Y un hermano pequeño. —Su rostro adoptó una expresión irónica muy cercana a las lágrimas—. Quería un hermano pequeño al que cuidar. Le dije que era una estúpida, que los bebés siempre estaban llorando y te hacían la vida imposible, pero todo era una fantasía. Hablaba a menudo de eso, de formar una familia. Y no paraba de hablar hasta que me daban ganas de gritarle.

—Pero no quería tener un hijo, ¿verdad? —preguntó Kate con cautela.

—Mierda, tía —estalló el chico—. ¡Sólo tenía doce años!

—¿Nunca has conocido a una chica de doce años que tuviera un hijo?

—Bien, sí. Pero eso es diferente.

—¿Sí?

—Por supuesto. Esa clase de chica es…, bien, no son chicas de verdad. Jules era diferente. Era muy cría. Es… una cría —se corrigió. Kate se divirtió al ver que el chico de la calle enrojecía—. No sabía nada de sexo, al menos cuando la conocí el verano pasado. A veces, hablaba del asunto, pero para ella no era más que una idea, carecía de realidad. Estoy seguro de que no sabía nada. Y yo nunca…

—Hiciste nada para destruir su inocencia —terminó Kate por él.

—No.

El breve destello de diversión murió bajo la negra conciencia de que, si Jules seguía viva por milagro, su inocencia sería otra cuestión. Kate se negó a pensar en ello, y atacó temas más seguros.

—Cuando estuve en su apartamento, justo después de que tú desaparecieras, sonó el teléfono. Lo descolgó y volvió a colgar de inmediato, sin ni siquiera contestar, y dijo algo acerca de llamadas telefónicas extrañas. ¿Sabes algo de ellas?

Dio se removió en su asiento, y todos los instintos de Kate despertaron. Había tocado un punto sensible, lo intuía. El muchacho no contestó, sino que se quedó acurrucado en la silla, sin el menor rastro de rubor, pálido y decidido.

—Ha desaparecido, Dio —dijo Kate, casi suplicante—. No creo que se marchara por voluntad propia, y si lo hizo, no tenía la intención de ausentarse tanto. No nos habría dejado tirados así. Jules no lo haría. Habría llamado, escrito, no sé.

—Estaba… recibiendo… llamadas telefónicas raras —contestó Dio con brusquedad—. Un par de veces, quizá. Era un hombre.

—¿Fueron obscenas? ¿Te contó de qué iban?

—No eran obscenas. Ése era el problema. Si hubiera sido un tío guarro, habría sabido cómo lidiar con él, pero sólo eran raras. Decía cosas como, «Eres mía, Jules»… No, espere, la llamaba Julie. «Eres mía, Julie», y «Te quiero, Julie. Yo te cuidaré».

Kate notó que se le erizaba el vello de la nuca. Ese tipo de llamadas eran muy siniestras.

—¿Por qué no habló a nadie de las llamadas, aparte de a ti?

—Le dije que debería hacerlo. La asustaban mucho, pero sólo recibió dos o tres, y tampoco fueron amenzadoras ni nada por el estilo.

—Dios, qué estúpida podía ser —empezó Kate, pero Dio, absorto en sus pensamientos, aún no había terminado.

—Y creo que había algo más.

Kate esperó, y después insistió.

—¿Qué era?

—Parecía… Esa actitud tan extraña… No sé cómo describirla.

Estaba buscando las palabras, de manera que Kate esperó, y al cabo de un momento, el rostro de Dio se iluminó. Levantó la vista con entusiasmo, con una expresión asombrosamente infantil, casi hermosa, hasta que ella recordó quién era. Vaciló, pero siguió hablando, si bien con cautela.

—Una vez conocí a alguien. La hermana de un amigo. Era su hermana mayor, le llevaba un año y medio. Tenían muchos problemas en su familia, pero los dos estaban muy unidos. Después, cuando ella tenía unos catorce años, empezó a salir con un tío mayor. Bastante mayor, quiero decir, de unos treinta años. Tenía un cochazo y la sacaba a pasear, le compraba ropa, y ella empezó a mostrarse reservada. Se la veía orgullosa, emocionada y un poco asustada, como si hubiera conseguido algo que no quería revelar a nadie.

—¿Qué fue de ella?

—Papá… Su padre se enteró y la echó de casa. No sé qué pasó después, porque me marché unas semanas más tarde.

—¿Y Jules te recordaba a la… hermana de tu amigo? —preguntó Kate, con la intención de arrancarle la verdad.

—Un poco.

—¿Crees que tenía novio?

—Novio no. Ya se lo he dicho, es una cría. De mente no, pero en casi todo lo demás sí.

—Pero ¿conoció a alguien?

Dio se mostró de nuevo inquieto, y Jules se quedó convencida de que sabía más de lo que decía.

—Creo que nunca llegó a conocerlo.

—Hay algo más, ¿verdad, Dio? —Kate se inclinó hacia delante, reprimió las ansias de sacudirle—. Por favor, Dio. Podría ser lo que necesito para encontrarla.

—¿Y si ella no quiere que la encuentren? —estalló el muchacho, irritado—. Está rodeada de una pandilla de profes y polis. ¿Quién podría culparla?

—¿Te dijo eso cuando la viste en diciembre? —preguntó Kate, pero fue demasiado para él. Se levantó y arrojó el vaso de plástico al cubo de basura, pero no hizo caso cuando falló.

Kate recogió los demás envoltorios, los tiró a la basura junto con el vaso, y corrió tras él. Le alcanzó a mitad de la manzana.

—Dio, he de llevarte a casa.

—Yo no tengo casa —rugió el muchacho, y apartó la mano de Kate de su hombro—. ¡No hace falta que me lleve a ningún sitio!

—Le dije a Wanda que te acompañaría en mi coche. Si vuelves a pie, no le hará ninguna gracia.

—¿Y a quién coño le importa?

—A ella, Dio. Es una buena mujer. No la putees porque te has cabreado conmigo. No es justo.

Dio comprendió el sentido de sus palabras, pero subió al Saab con menos ganas que un ex presidiario esposado a un coche patrulla, y se dedicó a lanzar miradas ofendidas por la ventanilla durante todo el trayecto. Kate frenó ante la vulgar casa de los suburbios que había servido de refugio a un número infinito de adolescentes rebeldes, y apagó el motor.

—Eres un buen amigo de Jules, Dio —dijo en voz baja. La mano del chico se inmovilizó sobre la manecilla de la puerta—. Creo que se sentiría muy contenta de tus progresos. Sé que es duro, y si puedo ayudarte de alguna manera, espero que me llames. No estoy de acuerdo con todas las decisiones que has tomado, pero entiendo que sólo deseas ayudar a Jules, y crees que ésta es la mejor manera. Sólo te pido que pienses en una cosa.

»A veces, es una muestra de valentía no delatar a los amigos. Otras, es irresponsabilidad. Hacerse mayor comporta empezar a plantearse esta diferencia.

Dio no contestó, pero tampoco se movió.

—Jules descubrió en ti los ingredientes de un ser humano excelente, Dio. Empiezo a darle la razón. —Kate vio que las mejillas del muchacho empezaban a ruborizarse—. Te di mi tarjeta, ¿verdad? Llámame si se te ocurre algo más. Lo que sea.

18

Kate se alejó de la casa de Wanda y Reg Steiner, pero al doblar la esquina paró y apagó el motor. Después de tamborilear con los dedos sobre el volante y de humedecerse los labios durante un rato, consultó su reloj. Un mal momento del día para meterse en la autovía, pero era inevitable.

Decepcionada, descubrió que el apartamento de Rosa Hidalgo estaba en silencio, y no hubo respuesta cuando llamó al timbre o utilizó los nudillos. Regresó al coche, reflexionó durante unos segundos, y después volvió sobre sus pasos hasta la autovía, paró en una gasolinera, compró un plano y echó un vistazo al listín telefónico.

Jules había dicho que había seguido un curso de informática durante el verano en la universidad, y Kate daba por sentado que era la universidad donde daba clase su madre. Los números del departamento ocupaban toda una columna del listín, pero no contestó nadie, ni en la oficina de Ciencias Informáticas, ni en el departamento de Alemán, ni en media docena de números que intentó al azar. El fin de semana ya había empezado para las secretarias.

Sin embargo, reflexionó Kate, ni las manecillas del reloj ni el timbre de un teléfono disuadirían a los obsesos del ordenador. No había mucho más que hacer, salvo volver a casa, de manera que pagó una taza de pésimo café en la máquina de la gasolinera y se dirigió a la universidad.

Ya había oscurecido cuando la placa de Kate y la firme reiteración de su nombre le abrieron las puertas de los laboratorios de informática.

—¿Lo ve? —dijo el guardia de seguridad entrado en años que había acompañado a Kate durante la fase final de su búsqueda—. Ya le dije que estarían aquí.

Las cuatro personas sentadas ante la terminal del ordenador no se movieron hasta que Kate agitó la placa ante el monitor, y aun entonces la única reacción fue de vaga irritación. La mano del hombre sentado al lado del teclado apartó la placa.

—Tendrá que esperar un momento —dijo.

Kate tuvo que admitir que no tenía nada mejor que hacer, de modo que esperó un minuto, y cinco más. Después, se levantó y entró en la habitación de al lado, una oficina llena de fotocopiadoras, nuevas y viejas, una mesa larga con un grupo heterogéneo de sillas y diversos electrodomésticos. Encontró una lata de café en la nevera y filtros con las resmas de papel para fotocopias. Cuando el café estuvo hecho, llevó la jarra al laboratorio, junto con media docena de vasos de poliexpán, el de encima lleno de sobres de azúcar y jarritas de crema. La mujer y los tres hombres no habían cambiado de postura, aunque eran las manos de la mujer las que volaban sobre el teclado.

—¿Café? —preguntó Kate en voz alta. Uno de los hombres, un joven pelirrojo con pecas, apartó los ojos del monitor los segundos suficientes para consultar su reloj.

—Dos minutos —murmuró, pero tal vez ni siquiera en consideración a Kate. Ésta pensó en interrumpirlos, quizá a base de retirar algunos enchufes. De hecho, pensó mientras se servía un vaso y bebía, era casi estimulante encontrarse con gente que no sólo no se sentía intimidada, sino que al parecer ignoraba por completo su condición de figura autoritaria.

Dos minutos y veinte segundos después, alguna señal invisible de la pantalla provocó que los cuatro usuarios se derrumbaran en sus sillas. La mujer pulsó unas teclas, y una impresora láser zumbó al otro lado de la sala.

—¿Café? —volvió a preguntar Kate. Esta vez, los cuatro se levantaron, mientras hablaban en una jerga incomprensible, y se acercaron a donde estaba ella, sentada a una mesa. Sirvió, y empujó el vaso que contenía azúcar y jarritas de crema hacia ellos. El pelirrojo fue el único que se añadió azúcar, agitándolo con un bolígrafo de punta redonda que sacó del bolsillo.

—¿Qué era eso? —preguntó Kate en tono cortés—. No parecía inglés.

—No lo era. Un tío de Moscú —dijo la mujer, con un fuerte acento australiano—. Sólo puede hablar cuando su compañero libra.

—Temas muy interesantes —comentó el hombre de mayor edad, que tal vez tendría treinta años—. Sin embargo, su inglés no está a la altura. De ahí la presencia de Sheila —dijo, y cabeceó en dirección a la mujer.

—Kate Martinelli —aprovechó la oportunidad Kate, aunque la mujer no se llamaba Sheila, sino Maggie. Los demás eran Rob, el joven pelirrojo, Simon, el mayor, y un joven chino con el improbable nombre de Josiah.

—Mis padres adoptivos eran misioneros —explicó, con una voz sin acento.

—¿Alguno de vosotros conoce a Jules Cameron? —preguntó Kate en cuanto terminaron las presentaciones. Cuatro pares de ojos inexpresivos la miraron—. Es una estudiante de escuela secundaria que acudió a un cursillo el verano pasado, algo acerca de programación. Había un chico en la clase, su compañero en algún proyecto. Vendió un juego a Atari cuando tenía diez años...

—¡Richard! —corearon tres voces.

—Todos conocemos a Richard —dijo Maggie—. Todos hemos escuchado la historia de Atari mil veces.

—Yo no —dijo Josiah.

—Sólo llevas aquí una semana.

—Apuesto a que tú también le conoces —dijo Simon—. Utiliza Albert Onestone como *nom de clavier*.

—Ah, Albert. Claro que conozco a Albert. ¿Es tan bocazas en la vida real como en la red?

—Peor.

—Dios.

—¿Sabéis dónde puedo encontrarle? —preguntó Kate.

—Siempre está colgado de Internet. Creo que no duerme nunca. ¿O te refieres a él en carne y hueso? —preguntó Maggie.

—En carne y hueso, sí.

—No sé dónde vive.

—¿Podrías preguntárselo? —dijo Kate.

—¿Cuando le vea, quieres decir?

—Si siempre está conectado, ¿por qué no ahora?

Richard, el mago de los ordenadores, cuya petulancia era bien conocida en toda la red, accedió a entrevistarse con Kate en persona. No obstante, Kate antes necesitaba localizar a Rosa Hidalgo para acceder al apartamento de los Cameron (ahora Cameron-Hawkin). Confiaba en que Richard sería capaz de abrir el ordenador del apartamento, en la confianza de que Jules hubiera dejado algo (diario, cartas, reflexiones) en sus profundidades electrónicas. Era la levísima pista que la había guiado hasta allí, y esperaba que diera algo de sí antes de desvanecerse. Sus años de experiencia la habían resignado a incontables días infructuosos, pero eso no significaba que los disfrutara.

Rosa estaba en casa. Habló con voz tensa, porque sin duda recordaba su conversación de diciembre. Kate se sentó ante el teléfono que había en un rincón del laboratorio, y poco a poco aplacó a Rosa, gracias a una utilización reiterada del nombre de Jules y una actitud humilde. Cuando colgó, casi sentía náuseas, pero contaba con el permiso. Ahora, sólo necesitaba arrancar a Richard de su teclado.

Cuando estaba marcando su número, la interrumpió el pitido de su busca. Colgó, sacó el aparato del bolsillo y lo alzó. Mostraba el número de su casa, sin mensaje.

Antiguas sensaciones de temor se apoderaron de ella mientras tecleaba las cifras, y cuando Lee contestó, Kate se sintió muy aliviada.

—¿Qué quieres, Lee?

—¿Dónde estás? Hace horas que te esperamos.

—¿Por eso me has llamado al busca, porque no me he presentado a cenar? Estoy trabajando. —Maldita sea, refunfuñó para sí Kate. Ella puede largarse varios meses, pero yo no puedo ausentarme dos horas sin dar el parte. Bien, se corrigió después de consultar el reloj, seis horas—. Lo siento, supongo que se ha hecho tarde. Tendría que haber llamado. He perdido la costumbre de tener a alguien en casa.

—Da igual. Lo siento, Kate, se me ha ido la olla. Al Hawkin acaba de llamar.

Kate contuvo el aliento.

—Han detenido al Estrangulador —dijo la voz de Lee.

—¿Qué?

Las cuatro personas sentadas ante la terminal se volvieron a mirarla, pero ella no las vio.

—Hace un rato. Quería que lo supieras antes de que te enteraras por las noticias.

—¿Lo tienen claro?

—¿Perdón?

—Si están seguros de haber detenido al verdadero Estrangulador.

—Al dice que parece bastante seguro. Me encargó que te dijera que un testigo lo vio meter la carta en el buzón. Supongo que lo entiendes, ¿no?

—Sí. ¿Dónde está? Al, quiero decir.

—Dijo que estaba con D'Amico en casa del hombre, al sur de Tacoma, colaborando en el registro, pero que te llamaría mañana.

Kate sabía que la colaboración de Al consistiría en echar un vistazo a las cosas que sacaran de casa del Estrangulador, por si alguno de sus trofeos pertenecía a Jules. Se encogió de hombros y aferró el teléfono como si fuera un cabo salvavidas. Piensa, tía, se ordenó. No te ablandes ahora. Consultó su reloj: pasaban unos minutos de las ocho. Lee continuaba hablando, pero Kate la interrumpió sin prestarle atención.

—Lee, necesito que hagas algunas llamadas telefónicas. ¿Tienes un lápiz a mano? Bien, Rosa Hidalgo. Dile que no pasaré por su casa esta noche, pero no le expliques por qué, por el amor de Dios. Después, un chico llamado Richard. —Recitó el número a Lee—. El mismo mensaje que a Rosa. Le llamaré dentro de unos días. A continuación, llama al oficial de guardia. Dile que se ponga en contacto con Kitagawa y le diga que vuelvo a estar de baja, que la cabeza me está matando… No, claro que no. Está perfecta. Y luego, al aeropuerto.

Encuéntrame un vuelo. Podré llegar a eso de las diez. Espera un momento… ¿Al precisó dónde estaba?

—Sólo dijo que al sur de Tacoma.

—¿No habló de ningún aeropuerto?

Se hizo el silencio al otro lado de la línea.

—Dijo algo acerca de que estaba demasiado lejos de Portland, que ojalá hubiera aterrizado en Seattle.

Lo cual contestaba a la pregunta principal: sí, Al sabía que su compañera acudiría.

—Estupendo. Resérvame un vuelo en SeaTac, y que un taxi me espere en la puerta de casa dentro de, hum, una hora. Así me quedarán cinco minutos para hacer la bolsa. Hasta ahora.

—Conduce con prudencia —dijo Lee, pero Kate ya había colgado antes de que terminara.

Cuando Kate llegó a Russian Hill, encontró su bolsa preparada, y a Jon inclinado sobre el desgarrón de su parka con aguja e hilo.

—Bendito seas, Jon —dijo, y subió corriendo la escalera.

—¿Quieres un bocadillo, o café? —preguntó él.

—No, ya he cenado —gritó Kate en respuesta, y se metió en el estudio para buscar mapas del estado de Washington. Mientras revolvía en el cajón de los planos, apenas fue consciente de los ruidos que hacía Lee al subir trabajosamente la escalera. Cuando el sonido de sus muletas enmudeció en la puerta del estudio, Kate habló sin volverse.

—¿Has visto aquellos planos a gran escala que me traje?

—Están sobre el estante.

Kate alzó la vista y vio el abultado sobre de papel manila. Cerró el cajón de una patada, cogió el paquete, sacudió su contenido sobre el escritorio y empezó a elegir los mapas que necesitaría.

—Te llamaré mañana —dijo—. Te diré dónde me hospedo. Las llaves del coche están sobre la mesa de abajo.

Eligió media docena de hojas y las volvió a meter en el sobre, dobló las cantoneras metálicas para cerrarlo y dio media vuelta para irse.

—Kate, espera un momento.

—No puedo, corazón. Perderé el avión.

—¿Por qué tienes que irte? ¿No puedes esperar a mañana?

—No puedo —contestó Kate con dulzura—. He de marcharme.

—Pero ¿por qué? No te quieren allí arriba.

Kate se encogió.

—Al me necesita —respondió.

Yo te necesito, quiso decir Lee, sabiendo que si lo hacía, Kate se quedaría, y que luego lo lamentaría. Y no pudo por menos que darse cuenta de que había renunciado al derecho a decir eso, después de los últimos meses, por cierto que fuera. Se obligó a ceder.

—De acuerdo, amor. Vuelve pronto.

Kate salió al pasillo, pero luego retrocedió. Besó a Lee lentamente.

—Adiós, amor —dijo Kate—. Te llamaré.

Bajó corriendo la escalera, hacia el taxi que esperaba.

19

Cuando las luces de Seattle se divisaron desde el avión eran ya casi las dos de la madrugada del día siguiente. La bolsa con toda la ropa de abrigo que Jon había conseguido reunir tardó cuarenta interminables minutos en llegar, y necesitó casi el mismo tiempo para alquilar un coche. Condujo hacia el sur por las autovías vacías, atravesó Tacoma y Olympia, y escuchó la radio. Cada avance de noticias anunciaba la detención de Anton Lavalle, el muchacho estadounidense de origen francocanadiense, por el asesinato de al menos tres víctimas del Estrangulador.

Cuando se detuvo en una cafetería abierta toda la noche para introducir un poco de café en su cuerpo entumecido, el nombre de Lavalle estaba en boca de la camarera y el cocinero, de los camioneros y el patrullero de autopista, y cuando Kate desplegó el mapa para buscar la ruta mejor, su destino no sorprendió a la camarera.

—Tendrás que tomar este desvío, cariño —dijo a Kate, y dio unos golpecitos en el plano con una uña roja autoritaria—. Treinta kilómetros hacia el norte, y después busca las multitudes. —Kate rió cortésmente—. ¿Quieres un poco más de crema?

—Sí, por favor. ¿Podría tomar una tostada, un bollo o algo por el estilo?

Apenas era consciente de que la hamburguesa tomada con Dio había sido su última comida.

—Me queda un estupendo bollo de ayer. Te haré un descuento de veinticinco centavos.

—Estupendo, gracias.

Una hora más tarde, Kate comprendió que la camarera no había bromeado con lo de las multitudes. Una hilera de coches y camionetas aparcados se materializó de repente a un lado de la estrecha carretera de dos carriles. Sus faros captaron a dos figuras que se alejaban, cargadas con aparatos. Frenó, vacilante, sin ganas de aparcar sin más y caminar en la noche, pero mientras intentaba tomar una decisión, un coche frenó detrás de ella. El conductor y un pasajero bajaron con bolsas abultadas colgadas del hombro y se pusieron a caminar a buen paso por la carretera, que empezaba a ser visible en las primeras fases de la aurora.

—Debe de ser el lugar —dijo en voz alta.

Sacó la parka de la bolsa y se calzó las botas que había utilizado por última vez cuando había recorrido las colinas en busca de Jules, y después guardó la bolsa en el maletero. Durante ese rato, dos coches más se habían sumado a la hilera, otros tres hombres decididos que siguieron a pie por la carretera, cuyo aliento era visible a la pálida luz de la mañana. Kate se ató los cordones de las botas y los siguió.

Reinaba caos en la cancela, donde una carretera de tierra se bifurcaba de la pavimentada. Kate alzó su placa, agachó la cabeza y se abrió paso a codazos hacia delante. Incluso entonces, tardó mucho rato en convencer a los irascibles guardias de que la dejaran pasar, mucho rato después de que un hombre de la televisión local la hubiera reconocido y empezado a asaltarla con preguntas que ella no podía contestar. El guardia más cercano le dio permiso para entrar, y cuando un convoy de vehículos de emergencia apareció, intentando abrirse paso entre la muchedumbre, le indicó con un ademán que pasara, y después fue a apaciguar a los ruidosos civiles.

—¡Eh, tú! –bramó el guardia—. Sí, tú, guapito de cara. Si no mueves el culo, voy a encadenarlo a un árbol.

Kate empezó a subir la colina.

La carretera de tierra se prolongaba a lo largo de casi un kilómetro y medio, y trepaba por la ladera de una colina poco empinada. Cuando Kate llegó a una bolsa de silencio, lejos del crepitar de las radios, las voces amplificadas de abajo y el gruñido que lanzaba un generador desde arriba, se encontró por un momento caminando por una pista rural, bajo el sol moteado de una fresca mañana que parecía más de primavera que de invierno, con canto de pájaros y todo. Nada presagiaba que se estaba acercando a un pozo de horror. Nada en absoluto, salvo por las caras de los hombres que iban en el coche que descubrió al doblar un recodo.

Ya sabía que la guarida del asesino iba a ser terrible, y a medida que se acercaba, más aumentaba su aprensión, hasta que sintió el bollo como un puño apoyado bajo su corazón.

Los escenarios de crímenes siempre daban rienda suelta al humor negro de los profesionales, y cuanto peor era (un cadáver abandonado durante semanas, una herida de escopeta, una evisceración), más crueles eran las bromas. No muchos policías sonríen al contemplar una muerte desagradable, aunque a veces ríen. Pero la sonrisa es la de una calavera, y el humor, cuestionable, es más a menudo, negro.

Sin embargo, la armadura cede en algún momento, y el placer del triunfo cuando se detiene a un asesino despiadado desfallece ante la realidad de los actos del hombre. Era como aproximarse al epicentro de algún desastre natural horrendo. El bosque despojado por el invierno y la carretera de tierra no tardaron en llenarse de hombres y mujeres de aspecto sombrío que no se miraban entre sí, y cuyos hombros estaban tensos debido a una rabia y desesperación carentes de objetivo. Los arranques de cólera que había presenciado en la carretera principal se intensificaban aquí, convertidos en una furia apenas controlada, de manera que compuso una expresión indiferente y aceleró el paso, con el fin de no llamar la atención. Iba a ser terrible.

Pero cuando llegó al lugar de los hechos, no estaban exhumando cadáveres, ni el olor de la muerte contaminaba el aire puro. La gente haraganeaba o se dedicaba a sus labores, pero observó que sus ojos siempre volvían al baqueteado remolque blanco de aspecto vulgar que había al final de la carretera, una caja blanca antigua, con los lados metálicos sucios de moho y óxido, el techo oculto bajo líquenes, hojas y capas de placas de plástico negro, todo muy vulgar salvo por la atención que despertaba. El horror no residía en los restos humanos. El horror reflejado en los rostros procedía de saber qué clase de ser había habitado el remolque.

El remolque del puesto de mando ya estaba instalado, erizado de antenas, y vibraba debido al tráfico peatonal y el generador eléctrico, mucho más impresionante que su enfermo y decrépito primo blanco. Dos de la docena o más de vehículos apretujados en el claro tenían encendidas las luces de emergencia, que proyectaban sobre los árboles manchas sincopadas de color.

Aquí aún no había llegado el sol, si es que alguna vez iluminaba este lado de la colina. Hacía humedad, y el aire olía a moho bajo las emanaciones de los tubos de escape y los motores diésel. Kate se subió la cremallera de la chaqueta hasta la barbilla, comprobó que llevaba la identificación sujeta con un clip al bolsillo y se acercó al puesto de mando.

—¿Al Hawkin? —preguntó a un hombre con el uniforme del departamento del sheriff local. El agente se encogió de hombros y pasó de largo—. ¿Al Hawkin? —preguntó a un policía de paisano, que movió la cabeza en dirección al remolque—. ¿Al Hawkin? —preguntó a una mujer con aspecto de médico que estaba al otro lado de la puerta.

—Ha vuelto allí, con D'Amico. ¿Puedo ayudarla?

—Soy su colega. Necesito hablar con él.

—¿Su colega? Pero yo... —La mujer enmudeció, estudió durante un momento a Kate con excesivo interés, se ruborizó un poco cuando se dio cuenta de lo que estaba haciendo, y retrocedió un paso—. Voy a avisarle...

Dio media vuelta y se internó en el ruidoso remolque, mientras Kate reflexionaba sobre el precio de la fama. ¿O acaso sería «infamia» la palabra más precisa?

Al apareció de inmediato, pisando los talones a la mujer. Llevaba la cabeza gacha y así la mantuvo, sin saludar a Kate, sino que se limitó a ayudarla a subir y la impulsó hacia los peldaños que había más adelante. Se paró detrás de ella, y le oyó decir:

—Harris, que alguien apague esos focos, por favor. Esto ya parece un decorado de película. —Se plantó a su lado—. Vamos —dijo, y se alejó entre los árboles. Kate tuvo que correr para alcanzarle, mientras seguía un sendero muy utilizado que serpenteaba entre algunos arbustos.

El sendero terminaba en un precipicio de unos cinco metros, el cual, a juzgar por las latas y contenedores que sembraban el suelo entre el fondo del despeñadero y un caudaloso riachuelo que corría a unos dos o tres metros de distancia, había servido de vertedero para el remolque. Un voluminoso policía uniformado custodiaba el lugar. Alzó la vista cuando se acercaron, saludó a Hawkin con una mano enguantada y se volvió de nuevo.

Al se había acercado a un arbol caído, situado a pocos metros de la pared del despeñadero. Kate se sentó a su lado. Reinaba el silencio, y lo único que veía era árboles. Ni basura, ni policía, ni el remolque del asesino múltiple, sólo cosas que crecían. Al sacó un paquete de cigarrillos casi plano del bolsillo de la camisa, sacudió uno y lo encendió. Ella no hizo comentarios.

—¿Cómo está Jani? —preguntó.

—En el hospital.

—¡Al! ¿Qué ha pasado?

—Fue hace un par de días, antes de esto. Se encuentra bien, pero al final se derrumbó. La mantienen a base de tranquilizantes y vitaminas. No comía nada, y yo no me di cuenta.

Kate abrió la boca para protestar por el cansado odio dirigido contra sí mismo que captó en su voz, pero la cerró de nuevo.

—Al —empezó, pero él habló en el mismo instante.

—Cintas de vídeo —dijo. Las palabras estallaron bajo presión, procedentes de unas mandíbulas que, de tan apretadas, debían doler—. Siete cintas de vídeo. Una por cada chica, más o menos. Un par están mezcladas.

—Oh, mierda, Al. ¿Había alguna de...?

—No. Ni señal de Jules. Ninguna en absoluto.

A Kate no se le ocurrió nada que decir.

—Aún no han terminado, por supuesto, pero hasta el momento no hay ni rastro de ella, ni ropas ni cinta. Y él insiste en que no la secuestró.

Kate esperó.

—Sin embargo, sabemos que mató a dos chicas de las que no hay vídeos. Dice que no mató a una de ellas, pero nosotros sabemos que sí. Hasta guardaba un collar de la chica. Se habrá olvidado. Como no tenía cinta, debió olvidarse. D'Amico cree..., D'Amico cree que olvidó la cámara, o que la batería se había..., la batería... Oh, mierda.

Al Hawkin tiró el cigarrillo al suelo y se dobló en dos, como si le hubieran golpeado en el estómago. Dio la espalda a Kate, apoyó los puños contra la frente y adoptó una posición fetal. Kate estaba desgarrada entre el deseo de ofrecer consuelo físico y el respeto a la necesidad de privacidad del hombre, y extendió las manos sobre los hombros de Al, sin tocarle, hasta que al cabo de un rato las bajó para tocarle.

Las lágrimas que derramó fueron escasas, menudas y amargas, y al cabo de apenas un minuto respiró hondo y se enderezó. Echó la cabeza hacia atrás, miró las copas de los árboles con los ojos bien abiertos, respiró hondo varias veces, hasta que al final se acordó de su pañuelo y lo utilizó.

—He de volver —dijo por fin, sin mirarla.

Kate apoyó una mano sobre su brazo.

—Deja que te ayude, Al. Terminaré de mirar las cintas. La reconocería tan bien como tú.

—No —contestó al instante Al.

—Al, yo...

—¡No! Martinelli, te envié de vuelta a San Francisco. ¿Qué coño estás haciendo aquí?

—Pensé... —Se contuvo, y en lugar de decir, pensé que querías que viniera, dijo—: Pensé que podría ayudar en algo.

—Aquí no puedes hacer nada.

Lo más probable era que fuese cierto. El lugar estaba plagado de policías.

—Hablaré con D'Amico.

—Yo en tu lugar no lo haría. Te cortará la cabeza.

Kate siguió sentada sobre el árbol caído y vio alejarse a su colega, mientras percibía el olor de la basura del asesino, mezclada con el límpido aroma del bosque y la pestilencia del diésel del generador, y pensó.

No, no conseguiría nada suplicando a D'Amico que le asignase una tarea sin importancia. Sin embargo, no soportaba la idea de regresar a San Francisco, todavía no. Aún no había tenido ni tiempo de pensar sobre las preguntas suscitadas por los interrogatorios de la noche anterior, y por desgracia, Hawkin no estaba en condiciones de repasarlos. Lo único que podía hacer era cargar con el peso que se había echado encima. Kate tuvo que admitir que, aparte de hacerle compañía, no podía hacer nada aquí, pero se negaba a volver a casa y al trabajo como un corderito. Continuaría la línea de investigación que había iniciado el día antes, aunque no cabía duda de que era inútil.

Supongamos por un momento que Jules no fue secuestrada al azar en el aparcamiento del motel por un asesino en busca de diversión. En opinión de Kate, esto dejaba tres opciones. Una, que Jules había decidido marcharse, sola y sin dejar una nota, por motivos ignotos. Dos, que había un segundo asesino, o un imitador, en el noroeste de la costa del Pacífico. Tres, que alguien había ido específicamente a por Jules Cameron.

Su mente reconocía como muy real la primera posibilidad, pese a su íntimo convencimiento de que Jules habría dejado una nota, aunque destinada a despistarla. La segunda también era plausible, aunque improbable desde un punto de vista estadístico. Pero la tercera…

Si alguien quería apoderarse en concreto de Jules, ¿qué significaba? ¿Por qué cerca de Portland? ¿Podía existir alguna relación con aquellas extrañas llamadas telefónicas que Jules había recibido? «Eres mía, Julie», había dicho el hombre. ¿Lo era ya en este momento? ¿Por qué? ¿Existía alguna relación con Dio? ¿O con Al? ¿O incluso con la conversación en ruso entablada por ordenador, por el amor de Dios?

Kate estuvo sentada mucho rato, antes de tomar conciencia del frío y la rigidez de sus miembros. Se levantó y volvió al puesto de mando, que parecía más tranquilo, ahora que las luces de los coches se habían apagado. Encontró a Al fuera con un cigarrillo, no tanto fumando como dejando que se consumiera mientras contemplaba la lejanía, apoyado contra un coche. Las palabras ascendieron a su garganta: «Al, ¿sería capaz Jules de sobrevivir en las calles? Al, ¿hasta qué punto está desequilibrada? ¿Qué fue lo que no comprendí?». Tenía muchas ganas de hacerle esas preguntas, de aprovechar su experiencia y su capacidad de ver cosas que ella pasaba por alto. Hasta intentó decirse que ofrecerle otra oportunidad sería bondadoso por su parte, pero cuando le vio, comprendió que no podía hacerlo. Los rituales familiares de la investigación, por tortuosos que fueran, era lo único que los unía en aquel momento. Si le retiraba aquellos puntales, el hombre tal vez se vendría abajo.

—Me marcho, Al —dijo—. Llevo mi busca. Parece que funciona aquí arriba. ¿Sabes dónde estarás esta noche?

—Aquí, o tal vez en el hospital.

La miró con semblante inexpresivo, se fijó en el cigarrillo que sostenía, lo dejó caer y lo aplastó con el tacón del zapato.

—Te llamaré más tarde, ¿de acuerdo? —dijo Kate.

—Bien.

Apretó el brazo de Al con fuerza y se marchó.

Un ayudante del sheriff la bajó en coche hasta su vehículo de alquiler, sin que la prensa la reconociera. Al cabo de medio minuto ya se había alejado, con el inmenso alivio de haber escapado de las puertas del infierno. Por una vez, no se refería al circo mediático, sino al lugar que había dejado atrás.

Mucho antes de llegar a la autovía ya había decidido que necesitaba una comida y una habitación de hotel silenciosa. Había estado cinco horas en las colinas, pero experimentaba la sensación de que habían transcurrido muchos días desde que su avión había aterrizado en SeaTac. Le escocían los ojos, se moría de ganas por una ducha y necesitaba ir al váter, y su piel hormigueaba con una combinación de angustia, adrenalina y falta de sueño.

Por desgracia, legiones de policías y periodistas habían llegado antes, y el anuncio de habitaciones libres más cercano apareció a mitad de camino de Olympia. Esperó con impaciencia a que el recepcionista tomara nota del número de su tarjeta de crédito, y después corrió a su habitación. Media hora después, con la vejiga vacía y el pelo todavía mojado de la ducha, volvió a recepción, examinó la hoja del «desayuno todo el día» y pidió huevos con beicon, una selección de hojuelas de arándanos y tortitas, zumo de naranja y café. La detención era el tema favorito de periódicos, clientes y camareros.

De vuelta en su habitación, echó un vistazo al teléfono, decidió que necesitaba dormir y se acostó con los zapatos puestos, se cubrió con el edredón y se dispuso a entregarse al agotamiento liberado por la comida.

Veinte minutos después, completamente despierta y tensa como una cuerda de arco, se rindió al fin, se levantó y descolgó el teléfono.

Lee contestó.

—Hola, cariño —dijo Kate—. Quería saber cómo va todo.

—¿Dónde estás?

Kate se lo dijo, y le dio el número de teléfono del motel.

—¿Has visto a Al?

—Sí.

—¿Aguanta?

—No mucho. Jani está en el hospital.

Kate contó lo que Al le había dicho, su narración puntuada por los sonidos de aflicción emitidos por Lee. Cuando terminó, esperó a que Lee hablara. Cosa que hizo por fin.

—¿Y?

—¿Qué quieres decir?

—Que si Al no te quiere y D'Amico no te encargará ninguna tarea, ¿por qué me llamas desde un hotel de Olympia, y no desde el aeropuerto, para decirme la hora de llegada de tu vuelo?

—Me volveré loca si voy a casa.

—Cuéntame más —la animó Lee. Kate la imaginó adoptando la posición del terapeuta cuando escucha a un paciente.

—Estoy segura de que tienen razón, D'Amico y el FBI. El tal Lavalle secuestró a Jules y la mató.

—Pero no estás segura, completamente segura.

—No, la verdad. Son muy buenos, Lee. No cometen estupideces. No pasan por alto cosas.

—Entonces, ¿cuál es el problema?

—No lo sé. Es que no soporto la idea de abandonar.

—De abandonar a Jules —dijo en voz baja Lee.

—Dilo así, si quieres. Sin pruebas reales de lo que le pasó, no. Si saliera en esas cintas, o si encontraran su diario, sus huellas dactilares, lo que fuera, me sentiría…, bien, mejor no, pero supongo que resignada.

—La palabra que buscas es «conclusión» —dijo la terapeuta.

—Exacto.

—No podrás dar rienda suelta a tu dolor hasta que lo sepas.

Kate no contestó.

—Puede que nunca lo averigües. Tú ya lo sabes, Kate.

Por más a menudo que la idea hubiera revoloteado por la mente de Kate, el hecho de que Lee la verbalizara le sentó como un patada.

—Lo sé. Lo sé.

—Tendrás que afrontarlo tarde o temprano, Kate. Aquí o en Olympia. Puede que no haya conclusión. Tal vez necesites dársela tú. —Kate guardó silencio—. ¿Estás llorando, amor mío?

—Ojalá pudiera.

—Creo que deberías volver a casa, Kate.

—Lo haré, dentro de unos días. Necesito comprobar que no fue a Seattle.

—¿Para qué habría ido a Seattle?

—Lo mencionó en una ocasión. Jani y ella vivieron allí cuando Jules era muy pequeña. Cabe la posibilidad de que se le hubiera metido en la cabeza ir en busca de su pasado, sola. —Dicho en voz alta, aún parecía más cogido por los pelos. Kate intentó explicarse—. Algo que ha surgido en todas las conversaciones que he sostenido acerca de Jules es que tenía una necesidad cada vez más grande de su pasado. El último verano descubrió que su padre era como un personaje de una novela barata, violento y posesivo. Jani lo dejó cuando Jules era pequeña, y tiempo después lo mataron en la cárcel. Jules está obsesionada con su pasado, necesita encontrar sus raíces. Hablaba mucho de la familia en los días que precedieron a su desaparición.

—¿Y crees que te dejó plantada para viajar, cuánto, trescientos kilómetros, hasta una ciudad a la que sin duda irías a investigar?

—Tenía un poco de dinero. Y si iba a Seattle, no habría esperado a desaparecer allí, porque sería el primer lugar en donde yo la buscaría. Jules es una chica inteligente.

Kate se oyó emplear el presente, y se sintió vagamente alegre, como si fuera un buen presagio.

—¿Dónde la buscarás?

—Refugios, pensiones, casas abandonadas. Puentes.

—Eso es abarcar mucho.

—Pero es una chica que se hace notar. Ah, eso me recuerda algo. Hay algunas fotos de ella en el carrete que no llevé a revelar. ¿Puedes decirle a Jon que lo lleve a ese sitio donde revelan en una hora, escoja un par y haga veinte copias de cada una? Decidles que tendrán que darse prisa. Te daré el nombre de un sitio donde enviarlas cuando llegue allí.

—¿No hay carteles de ella por todas partes? Eso tengo entendido, al menos.

—Claro, pero quiero una fotografía de Jules en color con el pelo corto.

—De acuerdo.

La voz de Lee, paciente y reservada, pilló a Kate desprevenida.

—He de hacerlo, Lee. ¿Lo comprendes?

—No del todo.

—Lee… —¿Cómo decírselo? ¿Cómo decirle a Lee que Jules había sido lo único que la había sostenido durante aquel terrible otoño?—. Lee, Jules y yo nos hicimos amigas mientras tú estabas fuera. Buenas amigas. Me recordaba a mi hermana pequeña, Patty. ¿Te acuerdas de ella?

—Sí. Murió en un accidente de tráfico cuando estabas en California.

—Quiero a Jules, Lee. Es como de la familia. No puedo tirar la toalla y dejarla en manos de los machotes.

—¿Aunque sea absurdo lo que hagas?

—Aunque sea absurdo lo que haga.

Kate oyó un suspiro al otro lado de la línea, pero ninguna protesta más.

—Consigue esas fotos —dijo—. Te llamaré desde Seattle. Ah, quería decírtelo, mi busca tiene cobertura aquí, si necesitas localizarme.

—Cuídate, cariño.

—Tú también.

Ahora Kate podría dormir.

20

Kate despertó poco antes de las ocho de la noche, desorientada por la oscuridad circundante pero descansada. No tenía hambre, no hacían nada interesante en la televisión, y no existían motivos para quedarse allí. Metió sus cosas en la bolsa y pagó la cuenta, ante la consternación del joven recepcionista, volvió a la autovía y se dirigió hacia el norte.

A las diez entró en otra habitación de hotel, situado en el centro de Seattle. Llamó a Lee para darle la dirección, recibió la confirmación de Lee de que Jon enviaría el paquete de fotos aquella misma noche, para que llegaran a sus manos al día siguiente, se puso la parka, el gorro, los guantes y la bufanda, y salió a recorrer las calles.

A aquellas horas de la noche, sin una mísera foto en sus manos, era absurdo ir en busca de los auténticos sin techo, que en este momento se habrían retirado a sus refugios habituales. No obstante, podía hacerse una idea de en dónde se reunía la gente joven y en qué parte de la ciudad se hallaban las casas abandonadas, para volver al día siguiente provista de fotografías y luz diurna.

Empezó en Pioneer Square, dejó atrás Pike Place Market y siguió por la zona portuaria. Entró en todas las cafeterías, sin molestarse en investigar los bares y restaurantes con manteles de hilo en las mesas. Por más cerebro de adulta que poseyera Jules, carecía del rostro y el dinero necesarios para disfrutar de los placeres reservados a los adultos. Si estaba en Seattle, estaría acompañada de gente joven.

Así que Kate exploró, entró en una cafetería provista de una cafetera rugiente y una clientela que la hizo sentirse vieja, pidió un descafeinado y lo hizo durar, con los ojos desenfocados y los oídos atentos a las conversaciones. Después, sin terminar el café, siguió por la misma calle hasta entrar en un restaurante vegetariano, donde tomó una sopa insípida, aunque sin duda nutritiva, y escuchó una larga y técnica discusión sobre el cultivo de marihuana con luz artificial. Tampoco terminó la sopa, dejó el dinero sobre la mugrienta mesa de madera terciada y siguió recorriendo la calle, hasta una librería con una cafetería anexa.

Entrar y salir, arriba y abajo. Por fin, las puertas empezaron a cerrarse, la gente continuó la vida nocturna en zonas más apartadas. Kate caminó bajo la autovía elevada, saludó las luces de la aguja espacial de la ciudad y regresó a su habitación, donde miró sin ver una película violenta por la televisión y trató de no pensar en las generosas dosis de alcohol que contenía el minibar.

El domingo por la mañana, Kate se levantó temprano. Llevaba en el bolsillo un papel con varias direcciones, copiadas del epígrafe del listín telefónico que rezaba «Servicios de alojamiento y emergencias», y un plano conseguido en recepción con esas direcciones señaladas. Una llamada al número telefónico de refugios de la ciudad le había proporcionado los lugares más probables que elegiría un adolescente. Los había rodeado con un círculo, y a ellos se dirigió en primer lugar.

Fue una larga, fría y desapacible mañana entre los desheredados de la sociedad, y cuando empezó a nevar poco antes de mediodía, Kate tiró la toalla y volvió en taxi a su hotel. Una comida caliente y abundante contribuyó a animarla, y cuando el paquete de fotografías llegó a la una, decidió que no debía arredrarse por un poco de nieve, que además había empezado a menguar, y se sintió como una idiota cuando Jon le preguntó si su esfuerzo por conseguir cuarenta fotografías de Jules Cameron habían servido de algo. Escribió con un rotulador «¿HA VISTO A ESTA CHICA?» en la parte superior de cada fotografía, y en la parte inferior, «LLAME A COBRO REVERTIDO», con su número de teléfono de San Francisco. Apuró los restos de su café, que ya se había enfriado, guardó el sobre en un bolsillo interior y volvió a las calles resbaladizas.

Colocó diez fotos de la Jules actual y siete de la Jules con el pelo largo en los tablones de anuncios de las abarrotadas cafeterías y de los refugios. Nadie le dijo que había visto a Jules. Fue en autobús al distrito universitario, situado al norte de la ciudad, y dedicó un par de horas a hacer preguntas, exhibir las fotos y clavar algunas. Dos o tres personas creyeron que la cara les resultaba familiar, pero eso fue todo.

El cielo gris se oscureció hasta desembocar en el ocaso, y empezó a nevar de nuevo. Kate se refugió en un restaurante y pidió un plato de sopa, sentada cerca de la ventana y contemplando los copos que caían con una cadencia hipnótica, iluminados por los faros de los coches y los charcos de luz que proyectaban las farolas de la calle. Estaba en el corazón del distrito universitario, y las personas que pasaban parecían estudiantes como los de cualquier otra universidad que ella hubiera conocido, sólo que mucho más abrigados: mochilas y parkas, botas y gorros de lana, algún alma temeraria ocasional montada en bicicleta, y otras que caminaban arrastrando la moto a través de la capa de nieve que aumentaba a ojos vista. Pasó una joven con un perro, el animal con un Frisbee en la boca y ella con botas altas hasta la rodilla, cubierta por varias faldas gruesas, una chaqueta de *patchwork* de alegres colores y un gorro afgano a juego. Para completar el cuadro, sólo necesitaba...

—Mierda —exclamó Kate, mientras miraba a la mujer y veía a otra—. Oh, Dios mío.

Una cámara. Sólo necesitaba una cámara. Había visto todo un autocar de gitanas afganas, una de ellas con cámara, en el área de descanso, en compañía de Jules, justo cuando había empezado aquel infausto dolor de cabeza. Una cámara... que tomaba fotos.

Kate se levantó con brusquedad y se encaminó hacia la puerta, al tiempo que se ponía la parka mojada. Se detuvo, volvió a dejar unas monedas sobre la mesa, regresó hacia la puerta, se detuvo por segunda vez, pensó durante unos momentos con la cabeza gacha, y después fue en busca de la camarera. Todo el restaurante había enmudecido y la estaban mirando, con expresiones que abarcaban desde la diversión a la aprensión. La camarera estaba incluida en el segundo grupo, y las palabras de Kate no la tranquilizaron mucho.

—¿Sabe el nombre de la compañía de autocares, la que va haciendo paradas a lo largo del recorrido?

El final de la pregunta debió alarmar muchísimo a la camarera, y Kate comprendió que no se había expresado muy bien.

—Lo siento, creo que no he sido muy clara. —Intentó sonreír a la mujer—. Hay una especie de compañía de autocares hippy, si quiere ir a Los Ángeles, por ejemplo, pero van parando para visitar aguas termales, playas, cosas así.

—¿Quiere ir a L.A.? —preguntó la mujer esperanzada.

Un joven con tirabuzones rubios de rastafari y el rostro de un ángel barbado carraspeó.

—¿Se refiere a la Tortuga Verde?

—Eso es. ¿Sabe si tienen alguna oficina por aquí?

El joven se encogió de hombros.

—Es probable.

—¿Cómo puedo localizarlos?

El rastafari miró de reojo a su acompañante, como si sospechara que le estaban tendiendo una celada, y luego aventuró:

—¿El listín telefónico?

—Ah. Claro, el listín telefónico. Gracias. Y a usted también —dijo a la camarera, y luego salió a la nieve, en dirección a la cabina telefónica que vio al otro lado de la calle.

Era domingo por la noche, por supuesto, y el número de la compañía de autocares alternativa no contestó. Poseída por una furiosa impaciencia, Kate recorrió el barrio enseñando sus fotografías, sin el menor resultado. Por fin, regresó al hotel, y mucho después se sumió en unas escasas horas de sueño poco profundo.

La nieve se había ido fundiendo durante la noche. Los zapatos de Kate ya no eran impermeables, como cuando los había comprado, y notó que los pies se le iban helando, mientras esperaba a que alguien abriera la oficina de la Tortuga Verde. Llevaba media hora esperando, y la oficina tendría que haber abierto veinte minutos antes, a las nueve.

A las nueve y media divisó a una pareja de pelo largo que se acercaba sin la menor prisa, con aire acaramelado, y no se sorprendió en exceso cuando pararon ante la puerta. El hombre buscó un llavero en el bolsillo, dio a su compañera un largo beso de despedida y abrió la puerta. Kate le siguió al instante.

Dentro no hacía más calor que fuera. El hombre se dedicó a encender luces, estufas y un ordenador, y al final se quitó la bufanda y los guantes, como indicando el inicio de su jornada laboral.

—¿Puedo servirla en algo?

—Eso espero. Estoy intentando localizar a una pasajera de uno de sus autocares, que cruzó Portland justo antes de Navidad.

El hombre se desabotonó el abrigo, dejando al descubierto un grueso jersey de punto verde.

—¿Por qué?

Kate sacó su placa a regañadientes y se la mostró. El hombre la examinó con atención y se quitó el gorro. Kate observó que, en realidad, no llevaba el pelo largo, y que estaba muy limpio.

—No se trata de nada oficial —dijo.

—Fantástico.

—Necesito encontrarla.

—¿Por qué, repito?

—La verdad, no tengo autorización para eso. Sólo puedo decir que quizá haya visto algo relacionado con una investigación en curso.

El hombre recogió su abrigo, gorro, guantes y bufanda y cruzó una puerta, sin contestar. Kate oyó un ruido de perchas, y el hombre volvió, mientras se pasaba las manos por el pelo.

—¿Le apetece un té? También tengo café instantáneo.

—Ah, claro, gracias. El instantáneo ya me va bien.

El hombre volvió a entrar en la otra habitación. Esta vez, Kate oyó que llenaba un recipiente con agua y accionaba un interruptor, antes de entrar de nuevo.

—Debo decirle que, si va a hacer preguntas engañosas, debería ponerse gafas, un bigote falso o algo por el estilo. Su cara ha salido en las noticias.

—Como ya he dicho, no se trata de una investigación oficial.

—Soy estudiante de derecho, y sé que está bordeando el límite de la legalidad.

Kate retrocedió y le miró, y arrojó al instante su primera impresión de él a la nieve fundida. Sonrió con ironía y extendió la mano.

—Kate Martinelli.

—Peter Franklin —dijo el hombre, al tiempo que estrechaba su mano—. ¿Qué anda buscando?

—Una chica que iba en su autocar. Estuvo tomando fotos de los demás pasajeros. Existe una leve posibilidad de que haya captado algo al fondo.

—¿Al Estrangulador en persona? ¿A Lavalle?

—Él niega cualquier relación con la desaparición de Jules Cameron —dijo Kate, lo cual era cierto, aunque no del modo en que Franklin lo oyó—. Quiero recoger pruebas, mientras sean recientes. Si usted es estudiante de derecho, sabrá que los recuerdos se borran con celeridad, y que las pruebas se contaminan con facilidad.

El halago obtuvo su recompensa. El hombre asintió, pero antes de que pudiera hablar, el silbido estridente de la tetera le interrumpió.

Sirvió dos tazas, añadió leche al café de Kate y miel a su infusión de color paja. Kate continuó.

—Podría conseguir una orden judicial, si lo considera necesario —dijo, fingiendo seguridad.

—No sé si serviría de algo —contestó Franklin, mientras soplaba su taza humeante—. No conservamos listas de pasajeros.

—Hostia. —Kate dejó la taza sobre la mesa con tal fuerza que el repugnante café de imitación manchó el sobre—. ¿Por qué no me lo ha dicho antes?

—Caramba, señora. ¿Habría preferido que dijera, lo siento, no puedo ayudarla? ¿Cabreada?

—¿No es lo que está diciendo?

—No.

—¿Tiene la lista de pasajeros?

—Lista de pasajeros, no. Guardamos la lista de las reservas, pero son del estilo de «Recoge a Joe y Suzanne en la parada de camiones».

—¿Ni nombres ni número de teléfono?

—No somos unas líneas aéreas.

—Creo que no vamos a ir a ningún sitio.

—Escuche, ¿quiere encontrar a la chica de la cámara sí o no?

—Para eso he venido aquí, pero acaba de decir...

—Hostia santa —murmuró el hombre para sí, al tiempo que se volvía hacia un archivador—. No me extraña que haya tantos delitos sin resolver.

Kate se dio cuenta demasiado tarde de que debía de ser el interrogatorio más incompetente que había realizado en su vida. Franklin sacó una carpeta del cajón, dejó de pie la de delante para señalar el sitio, se acercó a ella y abrió la carpeta sobre la mesa.

—Bien, ¿cuál era la fecha?

—El veinte. ¿Qué es eso?

—La lista de chóferes.

—¿Cree que el chófer se acordaría de una chica? —preguntó, escéptica.

—Nuestros viajes no son del mismo estilo que los Greyhound. Tenemos dos chóferes en cada uno, e incluso en los trayectos directos se produce mucha interacción. Organizamos picnics, visitas a balnearios, cosas así. A veces, es más una gira turística improvisada que una forma de transporte, y nuestro chófer es un elemento fundamental. Portland, ha dicho. ¿En qué dirección?

—Hacia el norte.

El hombre buscó debajo del mostrador y sacó una hoja de papel reciclado. Escribió un nombre y un número de teléfono de siete cifras, pasó unas páginas de la carpeta, escribió otro nombre y otro número, en este caso con el código de zona 312.

—En las fechas cercanas a Navidad, tenemos en funcionamiento cuatro autocares en lugar de dos en una y otra dirección, pero sólo hay uno que pudo estar allí el día veinte. Es el autocar de Sally. Éstos son los números de los chóferes... No, espere un momento. ¿Fue cuando B.J. tuvo un problema con los frenos? —Siguió leyendo, y luego asintió—. Exacto, sufrimos un retraso, y por lo tanto, hubo una cierta coincidencia. También le daré sus números.

Anotó un par de nombres y números, uno local y el otro de la zona 714. A continuación, cerró la carpeta y la devolvió a su sitio.

—Uno de estos números es de L.A. —observó Kate—. ¿De dónde es el otro?

—De Chicago. El chófer vino sólo para trabajar durante las vacaciones de Navidad. Los dos locales se encuentran distribuidos entre Tacoma y aquí. Son Steven Salazar, 'Sally', y el compañero de B.J.

Dios, pensó Kate desesperada, si no puedo solucionarlo por teléfono, las tarifas aéreas acabarán conmigo.

Apartó el pensamiento de su mente y dirigió a Franklin una mirada de agradecimiento. Extendió la mano.

—Gracias.

—Espero que le sirva de algo —dijo el hombre. Su atuendo informal contrastaba con la expresión grave de su rostro—. Son estos casos los que provocan que me cuestione mi oposición a la pena de muerte.

21

Cuatro llamadas telefónicas, cuatro fracasos: todos los chóferes estaban ausentes, en teoría trabajando. Dos debían volver esa misma noche o al día siguiente. Otro, al día siguiente por la noche. El tercero, nadie sabía dónde estaba, hacía un par de semanas que no le veían. A la calle una vez más con las fotografías, a los comedores de beneficiencia y los refugios de emergencia. No llamó a la policía, pues eso hubiera implicado incómodas explicaciones, y se dijo que la policía ya había trabajado en la búsqueda de Jules Cameron.

Volvió al hotel para telefonear a dos chóferes. Un chófer aún no había aparecido, y el otro estaría en casa a medianoche, hora de Chicago, pero dijeron a Kate que se cuidara mucho de llamarle a esa hora, porque después de una semana en la carretera, el chófer tenía cosas mucho mejores que hacer que hablar por teléfono. Al parecía igual que el sábado, pendiente de un hilo. Kate no le habló de sus actividades. Lee se mostró paciente y la conversación fue breve.

El martes por la mañana localizó al chófer de Chicago en casa, pero no, no había parado en esa área de descanso concreta al sur de Portland, pocos días antes de Navidad.

El martes por la tarde, tres personas más dijeron a Kate que les sonaba la chica de la fotografía, pero una estaba colocada, Kate pensó que ni siquiera era capaz de enfocar la vista, y las otras dos eran amables, dispersas y sugestionables.

El martes por la noche localizó a Sally. Coincidió con su compañero de Chicago en que habían cruzado la zona de Portland más o menos a aquella hora, pero no habían bajado a su rebaño en el área de descanso cercana al río.

Lo cual dejaba como última posibilidad al chófer que nadie podía localizar, B.J. Montero, en la zona de Anaheim de Los Ángeles. B.J. era una mujer, y su novio trabajaba en el turno de medianoche, y no se sintió nada complacido por la primera llamada de Kate. Tampoco parecieron complacerle demasiado las llamadas posteriores, aunque no le despertaron en plena noche. Cuando Kate llamó el martes por la noche, se limitó a ladrar en el teléfono, «No está», y colgó antes de que pudiera terminar la frase.

A la mañana siguiente, a una hora en que pudiera localizar al hombre antes de que se acostara, obtuvo la misma respuesta, sólo que más obscena. Más tarde, llamó una vez más a la oficina de la Tortuga Verde, pero Peter Franklin sólo pudo decirle que B.J. tenía un par de días libres y había dejado al último pasajero el día anterior. Kate supuso que estaba camino de casa, aunque se lo tomaba con calma, lo cual resultaba comprensible si el mal humor de su novio era perpetuo.

Por fin, a las cinco de la tarde del miércoles, el grosero novio, en lugar de colgar, masculló una blasfemia y dejó caer el auricular sobre una superficie dura. Una voz de mujer se oyó al otro extremo de la línea. Kate se presentó y explicó que estaba intentando localizar a una pasajera del trayecto que Montero había hecho cinco días antes de Navidad, sabía que no se conservaban listas de pasajeros, añadió, pero el gerente local había insinuado que sus chóferes tal vez conocían a algunos de los pasajeros.

—¿Quiere los nombres que conservo?

—Es más de lo que yo tengo ahora.

—Un momento.

El teléfono se estrelló sobre la mesa de nuevo. Kate oyó pasos que se alejaban, la voz del hombre diciendo, «¿Qué cojones quiere?», y la respuesta de Montero, «Como me dijiste, busca a alguien que iba en uno de mis viajes». Los gruñidos de bajo y las risitas de soprano, puntuados por crujidos y ruidos sordos lejanos, hicieron sospechar a Kate que se habían olvidado de ella en el jolgorio de su reunión, pero al cabo de un rato, los pies se acercaron de nuevo al teléfono y sonó la voz de la mujer.

—¿Quiere repetirme la fecha?

—El veinte de diciembre.

—De acuerdo. —Siguió otro silencio, con leves crujidos de papel—. Ah, sí, ese viaje. Había un escape del líquido de frenos, y tardé una eternidad en localizarlo. Toda la gente se puso a cantar. Debieron cantar «White Christmas» al menos un millar de veces. Pensé que iba a volverme loca. Tengo dos nombres. ¿Tiene un lápiz? Son Beth Perry y..., creo que aquí pone Henry James. ¿Puede ser? Creo que sí. Recuerdo algún chiste sobre filosofía. ¿Quiere los números de teléfono? —Kate dijo que sí, por favor, y anotó dos ristras de números debajo de cada nombre—. Los dos son estudiantes, así que también apunté los números de sus padres. Los estudiantes se mueven demasiado.

—Sólo por curiosidad, ¿por qué apuntó esos nombres, si no conserva las listas de los pasajeros?

—Suelo apuntar un par de nombres por viaje; por ejemplo, por si alguien quiere vender un coche, o hace algún tipo de trabajo que yo o un amigo pudiera necesitar. O si... —bajó la voz— es un tío guapo, ¿sabe?

—¿Y estos dos?

—Estos dos... Vamos a ver. Beth vive aquí y se dedica a hacer *patchworks*. Llevaba esa chaqueta fantástica, dijo que podía hacerme una. Y Henry repara coches antiguos. Pensé que tal vez podría conseguirme un par de piezas que mi novio necesita para su Chevy del 54. Lo cual me recuerda que olvidé decírselo —observó, pero Kate no escuchó el final del comentario. La había asaltado la visión de una joven delgada con cinco centímetros de raíces negras en su pelo rubio, botas peludas, y una chaqueta larga hasta la rodilla que era un estallido de colores en el monótono aparcamiento, una prenda que combinaba mil retazos de tela, sedas, terciopelos y brocados, una chaqueta que parecía proyectar calor a todos los que se hallaban cerca. La chica de la chaqueta había estado en el área de descanso al mismo tiempo que Kate y Jules, un frío día de tres semanas antes. De repente, con aquel vínculo tangible entre la chófer y ella, todo parecía

LAURIE R. KING

posible, una investigación de verdad en lugar de un vagabundeo sin rumbo.

Era una sensación familiar, muy bienvenida, este impacto casi físico que ocurría cuando una investigación empezaba a consolidarse alrededor de una información inesperada, y después de la breve distracción de su visión, Kate se concentró en lo que la otra mujer podía añadir.

—¿Se acuerda de una fotógrafa? —preguntó—. ¿Una chica con una cámara?

—Todo el mundo lleva cámara en esos viajes —replicó Montero.

No obstante, Kate había pensado mucho en esta chica en particular y en su cámara, tenía una descripción a punto.

—Medía poco menos de un metro sesenta y parecía una oveja, no por la cara, sino porque llevaba una chaqueta de piel de oveja reversible. Era joven, unos dieciocho años. Parecía hispana, tal vez puertorriqueña. Llevaba puesto un gorro muy feo, un cacharro de punto, color naranja, deformado. Pantalones azules, zapatillas de deporte altas, rojas. La cámara era de treinta y cinco milímetros con una lente larga, con aspecto de haber sido utilizada bastante, y le decía a la gente dónde debía ponerse. No sé qué color de pelo tenía debido al gorro, pero yo diría que destacaría en una multitud. Así como mandona, con un estilo *décontracté*.

—Negro —dijo Montero al cabo de una pausa, con voz extrañamente apagada.

—¿Perdón?

—Su pelo era negro. Es negro. Y tiene veintisiete años, no dieciocho.

—¿La conoce?

Kate experimentó una oleada de esperanza desproporcionada, teniendo en cuenta la información.

—Mi madre hizo ese gorro.

Su voz había adoptado un tono de desaprobación.

—¿Su madre?

Kate empezó a darse cuenta de que su descripción no había sido tan halagadora como parecía.

—¿Qué significa «décontracté»?

—Hum. Bien, algo así como tranquilo —dijo Kate—. Desenfadado. ¿Era usted la de la cámara?

—¿De veras cree que el gorro es feo?

—Oh, no, no es feo en realidad. Es… hecho a mano.

La mujer resopló, y luego se echó a reír. Kate la imitó, muy aliviada.

—Dios, qué feo es, ¿verdad? —admitió Montero—. Me está haciendo un jersey a juego, y juro que los brazos miden dos metros de largo. No conocerá a ningún gorila resfriado, ¿verdad?

—Le avisaré si me topo con alguno.

—En cualquier caso, ¿era yo la persona que estaba buscando?

—Eso parece. Lo que me interesa es una lista de la gente y los coches que había en esa área de descanso cuando usted llegó. ¿Ha revelado esa película?

—Claro.

—¿La tiene ahí? ¿Puede ir a buscarla y mirar lo que captó?

La voz de Kate era normal, como en una conversación sin importancia, pero que sonara así sólo podía conseguirlo tras años de experiencia. Jules estaba muerta, casi con toda seguridad, asesinada por Lavalle, pero Kate no podía reprimir la loca sensación de que la vida de la niña dependía de la respuesta de la mujer.

—Claro. ¿Quiere que la llame, o prefiere esperar?

—Esperaré —replicó con firmeza Kate.

—Tardaré unos minutos —advirtió Montero, y volvió a dejar el teléfono sobre la mesa.

Pasaron más de unos minutos. Kate se entretuvo mordisqueando una uña, poniendo y sacando el capuchón del boli, y escuchando la conversación que se desarrollaba en la casa de Anaheim. Montero y su novio estaban discutiendo por la cena. Sus voces se alejaban y volvían, se abrían y cerraban cajones, y al final Kate oyó a Montero gritar que ella también estaba cansada, que no tenía ganas de cocinar, que por qué no bajaba a buscar unas hamburguesas. Cuando él volviera, ya habría terminado con el teléfono.

Levantó el auricular cuando una puerta se cerró con estrépito, y Montero volvió a hablar.

—Las encontré. Bien, vamos a ver. Tomé unas siete u ocho fotos, pero la mayoría son de gente del autocar. ¿Qué está buscando? ¿Está relacionado con algún seguro?

—Más o menos. ¿Qué clase de imágenes de fondo obtuvo? ¿Coches, gente?

—De acuerdo. Primera foto: al fondo, hay algunas personas que van a los lavabos, un par de coches asoman por detrás del autocar.

—¿Matrículas?

—No, se ven de costado.

—Continúe.

—Hum. En ésta, nada. Aquí hay una de un viejo pescando de pie en el río. No es una mala toma. Muy evocativa. La siguiente es una foto de Beth no-sé-cuánto con su abrigo. Ah, en ésta hay algunas personas y un coche. Madre e hija, subiendo a un descapotable blanco. Parece extranjero.

—¿Un Saab?

—Eh, tiene razón. Es un Saab. ¿Cómo lo ha sabido?

Era una sensación extraña, saber que una desconocida estaba mirando una foto de Jules y ella mil quinientos kilómetros al sur.

—Soy yo —dijo.

—A usted no la veo muy bien, pero su hija es muy guapa.

—No es mi hija —dijo Kate antes de poder contenerse. Algo en su voz la delató.

—¿Quién es…? ¿Qué está buscando? ¿Es esto…? Oh, mierda. Oh, Jesús. ¿Está relacionado con la última chica asesinada por el Estrangulador? ¿La hija del policía?

—Sí.

—¿Y la de la foto es ella? Eso significa…

Enmudeció.

—Es ella, sí. Desapareció pocas horas después de que usted tomara esa foto.

—¿Cree que él estaba allí? ¿Al acecho? Quiere mis fotos como prueba.

Era lo mismo que Peter Franklin había pensado, y Kate rechazó de nuevo la complicada verdad para que las cosas continuaran siendo sencillas.

—Eso esperamos. ¿Hay más coches o personas en las demás fotos?

Una pausa mientras Montero miraba las fotos restantes.

—Bien, sí, hay un montón. Tal vez una docena de coches y remolques, seis u ocho personas paseando… Me refiero a gente que no viajaba en mi autocar. Y más personas dentro de los coches, aunque no se ven muy bien, por supuesto. ¿Qué aspecto tiene Lavalle?

Kate tomó una decisión.

—Me gustaría que me dejara las fotos y los negativos —dijo.

—No hay problema —dijo Montero con determinación y asco—. ¿Quiere que se las envíe por correo?

—¿Sería posible que nos encontremos en el aeropuerto? —preguntó Kate lentamente.

22

En tierra, en la habitación de hotel que había llegado a vibrar de frustración durante los cuatro días que Kate la había ocupado, la decisión de ir a buscar en persona los esfuerzos fotográficos de B.J. Montero le había parecido muy lógica. Una combinación de desesperación y la necesidad de conservar algo parecido a una cadena de evidencias la había impulsado a considerar el viaje casi necesario.

Pero en el avión, con las facturas de la tarjeta de crédito del hotel, el coche y el billete de avión pesando en su bolsillo, era muy diferente. Estuvo a punto de bajar antes de que las azafatas cerraran la puerta. Se obligó a seguir sentada tan sólo porque sabía lo difícil que sería recuperar el dinero pagado.

¿Cuánto había gastado en esta investigación infructuosa? Con algo cercano al horror, contó lo que había pagado con la tarjeta de crédito durante los dos últimos meses, empezando con las zapatillas impermeables que había comprado a Jules en Berkeley el día de su marcha. ¿Dónde estaban esas zapatillas ahora?, se preguntó. Dios, estaré llegando al límite de la tarjeta. ¿Cuánto pagaría por eso? ¿De qué habrá servido? Al final, Jules seguiría desaparecida, y ella trabajaría para sufragar los gastos de una empresa quimérica.

El avión corrió por la pista y se alzó, y tres horas más tarde aterrizó en Los Ángeles. Una figura recordada, con un gorro mucho más bonito, esperaba en la puerta, con un sobre de papel manila en la mano derecha y un novio enorme a su izquierda. Extendió el sobre, vacilante.

—¿Kate Martinelli?

Kate cogió el sobre y extendió la mano derecha, primero a la mujer y después al hombre.

—¿B.J. Montero? Encantada de conocerla. Soy Kate Martinelli —dijo al novio.

—Éste es Johnny —dijo Montero a modo de presentación. El novio gruñó y estrujó un poco la mano de Kate, tal vez una advertencia, para vengarse de las molestias que había causado, o tal vez sólo porque no sabía medir bien sus fuerzas.

—Encantado de conocerte, Johnny. —Kate recuperó su mano—. ¿Quieren ir a tomar café? Falta media hora para mi vuelo de regreso. —El último vuelo a San Francisco, pensó, y se preguntó por qué nadie había escrito una canción con ese título. Después, se preguntó si no estaría perdiendo un poco la olla—. ¿Una copa, quizá?

—Claro —dijo B.J., sin mirar a su acompañante. La cabeza le llegaba al centro de los bíceps de Johnny, pero lo manejaba con la facilidad de una madre.

Kate invitó a dos cafés y una cerveza para Johnny («Yo conduzco», explicó B.J.), y una vez en la mesa abrió el sobre. Había nueve fotografías, no ocho. Gitanas de clase media con gorros afganos captadas en movimiento. El anciano pescador se erguía en el agua gélida, como una escultura cubierta de escarcha. Kate y Jules estaban de pie en lados opuestos del coche, echando un último vistazo a la escena. La puerta de Kate estaba abierta, así como la boca de la niña. Jules había dicho algo sobre el abrigo de piel de oveja de Montero, pensó Kate, y recordó la ráfaga de aire frío contra su cráneo casi afeitado cuando se quitó el gorro antes de subir al coche, la ráfaga que parecía haber desencadenado el dolor de cabeza.

Las cinco restantes fotos eran instantáneas hechas deprisa, aunque bien enfocadas. Sin embargo, los puntos focales se concentraban en las jóvenes cercanas al objetivo, no en los coches aparcados ni en la gente corriente que iba y venía de ellos. Kate las examinó, sin saber lo que pensaba ver, pero sólo eran fotos, recuerdos de un rato divertido de otra persona.

—¿Ve algo? —preguntó B.J. Kate apartó la vista de la foto y cogió su café. Negó con la cabeza.

—Tampoco lo esperaba.

—¿Quiere decir que el hombre, Lavalle, no está ahí?

B.J. parecía decepcionada y aliviada al mismo tiempo.

—No sé cómo es.

—¿No?

Al ver su asombro, Kate rió.

—Aún no he participado en los interrogatorios, y no estaba presente cuando lo detuvieron. Hay cientos de personas que trabajan en un caso como éste. Yo sólo soy una más. —Consultó su reloj—. Será mejor que me vaya. Le daré un recibo, y haga el favor de firmar en el dorso de las fotos, para saber que son suyas.

Una cadena de pruebas, como si alguien las fuera a examinar en un tribunal.

De vuelta en San Francisco, Kate notó que se estaba desanimando. La breve inyección de ánimo proporcionada por Peter Franklin y las fotografías tomadas por su chófer se estaba debilitando. Si no hubiera quedado ya con el técnico del laboratorio fotográfico de la policía, se habría ido directamente a casa desde el aeropuerto, pero impulsada por la rutina, fue al laboratorio, marcó las fotos que quería ampliar, y señaló los rostros y matrículas que más le interesaban.

Después, se fue a casa.

Eran casi las diez de la mañana siguiente cuando despertó, y el sabroso aroma del pan horneado perfumaba toda la casa. Se sentía descansada, pero persistía la sensación de ser una pieza de una maquinaria maltrecha. Los últimos días se le antojaban irreales, como un sueño estúpido y absurdo que hubiera parecido profundo en su momento. Lee estaba en casa y Jon estaba horneando pan. Era una mañana de jueves soleada y ella estaba tumbada en la cama, mientras el resto del mundo trabajaba. Un pájaro cantaba en un árbol al otro lado de la ventana, y un perro ladraba en algún sitio.

Y Jules estaba muerta.

Aquella niña brillante, dulce, preocupada y rara había muerto, víctima del tipo de asesino más repulsivo. Kate la había querido, había sido querida por ella, y ahora estaba muerta.

Siguió tendida entre las sábanas arrugadas, asaltada por pensamientos aciagos en aquella hermosa mañana, y cuando sonó el timbre de la puerta, recordó otra mañana, a finales de agosto, cuando Jules había llegado a su puerta y tocado el timbre, con la mochila sobre el hombro, el vendaje en la rodilla, el pelo todavía recogido en largas trenzas infantiles, para pedir a Kate que la ayudara a buscar a un amigo. Kate le había encontrado, había perdido a Jules, y de pronto, asolada por una oleada monstruosa del dolor que tanto había pugnado por reprimir, hundió la cara en la almohada y permitió que las lágrimas se derramaran.

No oyó el ruido de la puerta del dormitorio al abrirse, y después cerrarse, pero un momento después el colchón se hundió cuando Lee se sentó, y notó que la mano de Lee acariciaba su pelo. Ninguna de las dos dijo nada durante mucho rato, hasta que Kate levantó la cabeza por fin, encontró un pañuelo de papel y se tumbó de espaldas.

El sobre de papel manila que Lee sostenía era mucho más grueso que la noche anterior. Kate lo cogió sin hacer comentarios y dejó caer las fotografías sobre el cubrecama.

—Un correo lo trajo del laboratorio —dijo Lee—. Pensé que tal vez era urgente.

Kate levantó una ampliación que no había pedido, pero que habían hecho: Jules y ella a cada lado del Saab, dos cabezas con el pelo muy corto, una policía fea y una niña con toda la vida por delante. Sólo que no era la vida lo que la esperaba unos kilómetros más adelante.

¿Urgentes, éstas? No. Todo era absurdo, una táctica dilatoria para no enfrentarse a la verdad, y por fin lo había admitido.

Los dedos de Lee aparecieron en el borde superior de la fotografía y tiró con suavidad de ella. Kate la soltó y cerró los ojos. Incluso con el brazo sobre la cara intuía a Lee estudiando las dos imágenes, y por eso supo cuándo Lee empezó a llorar. Kate extendió los brazos, Lee se acurrucó contra ella, y mientras el sol brillaba y el pan se enfriaba y el perro recibía permiso para entrar al fin en casa, las dos mujeres lloraron la breve vida de Jules Cameron.

◆ ◆ ◆

Y no obstante…

—Eres como aquel terrier que tenían mis padres —dijo Lee—. En cuanto le hincaba el diente a algo, ya no lo soltaba.

Intentaba proyectar buen humor, pero se notaba su preocupación, y también cierta irritación.

Kate lamió los restos de los rollos pegajosos de sus dedos y volvió la cara hacia el sol. Había llevado una mesa y sillas al pedazo de jardín recién rescatado, el único lugar que recibía un poco de sol en invierno. Jon había salido, y la casa estaba silenciosa, casi contenta, como después de una tormenta.

—Me siento más bien como uno de esos experimentos de biología de los institutos —dijo Kate con pesar—. Ya sabes, cuando hundes el dedo en un ser muerto y pega un brinco.

—¿De veras tienes que hacer esto?

—Es un cabo suelto, y seguiré tirando hasta que lo desenrede. Al fin y al cabo, el viernes puse en estado de alerta a toda esa gente, y luego me largué.

—No se puede decir de Rosa Hidalgo y un pirado de la informática «toda esa gente».

—En aquel momento me parecieron muchos más. En cualquier caso, sólo será esta tarde, y mañana o pasado pensaba escapar un par de días.

—Creo que es una buena idea —dijo Lee con cautela.

—¿Contigo, por favor? Si te lo puedes montar.

La alegría que iluminó el rostro de Lee rivalizó con el sol de la mañana, pero ella se limitó a preguntar:

—¿Dónde?

—La costa. ¿Al azar?

—¿Carmel o Big Sur? —sugirió Lee.

—Estupendo.

—Tendré que comprar un bañador. El único que me queda tiene agujeros en lugares indiscretos.

—Qué gracia.

—Si me garantizas una piscina privada, sí.

—A Jon le encantará acompañarte a comprar un traje —dijo Kate con firmeza.

♦ ♦ ♦

Kate contempló el teléfono durante unos veinte minutos antes de reunir fuerzas para llamar a Rosa Hidalgo. La cuestión de la legalidad (no, ni siquiera era una cuestión), el hecho de que su plan era ilegal y antiético al mismo tiempo apenas la preocupaba, en comparación con la idea de la ira de Jani, si se enteraba de que la mujer a la que culpaba de la desaparición de su hija había entrado en su apartamento. Visiones avergonzantes y un permanente estado de incomodidad con Al estuvieron a punto de disuadirla..., sólo a punto.

Por suerte, Rosa no estaba en casa, y no llegaría hasta tarde. Además, su hija Angélica dio permiso a Kate para entrar en el apartamento sin vacilar.

Albert Onestone, rey de Internet (Richard Schwartz para el resto del mundo) le costó un poco más, pero al final consiguió localizar por teléfono al yo real, no al virtual. Si hubiera estado conversando por mediación del teclado, estaba segura de que se habría librado de sus garras, pero enfrentado a una voz real en su oído, estaba fuera de su elemento, y accedió a acompañarla para descubrir los secretos del ordenador de Jules.

Richard vivía en un garaje reconvertido no lejos de la universidad, y cuando salió a recibirla, Kate casi estalló en carcajadas, porque parecía la caricatura de un chiflado de la informática. La espalda encorvada, pálido, con gafas y parpadeando al recibir la luz del día, estaba muy lejos de la persona altanera que transmitía el monitor. Kate se presentó, agitó su mano pegajosa, le invitó a subir al coche, esperó a que cerrara y desconectara algunos aparatos, le aseguró que la chaqueta que llevaba bastaría para protegerle, le ayudó a encontrar un bolígrafo y comprobó que cerrara la puerta al marchar.

—Richard —dijo cuando estuvieron en la zona de aparcamiento contigua al apartamento de Jules—, con el fin de protegerte, intento impedir que nadie sepa que estás aquí.

—¿Protección? —dijo el joven, nervioso—. Creo que no...

—No hablo de ese tipo de protección. No vamos a hacer nada peligroso. Es para impedir que te impliques. Si alguien descubre que he estado aquí y entrado en el ordenador, la responsabilidad es mía. No quiero meterte en líos.

—¿Sabría usted por sí sola burlar los bloques de seguridad? —preguntó Richard, escéptico.

—Lo más probable es que no, pero nadie podría demostrarlo. Nadie me ha enseñado. No te preocupes, echarme faroles es mi especialidad. Bien, tú espera aquí. Voy a subir y abrir la puerta, y luego volveré a buscarte. Tardaré cinco o diez minutos.

—¿De veras? —El joven se incorporó, interesado—. ¿Utiliza ganzúas? Me gustaría verlo.

—Nada tan inteligente, sólo la llave. Espera aquí.

Angélica estaba en casa, y abrió la puerta con un teléfono encajado bajo la barbilla.

—Hola —dijo. Murmuró algo en el teléfono—. Espera un segundo. —Se volvió hacia Kate—. Tengo la llave. ¿Quiere que suba con usted?

—No, no hace falta —la tranquilizó Kate—. Al me dijo dónde guarda sus jerséis. Sólo tardaré un minuto.

—Es curioso, mamá acaba de enviarle un montón de ropa.

—Bien, ya sabes cómo son los hombres —contestó Kate. Angélica rió y volvió a su conversación telefónica, dejando la puerta abierta. Kate subió corriendo la escalera y entró.

Tardó sólo un minuto exacto en localizar las cajas sin abrir de Al, apiladas a la espera de su regreso de la abortada luna de miel mexicana. Una que había en el dormitorio contenía sudaderas abrigadas, de modo que Kate sacó tres o cuatro y algunos calcetines, hizo un manojo con todo y lo sujetó bajo el brazo, y bajó la escalera con la llave, dejando la puerta del apartamento sin cerrar.

Angélica seguía hablando por teléfono. Estaba sentada en el sofá con los pies apoyados sobre la mesita auxiliar, mientras se pintaba las uñas de los pies con estrellas de un rojo brillante sobre fondo blanco. Kate alzó la llave entre dos dedos.

—¿Dónde las dejo? —preguntó.

—En el gancho que hay al lado del teléfono de la cocina —contestó la muchacha, al tiempo que indicaba la puerta. Kate encontró el gancho y devolvió la llave al lugar donde confiaba que la madre de

Angélica la hubiera dejado. Cuando volvió, la chica levantó la vista.

—Un segundo —dijo de nuevo por el teléfono—. ¿Ha encontrado lo que él quería?

—Sí, gracias. Y a propósito, casi es mejor que no se lo cuentes a tu madre. Se equivocó de ropa, no era la que Al le había pedido. Si se enterara, se lo tomaría muy mal.

Angélica lanzó una risita conspiratoria, y Kate cerró la puerta de los Hidalgo a su espalda.

Richard estaba leyendo el manual del conductor, que había sacado de la guantera.

—Vamos —dijo Kate, mientras tiraba la ropa en el asiento trasero.

—Espere un momento. No sé si… ¿Qué es eso?

—Sudaderas viejas. Vámonos.

—¿Lo que estamos haciendo es muy ilegal?

—En absoluto. Es el piso de mi compañero de trabajo —Lo cual no tenía nada que ver, pero pareció tranquilizarle. Dejó que le quitara el manual de la mano y le sacara del coche.

—La verdad es que no… —gimió.

—¡Shhh!

—No lo entiendo —dijo el chico en un susurro—. No me ha explicado para qué necesita entrar en el ordenador de Jules.

—Ya te dije que había desaparecido. La secuestraron.

—Sí, lo sé.

Kate, con la sensación de que aquella endeble excusa se había gastado de tanto utilizarla, suspiró.

—Si Jules desapareció por voluntad propia, puede que haya dejado una indicación del motivo, la dirección de un amigo, por ejemplo, o un número de teléfono. Tenía un diario, pero se lo llevó con ella. Puede que también guarde otro en el ordenador.

—Es una invasión de la intimidad —dijo con desesperación Richard—. Hay leyes que lo prohíben, estoy seguro.

Ya estaban en la escalera, la de atrás, que no pasaba por delante de la puerta de los Hidalgo.

—Pensaba que los hackers creían en la libertad de información —comentó Kate.

—Sí, la información de una empresa o gubernamental, pero la privada no.

—Da igual, Richard. No te obligaré a leerlo. Tú abres la puerta y yo saquearé el local.

Entraron en el apartamento sin ser vistos. Richard tecleó durante unos minutos, y luego emitió un leve gruñido de satisfacción cuando los archivos de Jules se abrieron ante ellos.

—Antes de abrirlos —dijo a Kate—, he de saber si quiere ocultar su rastro.

—¿Qué quieres decir?

—Bien, cuando entro en uno de éstos, el ordenador graba que fue abierto en la fecha de tal día. Si no quiere que eso suceda, he de cambiar la fecha del ordenador para que piense que fue el mes pasado, o el año pasado. No es un sistema perfecto, y alguien que lo buscara tal vez se daría cuenta, pero es una forma de escapar a un vistazo rápido. Si quiere, puedo ser más perfeccionista, y nadie se enteraría, pero exige más tiempo.

—No, no hace falta que nos pongamos paranoicos. Haz lo más sencillo.

Los archivos que Richard abrió eran tan pulcros como Kate había esperado, claramente diferenciados entre trabajo y material privado. Le pidió que abriera cada uno para asegurarse, pero muchos eran para el colegio: trabajos de ciencia e inglés, informes sobre libros y deberes de diversos tipos.

Había tres archivos raros, y como Kate sabía que Jules utilizaba una versión compatible, aunque más avanzada, del programa de Word que Lee tenía en su ordenador, pidió a Richard que los grabara en un disco. Después, el joven cerró los archivos, devolvió la fecha exacta al cerebro del ordenador y lo cerró.

—¿Hemos de borrar nuestras huellas dactilares? —sugirió esperanzado.

—No —contestó Kate para su decepción. Cuando se fueron, era muy oscuro, y nadie reparó en su presencia.

23

Había mucho material en el disco, y la arcaica impresora de Lee empezó a oler a quemado antes de que Kate terminara. Pero esto no fue nada comparado con el efecto que el material, leído hasta altas horas de la noche en el sofá del cuarto de invitados, obró en su cerebro.

Se durmió poco antes de amanecer, y despertó tres horas más tarde, con una capa de papeles que la cubrían a ella y el suelo alrededor del sofá, como una caricatura de alguien que durmiera en un banco del parque con una manta de periódicos. Gruñó, alivió su cuello dolorido y agrupó los papeles de cualquier manera antes de bajar con paso rígido hacia la cafetera.

—La bella durmiente —comentó Jon. Estaba confeccionando una lista de la compra, lo cual siempre parecía exigir el examen pormenorizado del contenido de toda la alacena. Por suerte, había un poco de café en la cafetera. Kate lo vertió en una taza y lo puso en el microondas para calentarlo.

—¿Crees que podríamos soportar comer lentejas otra vez? —preguntó Jon. Se estaba dando golpecitos en los dientes con la goma de borrar del lápiz, un gesto que Kate reconoció como típico de Lee, adoptado por su cuidador.

—Me gustan las lentejas —dijo por fin.

—Tal vez debería sustituir los flageolets. Un nombre muy elegante, ¿no crees?

—Suena delicioso —dijo Kate con aire ausente, y se volvió para sacar el café, todavía frío, del microondas. Dio... Quería llamar a Dio antes de que fuera al colegio.

Se llevó la taza a la sala de estar, hizo una mueca cuando lo sorbió y se detuvo para recuperar su agenda del maletín. Pasó las páginas hasta encontrar el número que buscaba, se sentó, marcó, bebió y volvió a hacer una mueca, y después se inclinó hacia delante cuando contestaron a su llamada.

—¿Wanda Steiner? Soy Kate Martinelli.

—Hola, querida. ¿Cómo está su cabecita?

—Mucho mejor, gracias. ¿Cómo va Dio?

—De maravilla. Me gusta. Es uno de los niños más agradables que he tenido en mucho tiempo. No tiene ni una pizca de maldad, pese a todo lo que ha sufrido.

—¿Le ha contado algo sobre su pasado? ¿De dónde vino, cómo se llama?

—Como ya sabe, inspectora —Kate sonrió para sí. Cuando se trataba de una llamada oficial, los dos Steiner la llamaban siempre inspectora Martinelli. De lo contrario, para la mujer era Kate, querida—, intento proporcionar a mis muchachos la mayor privacidad posible, y saben que yo no violaré su confianza. Sin embargo, una vez aclarado esto, ya no queda nada más que decir. Creo que tal vez proceda de una ciudad de mediano tamaño de algún estado del norte, y creo que su madre murió en algún momento de estos últimos cinco años.

—Eso ya es más de lo que él nos contó.

—Oh, no ha dicho nada de manera directa. Lo deduje por sus costumbres, y el hecho de que tiene muy buenos modales cuando quiere. Pasó la niñez con una mujer que le quería y le educó bien, pero le han tratado muy mal desde entonces. Hay cicatrices en su espalda, como usted ya sabe.

—Desgraciadamente, sí —dijo Kate en tono sombrío.

—De un cinturón o una fusta, diría yo, que le hicieron sangrar, y más de una vez.

Las palabras eran frías y concretas. Al fin y al cabo, la mujer había visto cosas peores bajo su techo. Pero la voz no.

—¿No se le ha escapado ningún nombre?

—Nunca. De hecho, ha adoptado el apellido de su amiga, la hija de su colega.

—¿De Jules?

—El día que nos lo enviaron procedente del hospital, le dijimos que necesitábamos dos nombres para los registros, del colegio y lo demás, así que pidió permiso para tomarlo prestado de manera temporal.

—Santo… cielo.

—Me pareció un detalle conmovedor.

—Me pregunto qué opinará la madre de ella.

—Dudo que lo sepa —dijo Wanda con placidez—. Bien, ¿ha llamado para preguntar por el chico, o desea algo en particular?

—Pues sí. Me gustaría hablar con él otra vez después del colegio, si no le importa. Después, le acompañaré a casa en coche.

—La última vez estaba un poco disgustado, querida —dijo la mujer, una acusación indirecta.

—Lo sé, y lo siento. Y no puedo prometer que esta vez no volverá disgustado también.

—Explíquese.

—Dio sabe algo sobre Jules que podría estar relacionado con su desaparición.

Siguió un largo silencio, mientras Wanda Steiner pensaba.

—No irá a detenerle.

—De ninguna manera.

—O amenazarle con detenerle.

—No le amenazaré de ningún modo. A mí también me cae bien el chico.

—Eso no significa que no vaya a hacer su trabajo, inspectora Martinelli. Muy bien, puede hablar con él después del colegio, pero con dos condiciones. Una, que le diga con absoluta claridad, al empezar, que no está obligado a hablar con usted, y dos, que se grabe bien en la cabeza, inspectora, que si provoca que huya de aquí o eche a perder los progresos que ha hecho en el último mes, me voy a disgustar mucho.

Era curioso, pensó Kate, que aquella dama de pelo gris fuera capaz de proyectar una amenaza escalofriante con su voz.

—Sí, señora —dijo sumisamente.

◆ ◆ ◆

Sin embargo, cuando llamó al colegio de Dio para dejar un mensaje, se quedó desconcertada al descubrir que no había ningún estudiante llamado Dio Cameron.

—Me dijeron que estudiaba aquí. De hecho, fue su tutora quien me dio el número.

—Un momento, por favor. Voy a ponerla con uno de los vice-rrectores.

Antes de que Kate pudiera detenerla, oyó un crujido y un zumbido, y una mujer contestó.

—Cathryn Pierce.

—Me llamo Kate Martinelli. Intento dejar un mensaje para uno de sus estudiantes, y me acaban de decir que no está matriculado ahí.

—¿Pero cree que debería estarlo?

—Eso me dijo su actual tutora, Wanda Steiner.

—¿Es uno de los chicos de Wanda?

—Utiliza el nombre de Dio Cameron, aunque…

—Dio Kimbal.

—¿Kimbal?

—Así se matriculó, aunque me dijeron que no era su verdadero apellido. ¿Pasa algo?

—No, no. Lo siento, habré entendido mal a Wanda. No podría haber dos chicos llamados Dio viviendo con los Steiner.

—No es muy probable —admitió la vicerrectora.

—En cualquier caso, le agradecería que le hiciera llegar un mensaje, diciendo que a Kate Martinelli le gustaría hablar con él después de clase. Dígale que no tiene ninguna obligación, pero que yo se lo agradecería.

Siguió una pausa, mientras Pierce anotaba el mensaje.

—Muy bien —dijo a continuación—. Será entregado.

—Muchísimas gracias. ¿Cómo va, por cierto?

—Sorprendentemente bien. ¿Es usted amiga suya?

—Yo le encontré, cuando estaba enfermo.

—¿Es usted la agente de policía que le salvó la vida y estuvo a punto de morir en el intento?

—Sendas exageraciones, pero me alegro de que vaya bien.

—Creo que está bastante atrasado, pero a juzgar por sus exámenes, yo diría que es un chico brillante. Claro que ser inteligente no lo significa todo.

—Es probable que le ayudara a sobrevivir.

—Sin duda. Bien, gracias, señora Martinelli. Avíseme si puedo ayudarla en algo.

Kate le dio las gracias a su vez y cortó la conexión con el dedo. ¿Kimbal? Al cabo de un momento, permitió que el botón subiera, y volvió a marcar el número de los Steiner.

—¿Wanda? Soy Kate. Dígame, ¿por qué utiliza Dio el apellido Kimbal?

—Lo siento, supuse que lo sabía. Por lo visto, Kimbal es el apellido verdadero de la chica. Tendría que habérselo aclarado, pero imaginé que ya lo sabía.

—¿Quién le dijo que su apellido era Kimbal?

—Supongo que fue Dio. Sé que el apellido de ella es Cameron ahora, pero supuse que su madre lo cambió después del divorcio. ¿No es así? —preguntó, más resignada que preocupada—. ¿Me ha mentido Dio?

—No, pero parece que usted sabe más cosas sobre Jules que yo.

—No la conozco, ni a su madre, pero da la impresión de que era una chica encantadora.

Kate sintió que su garganta se estrangulaba al oír las palabras de Wanda Steiner, pero se obligó a decir:

—Sí, lo era. Gracias, Wanda. No la molestaré más.

—No es una molestia, querida. Dígame, ¿quiere que hable con Dio acerca del apellido? Lo haré si es importante, pero en esta fase de mis chicos prefiero reducir al mínimo las confrontaciones.

Kate admitió que se trataba de una cuestión susceptible de aplazarse a tiempos mejores, le dio las gracias y colgó.

Al cabo de un momento de contemplar sin ver la alfombra, parpadeó y fue en busca de Lee, a la que encontró en una de las salas de consulta, donde veía a sus clientes. No había ningún cliente esta mañana, tan sólo Lee, que limpiaba los abarrotados estantes de estatuillas utilizadas en el proceso terapéutico.

—¿Puedo hacer una consulta?

—El diván está libre.

—Para mí no, Frau Doktor. Es una consulta sobre una amiga mutua. —Lee dejó el paño de limpieza y se sentó en una silla. Kate tomó asiento en la que había enfrente de Lee, y se puso a manosear un unicornio de cristal—. Como ya sabes, estoy intentando reconstruir por qué y cómo desapareció Jules.

—No ha surgido nada que la relacione con el Estrangulador, pues.

—Al habría llamado. No, creo que le pasó otra cosa.

—Pero yo pensaba... ¿Estás diciendo que crees que está viva?

—No. —Kate respiró hondo, y después se obligó a decirlo—. Creo que Jules está muerta, pero no estoy convencida de que lo hiciera el Estrangulador. Hay demasiadas cosas raras: Jules estaba recibiendo llamadas telefónicas siniestras de un hombre. Mientras íbamos hacia el norte, a veces parecía preocupada, susceptible, y a menos que la raptaran en el aparcamiento del motel, lo cual es improbable, abrió la puerta a su secuestrador. Voluntariamente. No, hay cierto número de cosas que me incomodan, y creo que existe la posibilidad de que otra persona la vigilara o se comunicara con ella por Internet, o ambas cosas, y luego nos siguiera por la autovía, lo cual no habría sido difícil, pues yo no me dedicaba a mirar por encima del hombro, o bien concertó una cita con ella en el camino, en cuanto se librara de la férrea vigilancia de Jani. —Se frotó la frente con la mano libre—. No sé, Lee. Sólo intento encontrar una explicación lógica.

—¿Sobre qué querías consultar?

—Entré en el ordenador de Jules.

—¿Cómo demonios lo hiciste?

—Me ayudaron. Gran parte de lo que encontré era lo que cabía esperar, deberes escolares y esas cosas, pero había tres archivos que me intrigaron. Una parecía ser una especie de novela que está escribiendo, acerca de una niña, para utilizar sus palabras, llamada Julie. Debería mencionar que, según Dio, una de las cosas que decía el tipo que la llamaba era «Eres mía, Julie». La historia es una interminable cadena de episodios idílicos, picnics, paseos a caballo, viajes, acampadas y cenas hogareñas, con ella como centro de la familia: mamá, papá y Julie. Páginas y páginas de detalles, todo muy monótono. Si no hubiera estado en sus archivos personales, escrito con su tipo de vocabulario, no habría pensado que fuera capaz de escribir esas bobadas.

»El segundo archivo era mucho más típico de Jules. Consistía en notas, referencias y estadísticas, todo acerca de relaciones.

—¿Relaciones?

—El matrimonio, sobre todo. Artículos sobre bodas y divorcios, estadísticas sobre los efectos del divorcio en los niños, algo así como advertencias a los desengañados del amor, cómo conservar a tu hombre y cosas por el estilo, junto a una parte de un estudio universitario con cientos de notas a pie de página, todas copiadas. Ah, y una investigación personal que había llevado a cabo. Reconocí varias conversaciones que habíamos tenido durante los últimos meses, transcritas. Tenía una memoria asombrosa.

—¿Y el tercer archivo?

—Ése era el más extraño de todos. El nombre del archivo era «J.K.», sólo las iniciales. Acabo de hablar con la vicerrectora del colegio de Dio, y me ha dicho que Dio está utilizando el apellido Kimbal. Wanda Steiner, que ha recogido a Dio en su casa, pensaba que era el apellido verdadero de Dio.

—J.K.

—Sí.

—¿Qué había en el archivo?

—Un nombre. Todo el archivo consiste en un solo nombre: Marsh Kimbal.

Lee pensó un momento, con una expresión cada vez más compungida.

—Has de hablar con Al, y preguntarle si sabe quién es Marsh Kimbal.

—¿Cómo le explico de dónde he sacado el nombre, que entré con engaños en su apartamento y violé la privacidad de Jani?

—Obtuviste el nombre en el colegio de Dio.

—El apellido sí, pero el nombre de Marsh exigiría ciertas explicaciones. Sé que, a la larga, se lo tendré que confesar, pero antes he de hablar con Dio. Me oculta cosas. Además, investigaré el nombre de

Marsh Kimbal, a ver qué sale, aunque lo más probable es que sea un seudónimo.

—Aún no me has hecho ninguna pregunta —dijo Lee.

—Tengo varias. La primera, ¿dirías que esos dos primeros archivos indican una reacción normal por parte de una niña de familia monoparental?

—Una niña de trece años muy inteligente que no tiene familia, aparte de su madre. La cual, como me dijiste el otro día, averiguó hace poco que su padre era un delincuente violento. Que, además, lleva una temporada difícil con su madre y se enfrenta al cataclismo de tener un nuevo padre, por más que lo quiera. Teniendo en cuenta todas estas circunstancias, yo diría que sí, manifiesta un interés inusitado en la dinámica familiar, pero es muy comprensible.

—De acuerdo. Bien, tú ya conoces a Jules. Sabes lo lista que es. ¿Podría alguien que hubiera descubierto esta fijación...?

—No es una fijación. Yo diría que es una palabra demasiado fuerte.

—De acuerdo, este fuerte interés... ¿Podría convencerla de que se fugara, proporcionándole una sensación de familia?

Lee comprendió de inmediato cuál era su intención.

—Se han producido casos últimamente, ¿verdad? Críos que hacen amigos por mediación de Internet y se fugan para reunirse con ellos.

—Exacto.

—¿Me estás preguntando si Jules habría sido capaz de hacer eso?

—No puedo creerlo. Pensaba que era demasiado inteligente para dejarse engañar por un timador.

—¿Un timador en el que quiere creer? ¿Una fantasía que coincida con la suya, una forma de escapar de los problemas que se le han ido amontonando en casa y en el colegio, una forma de seguir las ideas románticas sobre los sin techo que tal vez haya forjado alrededor de Dio? Kate, sabes tan bien como yo que un adolescente siempre cree que está aislado y que es invulnerable. «Soy un incomprendido» y «A mí no me puede pasar» constituyen la base fundamental de su grupo de edad.

—Por lo tanto, ¿crees que podría haberlo hecho?

—¿Irse con alguien que se presentó como una figura paterna? Por supuesto. ¿Había conversaciones por Internet guardadas?

—Ninguna. Richard, el experto en ordenadores, dijo que existían señales de que había borrado archivos, pero lo hizo tan bien que no pudo recuperarlos.

—¿Qué vas a hacer ahora?

Kate depositó la estatuilla en su estante.

—Lo que he estado haciendo desde el principio. Lo que hago siempre. Hacer diez mil preguntas absurdas y seguir cualquier respuesta que no me parezca correcta.

—Pero, ¿aún sigue adelante el plan de irnos de la ciudad?

—Esta noche. Después de que vea a Dio.

—Wanda me dijo que no te acosara —dijo al chico mientras comían hamburguesas. Dio pareció sobresaltarse, y luego sonrió, vacilante.

—¿Pensaba que iba a hacerlo?

—Sabe que voy a hacerlo. —Comió un pedazo con calma y bebió un poco de su batido de leche—. Pero quería que supieras que no estás obligado a hablar conmigo si no lo deseas.

—¿He de hablar con usted?

La extraña actitud de Kate le había desorientado.

—No.

—Entonces, ¿por qué estoy aquí?

Kate se encogió de hombros.

—Sería una pena desperdiciar tu hamburguesa.

Kate dio otro mordisco, y al cabo de un momento, Dio siguió su ejemplo.

—Bien —preguntó al cabo de un rato—, ¿cuándo empieza el acoso?

—Ha empezado desde que te dejé el mensaje en el colegio. Pienso hartarte tanto de notitas y hamburguesas, que acabarás confesando lo que quiero saber.

Las mandíbulas del muchacho se detuvieron, y después empezaron a moverse de nuevo, con más parsimonia.

—¿Qué quiere saber?

—Lo mismo que quería la última vez. Lo que no me estás contando sobre Jules.

—¿Qué es lo que no le estoy contando?

—Si lo supiera, no tendría que acosarte.

—¿Por qué cree que estoy ocultando algo?

—No lo creo. Lo sé.

—¿Cómo lo sabe?

—Me lo dices cada vez que abres la boca.

—En ese caso, tendré que mantener la boca cerrada.

—¿Lo ves? Has vuelto a hacerlo.

Resentimiento e indignación se mezclaron en la cara de Dio, mientras buscaba la reacción apropiada.

—Dio, me lo vas a decir tarde o temprano, porque tienes ganas. Me lo puedes decir ahora, o me lo dirás cuando te haya rendido a base de hamburguesas y batidos de leche. Ah, y de helados. ¿Te gustan los helados?

—Sí.

Empezaba a parecer alarmado.

—Hay una heladería increíble en dirección contraria al colegio. Tiene un helado con crema, almíbar, frutas y nueces que, cuando lo comes, te da la sensación de que estás muerto y has ido al cielo. Eso debería bastar para que te pusieras de rodillas. Y si no, tendré que torturarte con algún partido de béisbol.

De pronto, Dio comprendió. Esta adulta, esta policía, estaba bromeando. Kate intuyó que rechazaba la idea, la exploraba de nuevo, y poco a poco volvía a considerar la posibilidad. Dio la miró con curiosidad y aventuró una respuesta.

—Si de veras quiere maltratarme, hay una película que quiero ver.

Kate tiró el resto de su hamburguesa en la papelera. Dio se puso en pie de un brinco. Kate cogió una servilleta y empezó a secarse las manos con desagrado.

—Vaya, vaya —dijo compungida—. Intento amenazar a alguien, y resulta que es un maldito masoquista.

La boca de Dio formó una O, vio que las comisuras de los ojos de Kate se arrugaban levemente, y empezó a reír.

Kate se sintió muy orgullosa de esa carcajada, pero lo disimuló. Terminó de secarse las manos y se esforzó por mantener una expresión de desagrado, mientras el muchacho estallaba en carcajadas. Dudó de que hubiera reído así en mucho tiempo.

La risa acabó con el miedo que tenía a Kate. Sin embargo, cuando el breve episodio terminó, se mostró tímido de repente, y Kate decidió que Wanda Steiner tenía razón: era mejor ir poco a poco. Demasiado pronto para interrogarle sobre el apellido Kimbal. Le guió hasta el coche y le acompañó a casa, mientras hablaban de nada en particular.

Pero cuando pararon ante la casa de los Steiner, le retuvo antes de que pudiera abrir la puerta.

—Jules era amiga mía, Dio —dijo en voz baja—. Trato de averiguar qué ha sido de ella, y no puedo permitirme el lujo de pasar de lo que tú sabes. Piénsalo.

Dio se alejó, alicaído. Kate puso en marcha el coche, contenta por haber avanzado un paso, y por la idea de que iba a pasar unos días a solas con Lee.

—¿Jon ha pasado por casa en algún momento?

—Sólo para dejar el bañador que me compró. ¿Te gusta?

Kate se volvió para echar un vistazo a la pieza de nailon que Lee sostenía en alto.

—Santo Dios, da la impresión de que podrías nadar en esa cosa. Me esperaba algo semejante a telarañas, o con frutas de plástico colgando, o hecho de piel de serpiente. ¿Cómo demonios conseguiste que comprara un bañador normal?

—Dije que le obligaría a devolverlos una y otra vez, hasta que comprara uno que yo pudiera llevar, que sólo pagaría un bañador, y que si triunfaba, le concedería tres días libres.

—Muy inteligente. ¿Es de tu medida?

—Más o menos.

—¿Es que nunca cesarán los prodigios? En cualquier caso, ¿sabe que nos vamos?

—Le dije que dudaba de que pudiéramos irnos antes de mañana

por la mañana. Si quieres que sea sincera, pensaba que no lo ibas a hacer.

—Mujer de poca fe. ¿Quieres la sudadera o el jersey?

—Los dos. Le dije que dejaríamos una nota si se producía un milagro y nos marchábamos antes de que él volviera. Lo cual me recuerda, ¿has hecho un apaño en el trabajo, o sigues de baja por enfermedad?

—He pedido dos días de vacaciones. ¿Has visto esas sandalias de goma que te regalé el año pasado?

—Jon las puso en la caja de la izquierda. ¿Qué quieres hacer con esto, corazón? —preguntó Lee, en un tono de voz diferente.

Kate se volvió y vio que Lee sostenía el sobre y las fotos.

—Ay, coño —dijo—. No sé. Enviarlas a Al, supongo. No, la de Jules no. Deja los negativos aparte. No los va a necesitar. Guárdalos en el cajón y pásame el sobre.

Cerró el sobre, y ya en la planta baja, dejó las maletas un momento para escribir el nombre de Al, a la atención del departamento de D'Amico. Después, añadió una postdata a la nota de Lee, en la que pedía a Jon que lo enviara por correo, y después llevó las maletas al coche.

Dejó la pistola en su cajón y el teléfono móvil en su cargador. Después de cambiar de opinión tres veces, también dejó el busca sobre la mesa contigua al teléfono. Le gustara o no, se iban de vacaciones. Pensaba que debía a Lee el compromiso simbólico de dejar el busca.

Tres horas después, Jon regresó, con los brazos cargados de bolsas de colmado. La expresión perpleja de su rostro cambió cuando descubrió la nota apoyada contra el salero, y dio la impresión de que se alegraba, pero luego pareció algo irritado cuando echó un vistazo a la comida que acababa de comprar, y después su rostro se iluminó cuando comprendió que, a fin de cuentas, no debería cocinar. Una llamada telefónica y una veloz distribución de alimentos en la nevera y el congelador, seguidos por una incursión al sótano para cambiarse de ropa y coger una bolsa de viaje pequeña, y también se marchó de la casa. No obstante, su llave se introdujo de nuevo en la cerradura un minuto después. Volvió a la cocina, cogió el sobre de papel manila y salió una vez más.

En la oficina de envíos, Jon vaciló un momento sobre los métodos de entrega, antes de decidir que los demás trabajos que había hecho para Kate habían sido asuntos de vida o (no, tal vez ésa no era la mejor expresión), habían sido urgentísimos, de modo que podía pensarse lo mismo de éste. Si Kate estaba demasiado ocupada para enviarlo ella misma y no se había molestado en dejar instrucciones, bien, tendría que pagar. Además, el dispendio le impulsó a pensar que se había vengado de haberse visto obligado a dejar aquel maravilloso pedazo de salmón fresco en el congelador, en lugar de acomodarlo de inmediato sobre la parrilla. Envió el sobre por el método más rápido que le ofrecieron, y el más caro.

Después, subió a su coche, cruzó el puente del Golden Gate y se dirigió hacia Marin y la casa de la montaña de sus amigos.

En dirección contraria, cerca de Monterey, Kate y Lee encontraron un hotel con una habitación en la planta baja y vistas al mar. Una de las primeras cosas que hizo Kate fue dejar un mensaje para Jon en el contestador, para informarle de dónde estaban. Había dejado en casa la pistola y el busca, pero su abandono de las responsabilidades no llegaba a tanto. Después, hizo un esfuerzo por relajarse. Durante la noche, el ritmo de las olas influyó en sus cuerpos, y durante el día, pasearon, fueron al acuario como vulgares turistas y hablaron.

Por primera vez desde agosto, empezaron a explorar con cautela esta nueva fase de su relación, las dos convencidas de que Lee se había puesto en pie de nuevo, literalmente, y era capaz de cargar con una parte real del peso. Hablaron, con cuidado de no hacerse daño, procurando no esgrimir agravios, empeñadas en lograr un inicio limpio.

Una de las cosas de que hablaron fue el tema que había quedado en suspenso durante cinco meses, desde la discusión por la carta de tía Agatha. Sí, Lee aún quería tener un hijo. No, no lo había olvidado.

No lo había dicho en un arranque de locura. No había sido una fantasía pasajera. Por otra parte, no iba a dar el paso sin el consentimiento de Kate. Si tenía un hijo, ese hijo tendría dos padres, no una mamá y un «otro».

Había llegado hasta el punto de preguntar por los posibles problemas, contó a Kate. En el apartado de la salud, había unos cuantos médicos, pocos, que consideraban el embarazo de una mujer que no podía mover bien las piernas como algo cercano a una receta para abortar. Desde el punto de vista legal, creía que podía demostrar, en caso necesario, que era competente para llevar a cabo las tareas de una madre. Tal vez no podía correr detrás de un crío de dos años, pero podía cojear con rapidez. Seguiría en pie la doble amenaza legal concerniente a la situación del hijo de una lesbiana y una mujer discapacitada, pero estaba preparada para lo que fuera.

Kate no estaba de acuerdo con nada de esto. Sin embargo, escuchó.

Todos los miembros de la familia (la dueña de la casa, su compañera, el criado y el fantasma de un niño no concebido aún) pasaron dos tranquilos días en sus diversos lugares de descanso, ajenos por suerte a la tormenta que avanzaba desde dos frentes distintos.

A la una y cuarto de la tarde del domingo, el teléfono de la casa vacía de Russian Hill empezó a sonar.

Cuando Jon Samson llegó aquella misma tarde, relajado y algo sonrosado debido al sol invernal que había tomado en la piscina de sus amigos, la cinta del contestador automático estaba llena, casi por completo con el mismo mensaje, pronunciado por la voz cada vez más frenética de Al Hawkin. Cuando Jon bajó del coche, fue abordado por un corpulento, aunque no falto de atractivo, agente de policía que había estado pasando por delante de la casa toda la tarde, a la espera de que diera señales de vida.

◆ ◆ ◆

Mientras Jon estaba rescatando el salmón del congelador, con el fin de prepararlo a la parrilla con unas diminutas patatas de piel rojiza para su nuevo amigo, Kate y Lee, también bronceadas y cansadas, aunque muy a gusto, se acercaban a la ciudad.

—¿Quieres ir a cenar a algún sitio, o compramos algo preparado? —preguntó Lee—. Si vamos a casa, Jon se sentirá obligado a cocinar.

(Jon, mientras tanto, se esforzaba por cocinar, aunque las llamadas telefónicas eran cada vez más frustrantes, no sólo porque no tenía ni la más remota idea de cuál era el origen de las fotos del sobre que había enviado, sino también porque interrumpían sus intentos de entablar conversación con el fornido policía. El ruido intermitente del busca de Kate también le estaba volviendo loco, porque estaba cerrado con llave dentro de la mesita, junto con la pistola de la detective. Por fin consiguió que el policía llevara la mesa a las salas de consulta de Lee y cerrara la puerta, y volvió a sus fogones.)

—No me apetece ir a un restaurante —dijo Kate—. ¿Paramos a tomar una hamburguesa? De hecho…, ¿te gustaría conocer a Dio?

—Me encantaría, pero no puedes aparecer de improviso un domingo por la noche.

—Oh, ya lo creo que sí —replicó Kate, con semblante algo sombrío.

Wanda Steiner abrió la puerta.

—¡Kate! Hola, querida. Entrad.

—Hola, Wanda. Siento venir sin avisarte. Me estaba preguntando si Dio estaría en casa. No sé si habéis cenado, pero he pensado que tal vez le gustaría ir a tomar una hamburguesa con nosotras.

—Estoy segura de que le encantaría, ya sabe lo mucho que comen los chicos de su edad, y creo que se lo pasó muy bien la última tarde que estuvo con usted, pero aún está en el parque con Reg, dándole a una pelota de fútbol.

—Ah, bien, no pasa nada. En otro momento.

—No, querida, ¿por qué no vais a ver si ya han terminado? Reg nunca admite que está cansado, pero el otro día sufrió un tirón muscular en el hombro jugando a baloncesto, y por eso están jugando fútbol, para darle un descanso a su brazo. No, estoy segura de que se alegrará de tener una excusa para dejarlo, y además, creo que Dio quería hablar con usted.

—¿De veras? —dijo Kate, y notó que su pulso se aceleraba.

—Me parece que sí. Bien, vaya a comprobarlo. Están en el parque, dos manzanas más arriba y una a la derecha. No vuelvan más tarde de las nueve. Mañana es día de clase.

24

En el parque, un hombre canoso con la complexión de un atleta de toda la vida corría arriba y abajo del desierto campo de juego con tres chicos. La superioridad de éstos en músculo juvenil, número y velocidad era contrarrestada por la experiencia y la astucia, aunque Kate juzgó que estaba flaqueando un poco. Bajó del coche y caminó con parsimonia hacia ellos pisando la hierba invernal, al tiempo que disfrutaba de sus exclamaciones y marrullerías.

—Vigila, Jay.

—Tiene…

—¡No, tú no! —gritó la voz de mayor edad, con una risa de fondo.

—¡Es mía!

—Pásala, Dio. ¡Pásala!

—¡Mierda! —exclamó Dio, cuando tropezó y cayó.

—Ese lenguaje —reprendió la voz de Reg.

—Quería decir «mía» —gritó Dio, pero la acción se estaba alejando de él, porque Reg corría en zigzag por el campo, apartaba a los adolescentes con sus anchos hombros, se detenía de repente dos veces para cambiar de dirección y daba una vuelta a su alrededor, para al final dar un patadón a la pelota blanca y negra y marcar un gol en una portería invisible. Levantó ambas manos en señal de triunfo, pero cuando los chicos se agruparon a su alrededor para protestar por sus tramposas maniobras, se inclinó y apoyó las manos sobre las rodillas, jadeante.

Dio levantó la vista cuando Kate se acercó.

—¿Ha visto eso? —preguntó—. Me engañó. Fue a propósito.

—Yo no se lo perdonaría —admitió Kate con afabilidad—. Hola, Reg. Siempre prolongando la jubilación, por lo que veo.

—Yo soy así.

El hombre jadeó y extendió una mano sucia de sudor, barro, hierba y Dios sabía cuántas cosas más. Kate la estrechó.

—¡Ella me ha dado la razón! Fue juego sucio.

—Quizá la próxima vez no insistiréis en tres contra uno —dijo Reg.

—Viejo tramposo —protestó Dio, aunque no parecía muy enfadado.

Reg Steiner no le hizo caso.

—¿Qué puedo hacer por usted, señora Martinelli?

—Wanda me dijo que podía secuestrar un rato a Dio. Si quiere ir a cenar con nosotras —añadió, en forma de pregunta.

—Claro —dijo Dio—. ¿Puedo, Reg?

—Desde luego. Acompañaré a Jason y Paulo a casa. Será mejor que saques tu chándal del coche.

Con los pantalones de deporte puestos y la camiseta en la mano, Dio subió al asiento posterior del Saab, que llenó al instante del vigoroso olor a aire puro, hierba aplastada y sudor masculino.

—Dio, te presento a mi amiga Lee Cooper. Lee, te presento a Dio, conocido como Dio Kimbal, por motivos que sólo él conoce.

Dio se secó la mano derecha en los pantalones, antes de extenderla a Lee, pero siguió mirando a Kate.

—Más tercer grado, ¿eh? —preguntó.

—Tengo la porra preparada.

—¿Adónde vamos?

—A algún sitio tranquilo, donde nadie pueda oír tus chillidos.

Terminaron en un lugar donde habría sido difícil escuchar chillidos, pero no a causa de la tranquilidad. Pocos intentos de interrogatorio podían llevarse a cabo por encima del estruendo de la gramola, e incluso de conversar, aunque la boca de Lee se movía mucho, siguiendo las canciones de su adolescencia. Tomaron hamburguesas, batidos y pastel de manzana, y eran las siete y media cuando salieron a la calle, los tres satisfechos y saciados.

Al llegar al coche, Kate se detuvo con la llave en la mano.

—Wanda dijo que querías hablar conmigo.

—Tal vez sería mejor que antes me dejaras en algún sitio —dijo al instante Lee.

—No, da igual —dijo Dio—. En realidad, no quería hablar.

Kate se preguntó si había imaginado cierta tensión casi imperceptible en la última palabra.

—¿En qué habías pensado?

—Pensé... —Dio respiró hondo—. Pensé en enseñarle algo.

—Estupendo —aprobó Kate—. Enseñarme cosas es bueno. Mientras piensas, también podrías pensar en el origen del apellido Kimbal.

—Es el apellido de Jules.

—Es Cameron —señaló Kate.

—El verdadero apellido de su padre era Kimbal.

Kate giró en redondo, con tal celeridad que casi se estranguló con el cinturón de seguridad.

—¿Ella te lo dijo?

—Sí.

—¿Marsh Kimbal?

—No lo sé. Nunca me dijo su nombre.

—¿Y qué es Cameron?

—Tampoco lo sé, pero no es su apellido. Ni el de su madre. Al menos, eso dijo Jules.

—¿Cómo lo descubrió? ¿Encontró su partida de nacimiento?

—No consta en su partida de nacimiento, la que tiene su madre. Tampoco consta el nombre del padre. Jules lo descubrió en los historiales de un hospital, con el ordenador.

—¿Desde cuándo lo sabes?

Dio no la miró a los ojos.

—Desde el verano pasado —dijo con un hilo de voz.

—Mierda, Dio. —Kate se volvió y dio un puñetazo sobre el volante—. ¿Cómo pudiste ocultar esta información? He estado intentando...

—Kate —dijo Lee en voz baja—. Te lo ha dicho ahora. Aprovecha la información.

Kate agarró el volante con las dos manos y respiró pausadamente varias veces.

—De acuerdo. Lo siento, Dio. Gracias por decírmelo. Me alegro de que la tortura de la hamburguesa haya funcionado. Ahora, he de encontrar un teléfono.

Sacó la llave del encendido y contempló los edificios cercanos, pero Dio apoyó una mano sobre su hombro para interrumpirla.

—¿Podría esperar lo del teléfono? —preguntó—. Prometí a Reg que estaría de vuelta a las nueve, y me gustaría darle la otra cosa esta noche.

—¿Qué es?

—Un sobre que Jules me entregó el mes pasado, con algo abultado dentro. No lo abrí.

—¿Dónde está?

—En la casa abandonada. Es el único lugar que se me ocurrió para esconder algo.

Kate consultó el reloj. Ir y volver de la casa dejaría poco tiempo para buscar antes un teléfono y llamar a Al Hawkin.

—¿Por qué no te has instalado un teléfono en el coche? —se quejó a Lee. Encendió el motor y salió con un chirrido a Van Ness Avenue.

Los tres contemplaron en silencio el oscuro y deprimente bulto del almacén.

—No tenemos la llave del candado —dijo Kate—, y han clavado la hoja metálica.

—Descubrí otra entrada el mes pasado —dijo Dio—. Sólo tardaré un minuto.

—Iré contigo.

—No hace falta.

—Sí que la hace. —Dejó las llaves del coche en el encendido y se volvió hacia Lee—. Si alguien viene, quien sea, dale a la bocina. Estaré aquí en veinte segundos. Te lo garantizo.

—Ve con cuidado —fue lo único que dijo Lee.

—Me pregunto si aún servirá mi última inyección contra el téta- nos —murmuró Kate, mientras buscaba la linterna debajo del asien- to del conductor.

La entrada alternativa del muchacho estaba en la parte posterior del edificio. Arrastró una caja apoyada contra la pared hasta situarla debajo de la escalera de incendios y se subió a ella. Kate comprobó con alivio que la caja era más resistente de lo que aparentaba, porque no se rompió cuando Dio saltó para agarrarse del último peldaño. Empezó a subir, mientras Kate le seguía con mucho más esfuerzo. A mitad de la escalera, Dio pasó una pierna por encima de la barandilla y la apoyó sobre un estrecho saliente decorativo del edificio. Kate si- guió iluminando sus pies mientras avanzaba hacia una ventana que se hallaba a unos dos metros de distancia, la que abrió con facilidad de un empujón. El muchacho se volvió y sonrió a Kate, con los dientes destellando a la luz indirecta de la linterna.

—Temía que la hubieran asegurado.

Apoyó las dos manos sobre el antepecho y saltó al interior. Des- pués de un ruido sordo ahogado, reapareció y extendió la mano ha- cia la luz, y después guió los pasos de Kate hasta que ella también cayó sobre el colchón, estratégicamente colocado. Kate tosió con vio- lencia debido al polvo y se alejó.

—Démonos prisa. No me gustaría explicar lo que estamos ha- ciendo a la patrulla local.

Siguieron por el pasillo, pasaron ante la habitación donde ha- bían golpeado a Kate y descendieron a la planta baja. Continuaba igual de mugrienta, y aún había montones de alfombra podrida que llenaban una de las habitaciones, así como fragmentos de planchas de yeso en las paredes.

—¿Me deja la linterna? —preguntó Dio.

Kate se la dio y vio que avanzaba hacia un fragmento de la pared en ruinas, donde iluminó los clavos cubiertos de polvo, para luego in- troducir la mano en los huecos. Cuando extrajo el sobre, Kate, que sin ser conciente había contenido la respiración, suspiró aliviada: no le gustaban las arañas.

Dio le entregó el sucio sobre blanco. Ella lo cogió por una esquina y lo miró con curiosidad. Habían abierto el dorso, y luego lo habían cerrado con cinta adhesiva.

—Estaba así cuando Jules me lo dio —dijo Dio—. Mire a quién va dirigido.

Kate le dio la vuelta. En la parte delantera estaba escrito a máquina:

JULIE KIMBAL

(JULES CAMERON)

—¿Podemos abrirlo? —preguntó Dio, impaciente.

En respuesta, Kate buscó en su ropa, no encontró nada que sirviera como bolsa de pruebas y negó con la cabeza.

—Aún no. Jesús, espero que este caso nunca llegue a los tribunales. La defensa se lo pasaría en grande. No, Dio, aún no podemos abrirlo. Dame la linterna.

Sin dejar de sujetar el sobre por la misma esquina, volvió sobre sus pasos hacia la pequeña ventana, y miró hacia abajo desalentada. Con una mano y de espaldas, la bajada era complicada.

—¿Hay otra salida? —preguntó.

—El extremo de la escalera de incendios está en el tejado, pero hay un candado en la puerta. Como esta ventana es tan pequeña, nadie se tomó la molestia.

—A la mierda. Vamos a ver si podemos romper el candado.

El candado era pequeño y la cadena delgada, sujeta por un par de armellas débiles. Kate le dio una patada, y el conjunto salió volando por los aires. Ordenó a Dio que ajustara la puerta cuando se fueran.

—¿Por qué no la utilizabais nunca?

—Weldon dijo que no estaba bien romper cosas de la casa.

Kate se volvió a mirarle, pero hablaba en serio. Le siguió, meneando la cabeza al pensar en la lógica de un hombre que disparaba a un policía, pero no rompía una cerradura.

—¿Vamos a abrirlo? —preguntó otra vez Dio, ya en el coche.

—Voy a llevarte a casa.

—Por favor. Tengo muchas ganas de ver lo que hay dentro.

Mierda, pensó Kate, se lo merece. Y tampoco voy a llevarlo al laboratorio sin abrirlo.

Abrió el sobre en la mesa de la cocina de Wanda Steiner. Wanda había puesto una toalla de papel para proteger la madera del papel sucio, y había dado a Kate un cuchillo de cocina pavorosamente afilado, de hoja larga y estrecha. Kate cortó el papel, dejando intacta la cinta adhesiva, alzó el corte con la punta del cuchillo y sacó su contenido.

Era un pequeño bulto irregular de papel tisú envuelto alrededor de algo. Empezó a desenredarlo con la punta del cuchillo y el extremo de una uña. El objeto susurró dentro del papel, el susurro metálico de una cadena al moverse, y supo con un estremecimiento lo que había dentro del papel.

Tenía razón: placas de identificación.

Una serie de placas, arañadas y deslustradas de tanto llevarlas encima.

El nombre estampado en ellas era KIMBAL, MARSHAL J.

Kate se levantó. Sentía el cuerpo entumecido de frío, pero experimentó una vaga sensación de alivio al descubrir que su cerebro todavía funcionaba.

—He de hablar con Al —dijo, y miró a Lee.

—¿Tienes su número?

—Está en casa. Dejé todo en casa.

—Jon ya habrá vuelto, si no quieres esperar.

—Él lo encontrará.

Kate se acercó al teléfono que había en la pared de la cocina, y sólo cuando empezó a teclear el número de su casa se dio cuenta de que llamaba desde otro aparato, y entonces cayó en la cuenta de que tenía público. Extendió el auricular hacia los Steiner.

—¿Os importa que…?

—Claro que no.

Terminó de marcar y recordó algo.

—Que nadie toque el papel o las placas —ordenó. Al cabo de un momento, frunció el ceño—. Está conectado el contestador.

—Estará escuchando llamadas. Deja un mensaje.

Kate asintió, y cuando terminó el mensaje grabado, empezó a decir, en el tono forzado de alguien que está hablando para un aparato de grabación:

—Jon, soy Kate. Lee y yo llegaremos a casa dentro de…

Los presentes en la habitación oyeron que el teléfono emitía un «hurra», y después, una voz alta y muy aliviada gritaba en el oído de Kate.

—¡Kate, querida! Dios mío, esto ya parece la estación Grand Central. ¿Dónde demonios estás?

—¿Por qué? ¿Pasa algo?

—Algo acerca de las fotos que enviaste a Al Hawkin. Has revuelto un verdadero hormiguero, querida. Pensé que Al...

—¿Fotos? ¿Qué fot...? Las fotografías de B.J. Montero. ¿Qué pasa con ellas, Jon?

—No lo sé. No me lo dijo, únicamente que sale un hombre en ellas que no debería estar, o algo por el estilo.

—¿Era Lavalle?

—Bien, yo diría que no. En cualquier caso, será mejor que llames a ese pobre hombre antes de que le dé un infarto. Parecía un poco tenso.

Al no era el único, pensó Kate. No había oído a Jon tan nervioso desde hacía meses.

—De acuerdo. ¿Te dio su número?

—Sólo unas cuantas docenas de veces. ¿Tienes boli?

—Un momento. Lee, pásame ese lápiz. Adelante.

Jon le dio el teléfono de Portland. Kate lo repitió, colgó, tecleó la larga secuencia que revertiría en su tarjeta de crédito, y cuando sonó preguntó por Al Hawkin. Se puso al cabo de escasos segundos.

—¿Kate? Gracias a Dios. ¿De dónde coño sacaste esas fotos?

—Es una larga historia, pero fueron tomadas en un área de descanso al sur de Portland, donde Jules y yo estuvimos por la tarde, pocas horas antes de que desapareciera. Había gente haciendo fotos, y las localicé. Te las envié por si aparecía el coche de Lavalle.

—Lavalle no, Jesús. Cuando las recibí, no sabía qué coño eran. Nadie las reconoció, así que las guardé en la sala del equipo, he vuelto a Portland, y Jani las vio cuando vino a traerme la comida. —Jani se ha recuperado, comprendió Kate de pasada—. Sólo les echó un vistazo. De hecho, ya se marchaba, cuando se le hizo la luz. Creí que iba a desmayarse de nuevo.

—Vio a Marsh Kimbal —dijo Kate.

A juzgar por el ruido de fondo, podría haber pensado que Al había colgado. Por fin, el detective habló, con voz aguda y estrangulada.

—¿Cómo coño lo sabes?

—He estado ocupada, Al. Acabo de descubrirlo. Ha estado enviando mensajes a Jules. También le envió un regalo, sus antiguas placas de identificación del ejército. Supongo que estuvo en el ejército, ¿no?

—Sí. Jani…, Jani me dijo que había muerto. Aún no sé si de veras lo creía, si se lo dijo a sí misma tantas veces que acabó por creerlo, o… Bien, da igual. Lo que importa es que, si su padre la raptó, es posible que Jules siga con vida.

—Al, dime por favor que hay algo visible en la matrícula de su coche.

—El coche está registrado a nombre de Mark Kendall. Vive en el culo del mundo, en el sur de Oregón, a dos o tres horas de Medford.

—¿Es él?

—Eso parece. Nos hemos mantenido alejados hasta saber de qué iba el rollo, pero el FBI ya ha apostado un equipo en Lakeview.

—Saldré esta noche, llegaré por la mañana. ¿Adónde he de ir?

—Han ocupado un edificio en… ¿Dónde coño está la dirección? Aquí está. —Se la leyó—. Es un banco que quebró. El FBI lo ha tomado prestado.

—¿Dónde estarás tú?

—Allí —dijo Al, y colgó.

Kate apartó el auricular del oído y lo depositó con suavidad sobre la base, y lo contempló durante un largo momento antes de volverse hacia los demás. Se esforzó por contener la riada de emociones desencadenada por el renacer de la esperanza, miró primero a Lee, y después a Dio.

—Es posible que Jules esté viva —dijo.

25

—Su nombre es Marshal James Kimbal, conocido como Marsh —había empezado el hombre del FBI, pero eso había ocurrido mucho antes, y Kate experimentaba la sensación de que llevaba una semana sentada en esta silla, frente a la larga mesa de la sala de juntas anónima, en este edificio del sur de Oregón. Había llegado allí a una hora intempestiva del lunes por la mañana, después de haber conducido durante toda la noche, y se le antojaba que siempre había estado sentada allí. Estaban a miércoles, y en su opinión, iban a iniciar el segundo día de la misma discusión circular que había ocupado parte del lunes y todo el martes.

Ni siquiera la fotografía de Jules clavada en la pared, borrosa debido a la ampliación y al polvo del aire que se interponía entre la niña y el teleobjetivo, fascinaba ya a nadie. Cuando la había visto por primera vez el lunes por la tarde, no pudo apartar los ojos de ella, invadida por la alegría de saber que Jules estaba viva. Toda su atención, lo que quedaba de ella, estaba concentrada en el hombre que caminaba delante de Jules, el hombre que llevaba la pistola en la mano, el hombre que había localizado a Jani, encontrado a Jules y secuestrado a la niña ante las mismísimas narices inconscientes de Kate.

Desde aquellas palabras de introducción del lunes por la tarde, los recopiladores de pruebas (los que no estaban trabajando con Anton Lavalle, trescientos kilómetros al norte) habían estado muy ocupados. Fotografías, un par de grabaciones a larga distancia casi inau-

- dibles, la detallada historia de un padre obsesionado, y los análisis y las recomendaciones habían empezado. Y habían continuado, hasta que Kate empezó a lamentar que la investigación se considerara de máxima prioridad. En circunstancias normales, un padre que secuestraba a una hija no merecía dos agentes del FBI, un sheriff y su ayudante (que conocían el terreno como la palma de sus manos bronceadas) y dos psiquiatras muy cualificados, expertos en secuestros (uno que hablaba por la mente del villano, y el otro, la única mujer de la sala aparte de Kate, que aportaba su opinión experta sobre el estado mental de la víctima). Los expertos eran las sobras del caso Lavalle, enviados porque estaban más o menos en las inmediaciones. Los demás se encontraban en la sala a causa de Al, y porque los medios estaban concediendo al rapto una gran cobertura. Uno de los agentes estaba disgustado por no hallarse en Portland, y los dos expertos se sentían cansados y aburridos. Al estaba presente porque, al fin y al cabo, tenía experiencia en el tema, y Kate ocupaba un asiento porque así lo había deseado Al. Otras personas habían entrado y salido de la sala durante los dos últimos días, desde Jani (durante un rato prolongado, lo que provocó un suspiro de alivio colectivo cuando se marchó) a D'Amico (que había ido y venido varias veces de un extremo de Oregón al otro, hasta decidirse que hacía más falta en su territorio de Portland), más un puñado de técnicos y otros agentes de la ley, que iban y venían cuando eran necesarios.

Dos cosas habían justificado la cautela y el empleo de alta tecnología: Kimbal tenía una tendencia bien documentada a la violencia, y el padrastro de la niña era un policía. Resultaba imposible utilizar la técnica habitual, consistente en enviar dos ayudantes del sheriff para rescatar a la niña. Las ocho personas del núcleo principal habían pasado los dos últimos días discutiendo pruebas y opciones, y ahora ya estaban hartos de su mutua compañía.

—Escuchen —dijo Al con voz cansada—, ni siquiera ustedes están autorizados a cargarse a ese tío así como así.

—No estamos sugiriendo eso —empezó el hombre del FBI que ocupaba la cabecera de la mesa.

—Pues a mí me parece que sí. Acaba de decir que no podrían ir de noche, debido a los perros y a que Jules y él están siempre juntos en la cabaña, pero de día no pueden entrar con la rapidez suficiente para separarlos sin alertarle. Como no sea el asesinato a sangre fría con un fusil provisto de telescopio de infrarrojos, ¿qué van a hacer, disfrazarse de rocas?

Varias voces airadas hablaron a la vez, y Kate casi no escuchó la discusión, sus ojos atraídos por las fotos ampliadas de la pequeña cabaña donde el padre de Jules la había encerrado.

Estaba literalmente en mitad de ninguna parte, en una extensión de matorrales altos hasta la rodilla y roca, a ocho kilómetros del vecino más cercano. Para un ex presidiario paranoico propenso a la supervivencia, decidido a salvar a su única hija del mundo perverso, era perfecto: podía ver venir al enemigo desde kilómetros de distancia.

Otras fotos clavadas en las paredes enmoquetadas mostraban imágenes borrosas de Marsh Kimbal, larguirucho y de pelo negro. En varias, Jules le seguía detrás, pero las fotos, tomadas desde una distancia considerable con potentes teleobjetivos, eran demasiado imprecisas para dar una idea de la expresión de la niña. Para Kate, no obstante, el lenguaje corporal de Jules revelaba su confusión y sus dudas.

La discusión se estaba mordiendo la cola de nuevo, y había llegado el momento de que Kate hablara. Se removió, esperó una oportunidad y alzó la voz.

—Sigo pensando que están equivocados. Sé que las víctimas de secuestros siempre se enamoran de sus raptores, pero no creo que Jules se enamore de esa basura, ni mucho menos. Este hombre es un fascista.

—Es un superviviente —corrigió el psiquiatra, y Kate continuó a toda prisa, antes de que largara un discurso sobre sutilezas políticas.

—Es lo mismo —dijo—. Es un sexista y un cerdo, y Jules no se dejará engañar. No les costará nada separarlos.

—Sólo es una niña —insistió el hombre.

—Tiene más cerebro que tres adultos juntos, sin excluir a los presentes.

—Puede que sea inteligente —comentó la experta—, pero eso no significa que no sea crédula.

—De acuerdo —concedió Kate—. Está claro que la gente inteligente puede llegar a ser muy estúpida, pero Jules no, en este caso no. Sé que si voy allí sola, para que ella me vea, sólo salir y entrar, lo considerará un aviso, para que cuando ustedes aparezcan no le entre el pánico. Estará preparada para recibirnos. Por otra parte, si se limitan a invadir la cabaña a tiro limpio, es probable que se aferre a Kimbal, porque no sabrá que coño está pasando. Un adulto tampoco lo sabría.

En este punto del ciclo de la discusión, el hombre al mando solía reconducirla u ordenar un descanso, pero esta vez, antes de que pudiera hacer algo más que apoyar las manos sobre la mesa para echar la silla hacia atrás, la experta se inclinó hacia delante y dejó su pluma de oro sobre la mesa de madera pulida con un ruido autoritario.

—Es posible que la inspectora Martinelli tenga razón —afirmó. La sala enmudeció a causa de la sorpresa—. Si lograra entrar, establecer contacto con la niña, quizá incluso transmitir un mensaje y volver a salir, nos encontraríamos en una posición mucho más fuerte. Jules estaría advertida, y contaríamos con un testimonio fidedigno de las defensas de Kimbal. Si fracasara, podrían suceder tres cosas: ser expulsada, ser tomada como rehén o recibir un tiro. En el primer caso, no estaríamos peor que ahora, ni tampoco en el segundo caso, que también nos concedería la pequeña ventaja de tener a un adulto experto que se enfrentara a Kimbal. En cuanto a la tercera posibilidad, no sé si hay mucho que decir, aparte de mencionar que la inspectora Martinelli es muy consciente de los riesgos implicados, tiene mucha experiencia en situaciones semejantes y no me parece que abrigue tendencias suicidas.

Bien, pensó Kate, mientras notaba que se le secaba la garganta, siempre es bueno tener una mente lúcida que nos explique la situación. Miró a Hawkin, pero él no la estaba mirando.

—Aún pienso que debería ir yo –dijo Al.

Los dos psiquiatras empezaron al instante a sacudir la cabeza. Hasta el hombre admitió que, con este secuestrador en concreto, cualquier intruso debería aparentar una indefensión total. De estar en una ciudad, un borracho de edad avanzada serviría, pero no a kilómetros del bar más cercano. Los analistas sabían lo bastante de Marsh Kimbal para estar seguros de que cualquier adulto varón sería considerado una amenaza. No obstante, podía creer que una mujer era inofensiva, y lo bastante estúpida para extraviarse en las carreteras de tierra del este de Oregón.

Por una vez, Kate estuvo de acuerdo con los expertos.

Y por una vez, para asombro de todos, el variopinto personal reunido en la sala parecía a punto de llegar a un consenso. Tan cansados de esperar que deseaban tirar adelante cualquier propuesta que supusiera entrar en acción, se encontraron accediendo, con diversos grados de reticencia, a la propuesta de Kate.

Dedicaron el resto de la mañana a trazar planes y estrategias de retirada, y luego dejaron que Kate se marchara para ponerse el disfraz.

Kate estaba sentada al volante del pequeño coche japonés, con la vista clavada en la carretera desnuda que se extendía hasta perderse de vista. Habían tomado la precaución de cubrir de polvo el capó.

A su lado, Al Hawkin se pasó la mano sobre la boca, hizo una mueca al notar el tacto de la barba incipiente y rompió el silencio.

—No has de hacerlo, ya lo sabes.

—Al, cuanto antes bajes del coche, antes empezaré a trabajar.

—Podría acompañarte.

—Al —dijo ella a modo de advertencia.

—De acuerdo. —No movió la mano para abrir la puerta—. ¿Estás asustada?

—Pues claro que estoy asustada. Siempre estoy asustada cuando me disfrazo para hacer de señuelo. Hasta el punto de que siempre me pongo a sudar cuando cojo una barra de pintalabios.

Al sonrió, pese al chiste malo.

—Hostia, detesto enviarte allí sin apoyo.

—No me estás enviando a ninguna parte —dijo Kate, algo tirante. Al se volvió para mirarla por primera vez desde que habían salido de la ciudad, una hora antes.

—Me pregunto si Jules te reconocerá.

—Mi nueva imagen. Pensé que el encaje en el cuello era un toque magnífico.

Con sus rizos rubios teñidos, el lápiz de labios rosa claro, los pulcros mocasines marrones y los pantalones de poliéster color tostado (había rechazado la falda floreada que le habían ofrecido), parecía una joven conservadora, de las que podían perderse con facilidad en mitad de ninguna parte.

—Cuando era joven, lo llamaban cuello Peter Pan.

—¿De veras? Es curioso. Jules me dijo una vez que odiaba a Peter Pan. La idea de los niños perdidos la enfurecía. Fue cuando estábamos buscando a Dio —explicó Kate.

—¿Sí? Bien, siento que Lee no pueda verte.

—A Jon le gustaría todavía más. Lárgate, Al. He de irme.

—Cuídate, Martinelli —dijo Al, y sorprendió a ambos cuando le pasó un brazo sobre la espalda un instante. Al momento siguiente, estaba en la cuneta de la carretera, siguiéndola con la mirada, luego dio media vuelta y subió al asiento trasero del coche gubernamental que la siguió un rato, antes de desviarse para reunirse con el resto de la gente, apostada en el altozano situado cinco kilómetros al sur de la cabaña donde Jules Cameron estaba retenida por el hombre que era su padre.

Kate decidió que las manos sudadas y las palpitaciones de corazón no encajaban mal con el papel que debía interpretar, de modo que no debía intentar disimularlas. Aparcó de manera vacilante en el espacio de tierra que había delante de la cabaña y permaneció inmóvil un momento, mientras estudiaba los dos doberman encerrados en su jaula de alambre metálico contigua a la casa. La estaban estudiando a través de los amplios intersticios, con la cabeza gacha, las mandíbulas apretadas en señal de concentración, los ojos hambrientos, cuando abrió la puerta y bajó del coche con cautela. No se movía nada, ni siquiera los perros, aunque Kate sabía que Kimbal y Jules se encontraban dentro de la casa en el momento en que había dejado a Al, de lo contrario los hombres del FBI que la seguían habrían informado de la circunstancia. Además, su camioneta seguía aparcada bajo el árbol desnudo que, en verano, proporcionaría sombra a una parte de la perrera.

Pasó por detrás del coche, para interponerlo entre ella y los perros, y subió los dos gastados peldaños de madera para llamar a la puerta mosquitera. Bajó, dio la espalda a la puerta y esperó.

Debido al nerviosismo, no oyó que se abría la puerta interior hasta que el hombre habló.

—¿Sí?

Kate giró en redondo y lanzó una risita nerviosa al ver la figura borrosa que había detrás de la tela mosquitera. Tenía la mano derecha sobre la puerta, y la izquierda apoyada sobre la jamba, a la altura del hombro. Kate forzó la vista.

—Me ha asustado —dijo, arrastrando un poco las palabras, y rió de nuevo.

—¿Qué quiere?

—Bien, creo que me he perdido. Al menos, ninguna de las carreteras coincide con las indicaciones que me dieron, y llevo así bastante rato. Tal vez usted podría decirme dónde estoy.

Notó los ojos del hombre clavados en ella, y se preguntó dónde estaría Jules.

—¿Dónde querría estar?

—En un lugar llamado Two-Bar Road. Espere, voy a buscar el plano y se lo enseñaré.

Fue al coche, consciente de la mirada suspicaz que la seguía, una mirada imitada por los dos animales que había a su derecha. Abrió la puerta del copiloto, sacó un mapa de carreteras de Oregón arrugado y desdoblado por completo y volvió a la casa.

El hombre no se había movido. No se movió cuando Kate llegó al primer escalón y manoteó con el plano.

—Mire, yo estaba aquí, y éste es el sitio. No es más que un camino particular, pero lo llaman Two-Bar Road. Es donde hay el círculo, ¿lo ve? ¿Le importa que abra la puerta para que pueda verlo? Así es mejor. ¿Puede decirme dónde estoy ahora?

Ni señal de Jules, ni siquiera en el fragmento de pulcra habitación que pudo ver cuando el hombre permitió que la puerta se abriera lo suficiente para mover el brazo derecho y señalar un punto del mapa con el dedo índice, mientras su mano izquierda seguía pegada a la jamba, ¿con una pistola, apoyada contra la madera, sujeta con fuerza?, especuló Kate. Imaginó que percibía el olor de aceite para engrasar pistolas.

—Está aquí —dijo el hombre, con el dedo en el espacio vacío que había a sesenta kilómetros de la imaginaria Two-Bar Road.

—¿De veras? Oh, no. Habrá oscurecido cuando llegue allí. ¿Cómo demonios voy a conseguirlo? Bien, da igual. Permita que me asegure de haberla localizado bien. No tendrá un bolígrafo, ¿verdad? No, no se moleste —dijo, aunque el hombre no había hecho el menor movimiento para entrar en la casa—. Estoy segura de que llevo uno en el coche. —Volvió a la puerta del copiloto, rebuscó en el bolso de piel de imitación y volvió con un bolígrafo barato. Uno de los perros olfateaba el aire en busca de su olor, y su hocico sobresalía de la jaula hasta sus cejas—. Esos perros tienen un aspecto impresionante —dijo a su propietario. No hubo respuesta, y Kate se sintió desgarrada entre la furia creciente por la falta de resultados y la necesidad de perseverar en su papel de charlatana inofensiva.

—Voy a marcar este lugar. ¿Dónde estaba? —¿Dónde coño está Jules, bastardo?, pensó—. Ya lo tengo. Vuelvo hacia aquí y luego giro a la izquierda, con lo cual debería llegar a mi destino. —Dios, es su padre. Jules ha heredado sus manos, y tienen las mismas cejas—. ¿Podría utilizar su teléfono, para avisarles de que ya voy?

—No tengo teléfono.

—¿No? Vaya, supongo que estoy muy lejos de la civilización. Su casa fue la primera que vi en kilómetros a la redonda. —Tiene que haberme oído, pensó Kate desesperada. Ha de estar aquí, y la cabaña es demasiado pequeña para que no me oiga. Tendré que marcharme, no me va a dejar entrar. Vaciló, y después decidió probar por última vez—. Una cosa más, y le dejaré en paz. Aunque le parezca una intrusión, ¿podría utilizar su lavabo? Si he de seguir una hora más por estas carreteras, estallaré.

Al menos, sé que tienes instalación sanitaria dentro, bastardo. No hay retrete exterior.

El hombre la estudió, echó un vistazo por encima de su hombro al baqueteado coche, despegó la mano derecha de la puerta y se retiró a su izquierda. Kate respiró hondo, muy tentada de clavarle el codo en el estómago cuando pasara a su lado, a la mierda las normas, subió los dos peldaños y entró en la casa, en una sala con una alfombra raída sobre el gastado suelo de linóleo, sofá y butacas desparejados frente a una estufa de leña, y el arsenal de un fanático de las armas en las paredes. Apenas tuvo tiempo de reparar en un libro abierto, una libreta de espirales y un bolígrafo sobre la mesa de formica de la cocina, cuando todo su cuerpo se paralizó al oír el sonido de un cartucho de escopeta depositándose en su alojamiento.

—Dése la vuelta —dijo el hombre. Kate obedeció, muy despacio.

—¿Qué hace? —preguntó, indignada y aterrada, sin fingir ninguna de ambas reacciones, sobre todo con los cañones de una escopeta a medio metro de su pecho.

—Una mujer como usted preferiría mearse encima antes que entrar en una casa solitaria con un hombre desconocido. ¿Quién la envió?

Mierda, Jules no sólo heredó su cerebro de Jani, pensó Kate, desesperada.

—¿Marsh? —dijo una voz vacilante detrás de Kate.

Kate dio un respingo, y con las manos bien alejadas de sus costados, volvió la cabeza para mirar hacia la puerta interior.

Jules vestía unos tejanos demasiado grandes y una camisa a cuadros que debía pertenecer a Kimbal. Calzaba las botas que habían comprado en Berkeley, una de ellas con cordeles en lugar de los cordones habituales. Le había crecido el pelo, con la apariencia de que se lo hubieran cortado a hachazos. Una gran moradura cubría su pómulo izquierdo, y sus ojos miraron a Kate sin expresar reconocimiento.

—Vuelve a tu habitación, Julie.

—Pero Marsh, sólo quería saber…

—Julie —dijo el hombre, con el sonido de un latigazo—, he dicho que te vayas.

La niña miró a su padre, y después a Kate, y luego entró en la habitación y cerró la puerta sin hacer ruido. Kate volvió la cabeza hacia el hombre de la escopeta.

—¿Es eso lo que quería ver? —preguntó Marsh—. Es mi hija. Es mía, y si la puta de su madre la ha enviado a buscarla, mala suerte. Largo.

Por un momento, Kate se sintió desfallecida de alivio. Iba a dejar que se marchara, pensando que era una enviada informal, y no se produciría ningún desastre. Sin embargo, cuando estaba a mitad de camino del coche, el hombre dijo:

—Alto ahí. Extienda la mano izquierda.

Reconoció el sonido del metal tintineante antes de que las esposas tocaran su muñeca. El cañón de la escopeta clavado en su columna impedía que se moviera, pero se puso a sudar de miedo y consiguió reprimir un gemido.

—La otra —ordenó Marsh, y como ella no se movió, ladró—: Le pegaré un tiro aquí mismo si es necesario.

No lo hará, intentó decirse. No tiene más motivos para hacerlo que para expulsarme de su propiedad de manera humillante. Además, tengo apoyo. Una docena de hombres están vigilando con sus teleobjetivos desde aquella loma lejana. Procura tranquilizarle, ganar tiempo. Si Jules tiene el sentido común de salir por la ventana trasera, la verán y actuarán con rapidez. Tómatelo con calma…

Se inclinó hacia delante para ofrecerle la mano derecha, y sintió el cerco de metal a su alrededor. Kimbal apartó el arma de su espalda.

—Las utilicé con Julie cuando intentó escapar, al principio. Sabía que las necesitaría otra vez.

—¿Qué va a hacer conmigo?

—¿Yo? Nada de nada. Sin embargo, mis perros saben que ya es hora de que los suelte, y no les hará ninguna gracia que usted haya entrado en nuestras posesiones.

Kate oyó otro tintineo, y cuando miró atrás, vio que estaba buscando en un llavero. Eligió lo que parecía la llave de un candado, y caminó hacia la jaula y los perros ansiosos.

—Marsh —se oyó de nuevo la voz.

—Julie, entra en casa —dijo el hombre sin alzar la vista.

—¡Marsh!

—Julie —empezó a gruñir, y luego se detuvo—. Nena, eso no hace falta. La señora se marcha por voluntad propia.

Kate se volvió y vio a Jules en la puerta. Esgrimía un revólver que parecía salido de una película del Oeste, pero estaba limpio y bien cuidado, como todos los rifles de la pared. Lo sostenía en la mano derecha, y apuntaba al suelo.

—No puedes hacerle daño, Marsh.

—Julie, esto es asunto de papá. Guarda el arma antes de que te hagas daño.

Era como si hablara a una niña de seis años, pero Julie también estaba actuando como una niña de menos edad.

Pero decidida.

—Déjala marchar, Marsh. No sueltes a los perros.

Los dos adultos se quedaron inmóviles, mirando a la delgada niña vestida con prendas demasiado grandes para su talla, armada con un revólver que debía pesar más que su brazo. Kate no miraba el arma, sino la lágrima que estaba resbalando sobre la cara juvenil.

—Julie, te vas a meter en un lío muy gordo, muchacha. Utilizaré el cinturón si no te metes en casa ahora mismo.

Apenas controlaba la rabia que le causaba su desobediencia.

—Marsh —dijo Jules entre sus lágrimas—, no puedo permitir que le hagas daño. Déjala ir. Me quedaré contigo, pero déjala ir. ¡Por favor!

Fue entonces cuando Marsh Kimbal cometió la equivocación. Si se hubiera limitado a avanzar hacia Jules para recuperar el arma, ella lo habría dejado, pero perdió los estribos. Dio media vuelta y apuntó con la escopeta a Kate.

—¡Papá!

Fue más un grito de ayuda que una advertencia, pero todo el cuerpo de Marsh Kimbal reaccionó con una sacudida. Giró en redondo, Kate se volvió, y los dos vieron a Jules a unos nueve metros de distancia, sujetando el revólver con sus manos temblorosas en la posición que Kate le había enseñado en el campo de tiro, apuntando a su padre. No cabía duda de que las lágrimas nublaban su visión, pero se estaba mordiendo un labio, concentrada, y Kate sabía que si Jules disparaba una vez, existían bastantes probabilidades de que lo alcanzara. Kimbal también lo sabía.

—Hay una bala en la recámara, papá. Sé disparar. Deja que se marche.

Vaciló. Si no hubiera sido su hija, habría disparado contra ella, pero era la hija que había buscado durante más de diez años, y no podía matarla. Al mismo tiempo, si no hubiera sido su hija, habría sabido que, de haberse acercado y hablado con calma, habría conseguido arrebatarle el arma.

Pero era su propia hija quien lo desafiaba, y el paso que dio hacia ella fue furioso, no conciliatorio. Ella se dio cuenta, cerró los ojos y apretó el gatillo.

El disparo casi lo alcanzó. Si hubiera mantenido los ojos abiertos, Jules habría dado en el blanco, pero de esta manera la bala se desvió, no mucho, pero sí lo suficiente. Desgarró la manga izquierda de la camisa de Marsh Kimbal, rebotó contra el alambre de la jaula y alzó una nube de polvo al estrellarse contra los matorrales. Uno de los perros lanzó un aullido y corrió a buscar refugio. El otro rugió y se precipitó contra el alambre.

Pero Kate no vio los resultados del disparo. Sólo vio que, durante aquel breve instante, Kimbal se había olvidado de ella. Con la esperanza de que Jules, presa del pánico, no continuara apretando el gatillo, se abalanzó sobre él.

La escopeta se disparó, ensordeció a Kate y se llevó la mitad de las ventanillas de su coche alquilado, pero sin derramar sangre, y Kate continuó embistiéndole con la cabeza y el hombro, hasta hacerle perder el equilibrio, sabiendo muy bien que, esposada como estaba, el hombre recuperaría el control de un momento a otro, y entonces, o bien la mataría o Jules le dispararía, y Kate no sabía qué posibilidad le causaba más pánico. Continuó empujando el cuerpo tambaleante de Marsh hasta que éste chocó contra algo sólido. Se apoyó contra él sin la menor esperanza, sabiendo que todo terminaría en cuestión de segundos, y entonces, inexplicablemente, el hombre chilló. Sobresaltada, se echó un poco hacia atrás. Marsh volvió a chillar, y cuando lo miró, vio que había extendido el brazo izquierdo para sostenerse cuando chocó contra la jaula. La mitad de la mano había atravesado el alambre, y el perro, excitado, la tenía entre sus dientes.

Kate retrocedió medio paso y lanzó una patada con todas sus fuerzas a las piernas del hombre. El impulso provocó que Kate perdiera el equilibrio y cayera sobre una rodilla, pero Marsh también cayó, y volvió a chillar cuando los dientes del perro lo soltaron. Mientras Kate se esforzaba por ponerse en pie, Marsh acunó su muñeca dolorida, empezó a levantarse, y después se desplomó en silencio cuando el pesado zapato de Kate entró en contacto con su sien.

Con los brazos y la pierna sobre la que había aterrizado doloridos, doblada por la mitad, los brazos sujetos a la espalda, Kate buscó a Jules con la mirada. La encontró de pie como antes, ilesa, con la pesada arma apuntando al suelo.

—Eh, J. —jadeó, y notó que una sonrisa empezaba a formarse en su cara.

—Sabía que me encontrarías, Kate. Lo sabía.

26

—Jules, cariño, ¿dónde están las llaves de estas esposas? —preguntó.

—No lo sé.

Kate se devanó los sesos, mientras intentaba visualizar el llavero que Kimbal había sacado y guardado probablemente en un bolsillo cuando Jules lo había interrumpido. No recordaba haber visto una llave para las esposas, y sólo había media docena de llaves en el llavero, pero sólo lo había visto un momento. Dirigió al hombre una mirada interrogativa.

Jules habló.

—No las guarda en el llavero. Deben de estar en su habitación.

No había tiempo. Ya empezaba a removerse. La herida de la mano, aunque le estaba cubriendo de sangre roja, no bastaría para mantenerlo inconsciente, y Kate detestaba la idea de seguir dándole patadas en la cabeza hasta que llegaran los refuerzos. Vaciló. El hombre volvió a removerse, y Kate comprendió que no podía seguir indefensa cuando recobrara el conocimiento. Jules podía atarlo, pero bastó una mirada al rostro de la niña para saber que no pedía pedirle que se acercara al hombre. Eso dejaba dos posibilidades: huir esposada, con los perros detrás de ellas en cuanto Kimbal despertara, o liberarse.

—He de quitarme estas esposas. Tendrás que pegarles un tiro.

Jules apartó la vista del hombre que era su padre.

—Sólo había una bala en el revólver.

Kate la miró un momento con admiración.

—Dios mío, muchacha, sí que habías calculado bien. Bueno, habrá otra bala en la escopeta. Tendrá que servir. —Empujó el arma sobre el suelo hasta dejarla a los pies de Jules—. No has disparado nunca con una de éstas, así que te explicaré cómo debes hacerlo. —Palabras, pensó Kate. Las palabras pondrían en movimiento a Jules como ninguna otra cosa, su única herramienta para impedir que el shock inmovilizara a la muchacha por completo—. Nuestra palabra de hoy es balística, ¿de acuerdo? Primero de todo, siéntate en el suelo con las piernas separadas. Así. No quiero que te vueles la nariz. Ahora, coge la escopeta y apúntala al cielo, clava la culata en el suelo para afirmarla, porque tiene mucho retroceso. Bien. Ahora, voy a intentar colocar la cadena de las esposas encima del cañón, y tú vas a apretar el gatillo.

Kate se agachó dando la espalda a Jules, intentó mirar por encima del hombro para ver sus manos, al tiempo que procuraba colocar su cuerpo lo máximo posible delante de Jules, para proteger a la niña de un tiro desviado.

—Quizá debería ir a buscar las llaves.

—No hay tiempo, Jules. Se está despertando.

—Creo que él no…

—¡Jules! ¡Hemos de hacerlo ahora, o morirá desangrado! —Kate no lo consideraba probable, pero necesitaba que Jules siguiera moviéndose—. Sujeta la culata y aprieta el gatillo poco a poco.

—Creo que no… —empezó a decir Jules, pero Kate creyó oír un gruñido por encima de su voz y el ruido de los perros histéricos, y el pánico se apoderó de ella.

—¡Aprieta el gatillo, Jules!

Jules obedeció, y por segunda vez, la escopeta disparó a escasos centímetros de la cabeza de Kate, la cual se desplomó sobre la tierra, con la sensación de que le habían arrancado los hombros de cuajo. Se puso en pie y avanzó tambaleante hacia Kimbal, mientras intentaba sacarse el cinturón con sus manos manchadas y temblorosas. Con los restos de las esposas colgando de sus muñecas como un par de brazaletes punk, enrolló la tira de piel de imitación blanca alrededor del brazo del hombre, hasta que la hemorragia empezó a ceder. Confió en que fuera gracias al torniquete y no a la cercanía de la muerte. No habría sido una gran pérdida para el mundo, pero la niña no merecía ver aquel espectáculo.

—Alguien viene —dijo Jules.

—Ya era hora —murmuró Kate.

Era una fila de coches gubernamentales. Había parecido más tiempo, pero a los cuatro minutos del disparo, la oleada de hombres empezó a salir de los coches y a caer sobre ellas, se encargaron del hombre herido y transformaron la cabaña perdida en un centro de actividad forense.

Un rato más tarde, después de que se llevaran a Kimbal, pero antes de que el agente de control de animales llegara con tranquilizantes para los perros, alguien pensó en vendar las rodillas arañadas de Kate, así como las partes de sus manos chamuscadas por el disparo de la escopeta. Se sentó en el borde del asiento trasero de su coche, barrió los fragmentos de cristal y miró a otra parte mientras el médico desinfectaba y ponía tiritas. Terminó, ella le dio las gracias, y cuando alzó la vista, Jules estaba en la puerta de la cabaña, envuelta en una manta y acunada en el refugio del brazo de Al Hawkin. Estaba pálida debida al susto, con los ojos enrojecidos, y miró a Kate con una expresión indescifrable en su cara. Kate se levantó.

—Estoy bien, Jules. Marsh Kimbal se pondrá bien. Estás salvada.

Jules no contestó, pero al cabo de un momento se volvió hacia Al y dejó que él la abrazara. Hawkin miró a Kate con un rostro casi tan invadido de alivio como el de su hijastra.

—Kate, yo... —empezó, y se atragantó.

Kate se acercó y pasó los brazos alrededor de ambos. Se quedaron así, indiferentes a los ruidos y la actividad, hasta que Kate empezó a sentir un intenso dolor en los brazos, y los retiró. Al se sonó, Kate buscó un pañuelo de papel en el bolsillo y también se sonó, y por fin Jules levantó la vista.

—¿Me lo dejas?

Kate se puso a reír, y al cabo de un momento, los tres estaban llorando de nuevo, pero esta vez de alegría.

—Kate... —volvió a empezar Al, cuando pudo hablar, pero ella le interrumpió.

—Llévala a casa, Al. Jani está esperando.

El hombre vaciló, luego asintió, y sin dejar de rodear la espalda de Jules con el brazo, empezó a guiarla hacia los coches. Tras haber avanzado unos pasos, Jules se detuvo y miró a Kate.

—Sabía que vendrías —dijo—. Lo sabía.

El paseo de la fama

¿Quién es ese Tom Webster del que todo el mundo habla?

Hasta ayer, un aburrido y gris periodista de información económica, separado de su mujer, apasionado por los libros de historia y el béisbol, uno de los miles de hombres anónimos que pueblan la ciudad de Nueva York.

Pero hoy ya es famoso, y todo el mundo lo reconoce por la calle. ¿Por qué? Porque es el nuevo amor de Alexandra West, la más rubia y explosiva actriz de Hollywood, la mujer que llena las fantasías de la población masculina y que convierte en oro todo lo que toca.

Visite nuestra web en:

www.umbrieleditores.com